U0552671

本书系2019年教育部人文社会科学研究规划基金项目"中国当代大陆儿童诗研究(1949-2018)"(项目批准号：19YJA751026)研究成果。受贵州财经大学学术专著资助专项基金资助。

中国当代
大陆儿童诗研究

刘慧 著

A Study of
Children's Poems
in Contemporary
Mainland China

中国社会科学出版社

图书在版编目（CIP）数据

中国当代大陆儿童诗研究/刘慧著. —北京：中国社会科学出版社，2021.7
ISBN 978-7-5203-8513-8

Ⅰ.①中⋯ Ⅱ.①刘⋯ Ⅲ.①儿童诗歌—诗歌研究—中国—当代
Ⅳ.①I207.8

中国版本图书馆 CIP 数据核字（2021）第 098116 号

出 版 人	赵剑英
责任编辑	王　衡
责任校对	王　森
责任印制	王　超

出　　版	中国社会科学出版社
社　　址	北京鼓楼西大街甲 158 号
邮　　编	100720
网　　址	http://www.csspw.cn
发 行 部	010-84083685
门 市 部	010-84029450
经　　销	新华书店及其他书店
印　　刷	北京明恒达印务有限公司
装　　订	廊坊市广阳区广增装订厂
版　　次	2021 年 7 月第 1 版
印　　次	2021 年 7 月第 1 次印刷
开　　本	710×1000　1/16
印　　张	14.25
插　　页	2
字　　数	202 千字
定　　价	78.00 元

凡购买中国社会科学出版社图书，如有质量问题请与本社营销中心联系调换
电话：010-84083683
版权所有　侵权必究

序　言

　　儿童诗乃神秘的诗学宇宙、复杂的情思空间，它具有"双质性"特征，既是成人的，更是儿童的，它的服务对象是儿童，可受众中又有儿童的亲人、诗作者、诗教育与传播者。说到儿童诗的传播和教育，是一件十分令人感慨的事情。作为诗的国度，中国深厚的诗教传统滋养了一代一代人的民族气质和精神结构。孔子以降，诗歌鉴赏理论日趋完备。新诗草创期批评与创作还基本上能够达成同步，可进入当代之初这个传统却出现了断裂，相对于日新月异的作品文本，新诗的批评、鉴赏理论严重滞后。断裂的直接后果是，大量中小学教师所受的诗歌教育过于陈旧，问题严重，儿童诗教育的状况就更令人担忧，所以他们面对新诗、儿童诗作品常常一片茫然，不知所措，以至于不少人在中小学语文课堂上最发怵的就是讲授新诗、儿童诗，以至于有些人干脆"旧瓶装新酒"，用传统的诗歌欣赏理论硬套新诗中的儿童诗，按照时代背景、诗人生平、段落大意、思想内涵、艺术特色的套路一路下来，不但十分蹩脚，而且还常出笑话，或干脆用非诗的方式解读诗歌，对接受者造成了很大的误导，"该教的没教，不该教的乱教"。根本想不到、不注意培养学生、孩子的阅读方法，久而久之，儿童诗的美也就被毁了。

　　造成儿童诗传播和教育的尴尬局面原因是多方面的。固然，儿童诗还谈不上成型与成熟，经典型文本太少，它没给读者的广泛阅读、专家们欣赏理论的建立准备充分的条件。而且儿童诗的现状的弊端显豁，如许多读者、批评者将儿童模式化和固形化，本应由儿童自己创作的"本真的诗"，却被成人改写成了为儿童创作的"纯真的诗"，相当一部分是"伪纯真"的诗；再如社会文化对儿童的诗性殖民的"成人化"倾向，也限制着儿童诗发展，引致多方面对儿童诗不信任。但是，更深层的原因恐怕还是和错误的诗歌观念有关。太多的人存在文体偏见，觉得诗歌不稳定，也难把握，评价标准模糊，儿童诗就更为惨淡，它不但没有权威的选本，对它的研究几乎是蛰伏在新诗史、儿童文学史的褶皱和间隙中，在一些人看来，和"成人诗"相比，"儿童诗"与现代性的缘分很浅，它处于创作的低等层次，纯真得过于"小儿科"，根本不存在"读不懂"的问题，无需诠释。其实这是必须破除的思想偏见。社会分工网络的定位化，使每一个儿童诗创作者的视野、体验都存在着相对的局限性；真正儿童诗的思维和成人不同，其非常态和非逻辑特点很难把握；每个时代以及人类个体的文化、审美思维的差异性，决定了读者们各自的文化背景、观念也不容易统一和沟通。几种原因结合，注定许多儿童诗是需要仔细解读的，也决定对儿童诗进行普及性教育势在必行。

  我想儿童诗教育首先要建立一套独立完善的儿童诗内容体系规范。中小学生的诗歌教育主要来自课堂，而我们现在的课堂并不重视诗歌，尤其是儿童诗，更不怎么涉及，就是现有的教授者，他们的诗歌知识结构应该说也相对陈旧，不外乎讲意象、节奏、象征、构思、语言、想象什么的等等，看上去倒也系统完善，但基本上还是适合古典诗歌或新时期以前的新诗对象；而在当下具体的儿童诗文本面前常常玩儿不转，好端端的整体的诗歌之美和阅读感受被他们讲授的内容一肢解，儿童诗的美也就不复存在了。所以新诗研究者应该调整观念，不再仅仅做那种对老百姓的日常生活构不成任何影响的纯书斋里的学问，任理论探讨和具体实践脱节，学术研究和教学隔绝，而要放下身段，努力使自己的研究成果转换为儿童诗教育的实践支撑，尽快建立一套独立完善、易于操作的新诗教育特别是儿童诗歌教育的内容体系规范。

其次要完善儿童诗的选本文化。记得北京大学姜涛说过，诗歌教育不一定完全依赖语文课堂，新诗选本也是新诗教育的一个重要途径。也许有人会说，如今的儿童诗教育情况在改善，新课改后中学语文课本中诗歌的比重加大，也出现了一些诗歌选修课教材；儿童诗也有越来越多的优秀者被选入小学教材和课外读物。这两三年还出现了北岛给儿童编的《给孩子的诗》、果麦编的《孩子们的诗》、雪野编的《读孩子的诗》等儿童自创的热销诗歌集。但这些还只是局部、零星的存在，大量儿童诗选本还是以古典诗歌为主，基本脱离儿童诗现场，即便涉及也常是冰心、叶圣陶、郑振铎、郭风、田地、圣野、柯岩、樊发稼、金波、高洪波、薛卫民、钱万成、王立春等老面孔的儿童诗人，视野相对狭窄，最近二十年像津渡、童子、杨笛野、陈曦等人的诗歌实践多被排斥在外。如此说来就难怪我们的中小学生患了严重的"儿童诗营养匮乏症"，和当下儿童诗隔膜，多数根本不会写诗，写也是主旨单一、艺术老套、缺乏美与深度了。正是从这个意义上说，按审美标准、兼顾时间线索的经典儿童新诗选本，就成了当务之急。

再次应该与时俱进，多向度地拓展新诗教育与传播的渠道，创立第二课堂。如今儿童诗发展境况丰富而复杂，完全靠传统的课堂教育手段难免顾此失彼，捉襟见肘，及时更新教育手段，发挥纸媒的报刊杂志、微博、微信平台、微信公众号等公共媒体或自媒体，线上线下结合，力争最大限度地保证诗歌无时无地不在教育的状态，就成了一种相对理想的选择。并且儿童诗教育宜坚持经常，不夸张地说应从娃娃时期抓起，让读诗、诵诗、写诗、鉴赏诗成为常态化的教育习惯，切不可断断续续。一个民族的诗性思维养成，一个社会的诗意氛围营造，均非一朝一夕之事，它必须经过多代人的积累和努力；所以就不能"一窝蜂"似的对诗歌传播、诗歌教育搞突击，一有电视竞赛节目或创作大奖评比激发，就火爆异常，频频模仿，热过了头，幼儿园都跟着搞创作比赛，而一旦没有活动和功名支撑，就搁置一旁，默无声息了。相关的教育部门也应该注意培养孩子们从小即喜欢、接近和诵读优秀诗歌的习惯，在潜移默化中让那些诗歌"润物细无声"，内化为孩子、学生的一种思维乃至心智结构。并且诗歌修为与素养的形成，乃长期系统的工程，不是靠背诵、吟唱多少首诗歌就能够解决得了的，它必须凭借反复的诵读、赏析，尤其是进行创作，唯有如此，儿童诗的经典才不会在根上断流，儿童诗教育才会落到实处。

还有重要的一点，就是要不断对儿童诗的历史、现状、特质、成败及趋势进行深入系统的研究，才能提升儿童诗的思想和艺术品位。正是出于这种考虑，当初博士生刘慧毕业论文选题时，我们师生俩才从她的兴趣、积累和个性出发，几经商讨，选择新中国成立后的当代大陆儿童诗作为研究对象。现在她即将出版的著作，就是在博士论文的基础上经过进一步修改、完善而成。

应该说，这部著作全方位地梳理、考察了当代儿童诗的流变轨迹，从自然、爱、游戏的三大母题，到"真纯""活气"的情趣形态，再到传播方式、价值得失，对当代儿童诗内部的前后承接、对应或变异的深层动因和规律，均做了颇有深度的本体研究；特别是能够以一种宽阔的视野，在当代大陆儿童诗与外国儿童诗的平行比照中，辨析当代大陆儿童诗的特异性和建构当代大陆儿童诗学的可能，意义尤为突出。刘慧在研究过程中，通过各种渠道广泛搜求儿童诗文本和研究方面的第一手材料，仔细甄别比对，去粗存精；并且不是以理论观点硬套文本，而一切都从文本的阅读和研磨中生发总结，所以著作的信度得到了很好的保证。同时儿童诗绝非只是儿童或诗本身的问题，它牵涉广泛，应和研究对象的特点，刘慧的研究就启用了心理学、接受美学、教育学、人类学、文化学、传播学等多重学科的研究手段和方法，以求对当代儿童诗做出历史与审美维度统一的辩证而立体的把握，最终建构当代儿童诗的诗学体系，现在看这一学术目标实现了。刘慧的思维和她的话语一样清晰，这一点在著作的整体逻辑框架和每个章节的论述中都得到了很好的贯彻，而主次分明、重点突出、学术深度和行文流畅兼顾，在如今贩卖外来学术话语成风的背景下，也是一种智慧的选择了。当然，刘慧这本著作在学术密度和分寸感方面还有提升的空间，这倒让我对她未来的学术研究充满了期待。

刘慧是2015年进入南开大学随我攻读博士学位的。此前，她在黑龙江省鸡西市的一所学校任职，工作很出色，为人热诚善良，性情开朗，领导满意，同事认可，生活顺意；可是却执意要继续读书。开始我有些不解，还劝导她应该在原单位做出更大的成绩；继而慢慢理解、感动于她渴求知识的动因，她也凭着一股韧劲和对学科的热爱如愿以偿。三年苦读，她克服诸多困难，顺利完成了毕业论文的撰写和答辩，并在毕业后第二年即获得了教育部人文社会科学基金项目，在贵州财经大学的教学和科研工作都踏实努力。作为导师，我自然欣慰不已，也相信她会在学术之路上越走越精彩。

罗振亚

2021年5月7日于南开大学

目　　录

绪　论 …………………………………………………………（1）

第一章　文学史视域下的当代儿童诗观念的嬗变 ………（17）
第一节　情绪与情趣的博弈：当代中国儿童诗
　　　　"前探照" ……………………………………（18）
第二节　"接班人"诗观的确立："十七年"时期的
　　　　"小太阳" ……………………………………（33）
第三节　童真的烛照："寒冬"中的人性温情 …………（45）
第四节　"生命本位"的追寻：改革开放以来的儿童诗
　　　　观念新变 ……………………………………（47）

第二章　蕴藉丰富的童心世界 ………………………………（76）
第一节　多元的主题呈现 ………………………………（76）
第二节　多样化的儿童面影 ……………………………（106）
第三节　"镜与灯"：接通"内外宇宙"的形态 …………（123）

第三章　"真纯"与"活气"：情趣诗学的审美形态 ………（133）
第一节　儿童诗的艺术建构维度 ………………………（133）
第二节　契合儿童情趣的意象营造 ……………………（145）
第三节　语言特色：不浅的"浅语" ……………………（158）

第四章　当代大陆儿童诗的传播与价值 …………………（163）

第一节　当代大陆儿童诗诗教传统的自我转向与传播 ………（163）
第二节　被忽略的"诗意"：当代大陆儿童诗的独特贡献 …………………………………………………………（175）
第三节　自设、他设的发展障碍：被"忽视"的原因探究 …………………………………………………………（194）

结　语 …………………………………………………………（204）

参考文献 ………………………………………………………（208）

后　记 …………………………………………………………（218）

绪　　论

一　选题的缘起

百年儿童诗歌的研究状况呈现钟摆式样态，伴随着新诗的发轫儿童诗在这一时期的研究成绩斐然，从诸多的高起点的论著和文章就可见一斑，在抗战阶段虽然儿童诗被推至风口浪尖成为鼓动宣传的"号角"，但理论研究成果菲薄。"十七年"阶段儿童诗理论研究开始复苏，而"文化大革命"时期的极左诗歌理论使儿童诗彻底沦为斗争"工具"。直到新时期开始，当代大陆儿童诗研究的理论建设又重新出发，从诗作和诗人研究开始厚积薄发，但在20世纪90年代经济大潮的裹挟下，当代大陆儿童诗的弱经济价值，使其无论是诗歌创作还是理论研究都处于艰难尴尬的境地，仍有一批不忘初心、满怀赤子之心的诗人和学者苦守儿童诗创作和研究园地至21世纪。21世纪的经济发展和出版发行进一步市场化以及网络媒介的强势冲击使当代大陆儿童诗和理论研究日趋边缘。儿童文学研究领域的用力不均，儿童诗歌理论建设处于"游击"状态，以致当代大陆儿童诗研究领域的空白多年还未填补。因此，当代大陆儿童诗研究是一个亟待深入开展的重要选题。

二　选题的目的和意义

文学的终极价值在于凝聚起历史与现实、人生与人性以及代际向善向美的力量，人类的绵延发展需要文学成为精神续航的动力。法国著名的思想家、文学家罗曼·罗兰曾说："谁要能看透孩子的生命，就能看到湮埋在阴影中的世界，看到正在组织中的星云，方在酝酿的宇宙。儿童的生命是无限的，它是一切。"① 儿童是人类社会发展的根源所在，由于儿童精神世界相对的澄澈性使其精神文化场域成为人类精神家园的最后一片净土，它是人类世界希望和光明走向的引领者。儿童诗是一种构建"精神圣地"的文学样式，是站在更高的人文艺术层面阶梯上再现儿童的独特性的文学，是对成人文明的叛逆和补充，是文化沙漠中最后一块绿洲，更是新诗赓续传承的源头活水。儿童与儿童诗的世界是一个包孕丰富性、多义性与深刻性的世界，当代大陆儿童诗研究具有人类学意义，是一个十分有研究价值和研究必要的课题。

广义的儿童诗是指由成人作者为儿童创作的，切合儿童的心理，寄儿童之趣，抒儿童之情，写与适合不同年龄段的少年儿童阅读和欣赏的诗歌，也包括部分审美水准较高的少年儿童自己创作的儿童诗。儿童诗是诗的一个分支，艺术追求与新诗一致，但也有其特殊性和复杂性。由于它受到特定读者对象心理特征的制约，儿童诗具有双重人格：儿童的和成人的；拥有两种属性：一种属性是诗歌的，另一种属性是儿童性的；三个年龄段的儿童诗分别为：2—6岁幼儿的称幼儿诗或者儿歌、童谣等，6—12岁儿童的称儿童诗（狭义的儿童诗指这个阶段）以及12—18岁少年的称少年诗。儿童诗的服务对象是少年儿童，这也就决定了其表现的主题内容、所要运用的艺术表现方式以及应用的文学语言等都要契合儿童这一群体的性格特征和接受能力。由于儿童诗的诗歌属性与新诗一致，在类别上可以从多角度进行划分。从表达角度上看，可分为叙事诗和抒情诗；从分行和节奏的角度

---

① 孙介夫、宋默编：《罗曼·罗兰箴言录》，吉林教育出版社1990年版，第86页。

来看，可分为韵律体诗和散文诗。由于儿童诗的特殊性，它又涵盖了诸多的儿童文学其他文体样式并形成了独特的诗体样式，例如，儿童寓言诗、儿童童话诗、儿童科学诗、儿童题画诗等。本书的研究对象界定为1949—2018年的当代大陆作家针对6—12岁儿童的年龄特征创作的儿童诗，不包括港澳台作家和海外华文作家创作的儿童诗，同时，由于当前各少数民族作家大多数用本民族语言文字创作的儿童诗翻译成汉语出版得较少，因此本书的研究也暂时不包括用少数民族语言创作的儿童诗。考虑到优秀的儿童诗人和诗歌作品还有限，本书研究对象也暂时不包括儿童自己创作的诗歌。

（一）当代大陆儿童诗研究具有重要的诗学价值

中国的新诗已有百年历史，作为新诗不可分割的一部分，儿童诗与新诗相伴成长了近百年。但实际上，在新诗史的视域下，儿童诗这个"宁馨儿"是被缺席和忽视的。儿童诗在当代文学史和当代诗歌史上处于尴尬的境遇和地位。儿童诗本就属于新诗范畴之内的诗歌种类，但"成人诗"渐成了新诗的全部，儿童诗被莫名地排除在外，掌控新诗话语权的诗人和评论家理所当然地进入了文学史和诗歌史，而百年儿童诗至今没有儿童诗歌史，文学史、诗歌史中更没有其相应的地位。由于部分新诗研究者对于儿童诗在艺术层面和精神层面的双重价值过低的估价，进而导致了他们对于儿童诗存在价值的无视或贬低，这种偏见与那些对儿童诗缺乏深刻的价值体认并且从未尝试过创作儿童诗的诗人和读者互为影响，形成了非良性的互动关系。综观百年新诗史，儿童诗与新诗的发生发展保持着同一历史进程。不仅有大批优秀诗人自觉以"儿童诗诗人"身份坚持为儿童创作，还有许多在现当代诗坛上已经功成名就的诗人也尝试着儿童诗的写作，当代更多的少年儿童也拿起笔来书写自我的生活和梦想，三股创作流形成了儿童诗创作的合力，这促进了儿童诗创作的持续繁荣和兴盛，并在漫长的时间流逝中汇集并积累了大量优秀的儿童诗文本。从当代儿童诗的发展来看，从单一的艺术形式和内容到多角度的审美呈现和主题捕捉，从狭隘的儿童观和写作视角，到广阔的儿童诗观和多元创作维度；从政治观念和教育理念的呆板灌输到心灵和精神世界的灵性表达，当代大陆儿童诗基本完成了从美学外观到艺术本质的追求过程。就当代儿童诗而言，虽然社会形态的急剧变革和文化的转向使它曾经迷茫和困惑，但是其丰厚积淀和诗人真诚的态度却是鲜明而诗性的，是诗歌史无法抹杀的。

　　如果我们放弃主观决定性的"二元对立"的成人逻辑思考方式，来重新审视和评价儿童诗，我们不难发现"儿童诗"和"成人诗"并不存在所谓的对立关系，在许多情况下，这两者是重叠和融合的。二者在诗歌品质的追求上有许多相同或相通之处，共同构成了繁花似锦的百年新诗样态。真正优秀的儿童诗必定是儿童生命和成年生命可以共享的精神家园，儿童诗与"成人诗"分享了文学智慧，兴趣和灵性，让想象力在现实世界和虚构世界中自由飞翔。这种分享的情况使得儿童诗文本能够运用童年的特点在非现实世界中创造不拘而恣肆的快乐。同时，又借助这种肆无忌惮地对于现实冒犯的快乐力量，达到走向人性真实的艺术气度，它最终将透过生理意义层面的儿童呈现人性意义的儿童。以更宽广的视野来考察与评价，"儿童诗"与"成人诗"在精神和艺术双重价值上是各有千秋、不分伯仲的，儿童诗的超拔想象力和纯粹性在某种程度上比成人诗有过之而无不及，这是由儿童纯真的天性所决定的，可为诗歌创作注入最为纯然的诗性因素，并为其带来独特的诗歌审美体验和启悟。"儿童引导成人，像晨光引导白昼。"这是英国著名的诗人弥尔顿对于儿童的赞美。英国浪漫主义大诗人华兹华斯的诗句曾说："儿童是成人之父。"这两位举世闻名的文学家对儿童、对童心持有的推崇与虔敬之心可见一斑。儿童被寄予了美好的想象和无限的可能。儿童诗始终践行着一种对世界的热爱和对于人性的宽容，它始终内蕴着对现实的深沉关怀和对理想信念的孜孜以求，因此，"向光性"成为儿童诗的天赋异禀，它以执着的寻找姿态和充满想象力的表达方式探寻着经由童真"微物"而展现"阔大"的人类世界和艺术空间的路径，进而营造一个值得期许和拥有无限可能的审美诗学宇宙。儿童诗正是整个诗学宇宙中的能量源，是映照着人类世界的镜与灯，它的诗学价值和意义不可小觑，而对于儿童诗的理论研究更是意义深远。

（二）当代大陆儿童诗理论研究匮乏，亟须儿童诗理论体系建设

在有些人看来，诗歌可以根据受众分为"儿童诗"和"成人诗"。这种不同形态的诗歌自然呈现出一种看似合理的"层级关系"，因为它的内在逻辑非常清晰，儿童诗是为儿童写的，成人诗是为成人写的。在这里，儿童诗与成人诗在诗歌形式上的相对独立性和差异性衍生为诗歌价值的对立关系。根据这一逻辑，儿童诗是诗歌的低级形式和初级阶段。成人诗是诗歌的"先进"形式和"更高"阶段。因此，儿童诗的诗性语言等同于幼稚，儿童诗意蕴的童真被认为是简单或浅薄，儿童诗奇幻的想象力被解读为胡思乱想，儿童诗被视为一种心理成熟度还不成熟的诗歌，"成人诗歌"才是一种思维完全成熟的理想类型的诗歌。因此，跟百年儿童诗歌创作的蓬勃发展相比，儿童诗被视为"小儿科"和"小儿歌"，大陆儿童诗研究也被学界部分研究者所轻视，被视为"小儿科"和"小儿歌"研究而少人问津、贫弱滞后，在成人诗歌研究面前长期处于被矮化、被轻视、被边缘化的境遇中。并且久而久之还形成了成人诗和儿童诗的两个阵营，这导致读者群也发生分化和固化。

儿童诗是一种在拘囿中开掘的文学体裁，这种拘囿表现在它所书写的对象的无限可能的精神气质上。儿童是正处于起点的生命体，儿童诗诗人们面对的是一群没有或很少生活经验、艺术经验和知识储备的"无符号化特征"的生命，而正是这种人性原始的完整性挑战着儿童诗诗人在拘囿中开拓出无限的艺术空间。儿童诗理论研究是一个

困惑兼具困难的研究领域，这种困难来自于它面对着的是一片复杂的生命丛林。诗人笔下的儿童性难以摆脱自我经验的偏见和理性的傲慢，而本我的童年经验已经被时间之流磨损、过滤、扭曲或诗化；更为吊诡的是，当儿童们能用文字或言语表达之时，这种能力的获得本身已经彰显了成年世界对这片原始丛林"传承性"干预的初见成效。因此，不可否认，儿童诗创作和研究的自身难度也是导致儿童诗研究缺失的原因所在。

不无遗憾的是，作为儿童文学领域主要体裁之一的儿童诗，即使在儿童文学界，也游移在中心与边缘之间。当下小说和童话、绘本大行其道，出版销售异常火爆，而儿童诗的刊发园地却急剧萎缩，出版发行日趋艰难。这也导致了儿童诗人创作队伍的创作热情消退和信心不足，很多三四代的儿童诗人也已经不再创作儿童诗，童诗创作队伍存在严重的接续力量缺失状况，同时，连锁反应致使当下新创作的儿童诗数量骤减，质量也不尽如人意，新诗集甚至一年难觅一本，因而，研究者也逐渐望而却步，甚至另寻研究方向。老一辈优秀的儿童诗人由于年事已高，随感式的诗评和诗论也日益鲜见。当下"象牙塔"中的多数年轻研究者也对儿童诗存在着某种居高自傲的轻视或者置若罔闻的忽视态度。截至目前，儿童诗研究方面在中国知网可查的博士学位论文也只有刘汝兰的《尘埃下的似锦繁花——中国现代儿童诗史论》和钱万成的《中国当代儿童诗歌的审美流变》，这种理论研究的乏人问津，对儿童诗的创作和发展更是形成了致命的打击。可想而知，丧失了儿童诗理论研究与创作的积极互动，也就丧失了儿童诗未来蓬勃发展的可能，与此同时，中国当代儿童文学也失去了促进其全面繁荣发展的中坚力量，新诗的自我突围和超越也将因缺失儿童诗这一重要的诗歌"命脉"而更加举步维艰。

毋庸置疑，当代大陆儿童诗歌理论研究阶段性成果，虽然还远不丰硕，但也为当代儿童诗健康发展输送了活力，提高了儿童诗艺术的美学品味，同时也为今后的研究提供了可资借鉴的学术研究启迪。儿童诗歌研究包含的儿童诗歌基础理论、儿童诗歌史、儿童诗歌评论三个板块，据当前的学术现状分析这三个研究板块均都还是短板，时至今日，系统研究当代大陆儿童诗的专门著作和博士学位论文仍未出现，从此也可看出儿童诗研究的匮乏和儿童诗理论体系建设的迫切，儿童诗研究亟待更具责任心的研究觉悟、更高阔的学术视点、更强大的研究队伍、更丰富的学术资源，来提升研究的水平和能力，来激活自身的话语权。

三　研究现状与研究方法

相较于百年新诗的丰硕研究成果，当代的大陆儿童诗研究可以说是相当贫弱和落后；相较于当代大陆儿童文学中的儿童小说、童话、绘本等研究的热闹情形，当代大陆儿童诗的研究状态则是孤寂而落寞；相较于现当代儿童文学理论研究的日渐深化和系统化，当代大陆儿童诗的理论建设还亟待"破冰"。虽然研究现状堪忧，但也已经有一些有责任感和有担当的理论研究者，迈出求索的脚步。

（一）儿童诗歌史学现当代图景

随着学术研究的日益成熟和人们越来越重视儿童文学学科在民族、文化和人格发展中的作用，学术界对现代儿童诗歌的关注从21世纪开始发展起来，对现当代各个时期的儿童诗歌史的研究范围有所拓展。杜传坤的《中国现代儿童文学史论》针对清末、五四时期以及20世纪30—40年代，探讨了童话、小说、诗歌和戏剧的文体风格。在儿童诗的三个特殊章节中，对现代文学三十年中儿童诗的历史进行了详细阐述和评估。从现代儿童文学史的角度出发，该书笔者专门探讨了现代儿童诗的创作，对现代儿童诗歌表现出前所未有的关注。它是一本对中国现代儿童诗史料较为详尽深入的汇编，也是一本对现代儿童诗的特点呈现比较清晰准确的理论研究著作。刘汝兰的博士学位论文《尘埃下的似锦繁花——中国现代儿童诗史论》，从1919年至1949年的现代儿童报刊着眼，在掌握第一手历史资料的情况下，探讨了现代儿童诗的发展过程和规律，试图阐明其发展脉络，探索其内在的艺术规律，并运用儿童心理学、儿童教育学和接受美学理论梳理和解读现代儿童诗的发展史。这是第一篇中国知网可查的关于中国现代三十年阶段儿童诗史论研究的博士学位论文。现代儿童诗的诗学体系建设已经有了零的突破，而当代大陆儿童诗的理论研究仍是处于分述型、散点式的"游击"状态理论建设中，更多的是栖居在当代儿童文学史论研究的羽翼下存在着，当代儿童诗歌史或当代儿童诗歌研究类型的著作还没有出现。但在专门的儿童文学研究的专著和儿童文学史中可以看到有关现当代儿童诗的历史片段。蒋风主编的《中国儿童文学发展史》是一部比较全面呈现1917—2000年时段的儿童文学发展史。其前四编对当代以前的儿童文学发展状况进行了梳理，各编的个别章节对相应时段的儿童诗创作情况有所提及。后四编是当代部分，第五编《1949—1959年间的中国儿童文学》对贺宜、郭风、高士其、柯岩、袁鹰、任溶溶的儿童诗进行了简介；第六编《1960—1965年间的中国儿童文学》中用了一节800余字的篇幅对20世纪60年代前期的儿童诗歌的发展线索进行了呈现；第七编《1966—1976年间的中国儿童文学》同样开辟一节对这一时间段儿童诗歌的政治功利化特点进行了揭示，列举了一些较好的有价值的儿童诗；第八编《1977—2000年间的中国儿童文学》中设置了专章来介绍这一时期的儿童诗概况，重点对金波、田地、圣野、鲁兵、张继楼、张秋生、郭风、吴然八位诗人的儿童诗创作情况进行了略述。由蒋风主编的《中国儿童文学发展史》是国内当时在体系与史料上较为完备最具权威性的儿童文学史，但此版儿童文学史全面地梳理了各种儿童文学体裁，导致了虽时间跨度大、内容比较全面，但叙述浮泛和论述不够精深的情况频现。与《中国儿童文学发展史》情况类似的是陈子君主编的

《中国当代儿童文学史》，这是第一部以当代为立足点的儿童文学史，其按新中国成立后至1989年的时间顺序对各阶段的文体创作概况进行总结，并对各阶段的儿童诗歌创作情况进行了简要的分析。儿童诗在中国当代儿童文学史中身影闪烁，痕迹斑驳。

方卫平主编的《新时期儿童文学研究》这是国家教育委员会"九五"重点规划项目，也是学术界首次系统地研究1977年以来的中国新时期儿童文学的专著。该书基于新时期中国社会文化变迁和当代文学的演变，从宏观研究、文体研究、地理研究、媒体研究和文献研究五个方面入手，对新时期以来的儿童文学的整体美学嬗变与生动气象进行了充满理性思辨精神而又充实具体的研究。可是，在这部120万字的编著中，仅在文体研究部分的"诗歌研究"中编入了谭旭东的两篇研究文章，一是《八九十年代儿童诗回眸》，按时间先后顺序分"70年代末儿童诗创作的复苏""80年代儿童诗的发展特征""90年代儿童诗概述"三大部分，对20世纪80—90年代的儿童诗发展历程进行了总体的回顾和总结，从宏观上对新时期以来的儿童诗进行了一次巡礼；一是《八九十年代儿童诗创作群创作评述》，以地域诗学视域，划分"北京儿童诗创作群""上海儿童诗创作群""川渝及其他省市的儿童诗创作"三部分，对20世纪80—90年代儿童诗创作的重要诗人樊发稼、金波等人的创作特征进行了分析概括，并对"小诗人创作现象"作了述评，从微观的角度进行了个案研究，对20世纪80—90年代的儿童诗创作及理论进行了较为全面的总结。谭旭东也是迄今为止对当代儿童诗歌理论研究用力较多的学者，对于儿童诗歌理论的建设作出了积极的贡献。但这两篇文章都只是以点带面的"回溯"性质评论新时期儿童诗的状貌，缺乏对于儿童诗理论建构设想的深入呈现。《中国儿童诗歌发展七十年的脚印》是浙江师范大学蒋风先生于1990年为《中国儿童文学大系·诗歌卷》撰写的序言，它概括了五四以来的中国儿童诗70年发展历程，也是当前儿童诗研究极具分量的文章。它长达2万多字，可以说是中国儿童诗歌发展的简史。这篇序言站在历史的高度，第一次对现代儿童诗诞生以来70年的发展历史进行了纵向的梳理，从宏观的理论视角对每个时期的儿童诗歌发展特点和概况进行描述，对各个阶段的重要诗人及其诗作进行了简介式的微观个案文本分析，并对儿童诗创作实践和理论研究进行介绍。这无疑对于梳理总结儿童诗的历史具有重大的贡献。作为一篇序言，毕竟不同于学术专著和论文，儿童诗歌70年的发展历程也不可能在一篇2万字的序言中鞭辟入里的呈现，儿童诗诗学体系建构也并没有完成。

可以看到，整个的当代儿童诗歌基本上只潜藏在当代儿童文学史的间隙里，通常都是被一笔带过，片段性强而针对性弱，儿童诗歌史观没有确立，缺乏儿童诗歌史学呈现的力度、广度、深度和厚度，当代的儿童诗还没有出现专门的史论著作，当代的诗歌史中完全没有儿童诗的踪迹可寻。

（二）理论选本中各阶段研究状貌

中国少年儿童出版社1982年出版的《儿童文学书选》展示了新时期以前的儿童文学研究状况，收录了舒霓1957年发表的《情趣从何处来？——谈柯岩的儿童诗》、黄昭彦发表于1959年的《科学和诗的结晶——略谈高士其的儿童科学文艺创作》、魏金枝发表于1960年的《儿童们的好朋友——读金近同志的〈春姑娘和雪爷爷〉》、刘崇善发表于1962年的《谈金近的讽刺诗》、任溶溶发表于1978年的《漫谈儿童诗的创作》、李岳南发表于1979年的《漫谈儿歌的形象性及其他》，共6篇儿童诗歌相关的理论文章。这些理论研究成果基本代表了那一时期较高水准的儿童诗研究状貌，"十七年"阶段的儿童诗理论研究更多的是以诗人和诗作为切口，开始探索尝试为当代儿童诗的理论建设奠基。2009年出版了由蒋风担任总主编的《中国儿童文学大系·理论卷》四卷本，共256.4万字，其中选录了柯岩的《漫谈儿童诗》《金波的世界》、汪习麟的《用无邪的童心歌唱》、邵燕祥的《给小孩子创作大诗歌》、李岳南的《谈民间传统儿歌的艺术特色和技巧》、李奕的《重视新儿歌的创作和推广》、徐锦成的《一面解读儿童诗的哈哈镜》、谭旭东的《新世纪儿童诗的诗学与美学追求》、金波的《关于儿童诗创作的思考》、圣野的《谈诗的音乐性》这10篇与儿童诗相关的理论文章。其主要从儿童诗的艺术特色和美学追求、创作技巧以及儿童诗的个案研究等方面对当代儿童诗的理论研究情况进行呈现。同样出版于2009年的《中国儿童文学六十年》（上下卷）是为庆祝新中国成立六十周年而编发的献礼文集，共347.7万字，其中，儿童诗类理论文章选编了袁鹰的《儿童文学·诗选·序言》《为祖国的未来歌唱》、任溶溶的《漫谈儿童诗的写作》、屠岸的《十四行诗找到了儿童诗诗人金波》、高洪波的《幼儿诗：把梦还给孩子》、樊发稼的《进一步提高儿童诗创作的质量》《中国当代儿童诗发展概述》、束沛德的《中国当代儿童诗丛·序》、谭旭东的《90年代儿童诗歌论》、吴其南的《柯岩儿童诗的儿童情趣》、彭斯远的《张继楼的儿童诗和幼儿戏剧创作》、张美妮的《刘饶民的儿童诗：大自然的赞歌》、柯岩的《任溶溶和他的儿童诗》、金波的《关于儿童诗创作的几个问题》《樊发稼儿童诗：明敏·自然·优美》《张秋生：小巴掌越拍越响》《圣野：一个诗的梦想》《论鲁兵的童话诗》《于之：用心灵的火焰照亮孩子的世界》共19篇理论文章。这些理论文章有一共同特点，就是大多数文章都出自儿童诗诗人之手，袁鹰、任溶溶、樊发稼、金波、柯岩、屠岸、高洪波、谭旭东等几代优秀的儿童诗创作者同堂呈现出具有实践经验性的诗歌理论文章。以王泉根主编的《儿童文学教程》为代表的这类高等教育"十一五"国家级规划教材为例，同类的教材在内容中基本都设有专章集中介绍儿童诗歌的体裁特征，但论述内容也相对浅显，均属于普及入门型的介绍。

显而易见，以上长时间跨度的当代重要的儿童文学理论选本中，儿童诗的理论文章内容以诗人论和创作论内容居多，微观性研究远超过宏观性的理论建构，研究范式的单一性仍然比较明显，学理性的儿童诗研究远没有得到重视，研究者们的研究视野也更多地停留在大陆儿童诗范围内，缺失多元的理论介入和比较研究，也缺乏国际视野和理论高度。

（三）诗歌理论著作中的研究特色

圣野《诗的散步》出版于1983年，不是一本严格意义上的理论著作，而是一本诗体诗论集。它没有对诗歌艺术作系统地探索，而是采用以诗谈诗的方式把自己对于诗歌的理解、诗歌的特点、诗歌的孕育过程，特别是关于儿童诗创作的得失等内容，用散步聊天的方式加以阐述。与这本诗体诗论集同类型的《诗的美学自由谈》是圣野于1991年出版的第二本诗论随笔，这部诗论集比较系统地从诗的建筑美、音乐美、意境美、质朴美、想象美、语言美等诗美的八个角度对诗歌美学进行了进一步的探索，但随笔的性质仍然导致这本著作无法成为理论性儿童诗研究著作。刘崇善的《儿童诗初步》这本出版于1985年的薄薄的小册子，基本可以代表20世纪80年代初期儿童诗理论著作的总体范式。书中主要谈了作者对儿童诗的理解，以及儿童诗的针对性、题材、情趣、语言、形象、感情、构思、情节等问题，大部分篇幅是收录的个人诗歌短评，是作者在编辑工作和创作儿童诗实践中的心得体会，属于个人小结性的成果，理论性较弱。圣野于2009年出版的《圣野诗论》集中了他六十年来谈诗论诗的大部分文章，其中包括《诗的散步》和《诗的美学自由谈》两部诗论集的大部分内容，也汇集了圣野多年来写下的大部分儿童诗理论和评论文章。尽管整部论著一如既往地呈现出诗论随笔的风格，对儿童诗的见解并没有系统性的阐发，但老诗人的创作经验和直觉感悟对后辈的创作和研究还是弥足珍贵的。樊发稼于2013年出版的《樊发稼论童诗》是诗人在13本已出版的儿童文学理论、评论集中精选出的文章荟萃而成，主体内容是对儿童诗创作和诗人、诗作的思考与评论，其中也有儿童诗的基础理论和发展史，地域涉及中国台湾和马来西亚、泰国、俄罗斯等。这部评论合集对于从事儿童诗研究、儿童诗创作者和教学者等都大有裨益，但对于儿童诗的当代价值、儿童诗的特异性质、儿童诗的诗歌观念的确立等重要诗学问题，都没有深入的探讨。金波著、汤锐笺的《金波论儿童诗》出版于2014年，这种以笺的形式对集结金波半个多世纪的评论文章精华进行更加理性地概况和解读的方式使人耳目一新。汤锐肯定了金波对于丰富和深化中国儿童诗文体美学作出的重要贡献，强调了承续和发扬传统诗歌之精华对于形成当代儿童诗特色的积极作用。但该著作并没有完成当代儿童诗歌理论框架的完整呈现。王亨良于2014年出版的《圣野儿童诗创作理念与实践研究》是一部对优秀诗人圣野的儿童诗创作进行深入研究探讨的个案性质理论著作。这本论著从儿童诗的美学理论出发，把圣野的作品放到中国儿童诗创作史的整体背景中去考量，准确地把握了圣野各阶段创作历程中代表性作品的思想和艺术表现风格，归纳出了童心浪漫主义的特点，确立了圣野在现当代儿童诗创作史上的地位和作用。这是一部系统性地对儿童诗诗人进行专门研究的理论专著，但其对儿童诗诗人个体的研究无法取代对于儿童诗的专门研究。

可以看出，以上这些集中在新时期出版的儿童诗研究专著和21世纪后出版发行的评论专著，更多的是几位优秀的老诗人一肩两任把儿童诗创作与评论紧密结合，是他们一生的儿童诗创作经验积淀和理论建构的心血结晶，深沉厚重充满历史感与可读性。但是，仍然属于散点透视性质随感式著作，归纳总结性的高度不够，系统性和学理性比较欠缺，内容大多只辐射到新时期初期，研究视域还比较狭窄，存在着反复咀嚼既往研究成果的现象，研究者们也存在着研究范式的单一性和类似性问题。因此，当前整体建构当代儿童诗诗学体系的研究著作还没有真正出现。

（四）学术论文中的理论研究向度

1949 年以后的数量有限的学术论文中，一类是比重较多地注重儿童诗诗人个体和个别作品的研究类型的评论性文章和硕士学位论文。例如，对冰心、叶圣陶、郑振铎、郭风、田地、圣野、柯岩、任溶溶、樊发稼、金波、高洪波、高帆、王宜振、邱易东、张继楼、董恒波、钟代华、滕毓旭、薛卫民、钱万成、王立春等儿童诗人的专题和诗集、诗作风格的研究。

一类是侧重于儿童诗表现方式和审美艺术特色研究的博士、硕士学位论文和理论文章。例如，钱万成的博士学位论文《中国当代儿童诗歌的审美流变》是对中国当代儿童诗歌审美研究的有益补充。南开大学崔筱的硕士学位论文《中国当代儿童诗的叙事倾向》填补了当代儿童诗叙事研究的空白，论文从当代儿童诗中抽象出一条清晰的叙事思维，并据此寻找出构建叙事空间的具体方式，对叙事策略、叙事意图和叙事接受等方面进行了较深入的剖析。陕西师范大学王莹芝的硕士学位论文《真、善、美世界的营构——当代儿童诗歌的审美追求及诸问题研究》，作者基于儿童诗处于当代文学世界的双重边缘的尴尬处境，重新审视儿童诗审美追求话题，从儿童诗"真善美"审美追求的内涵出发，以当前语境和儿童本位的标准进行考察和阐述，通过对儿童诗的冷遇现象来看本质，从儿童诗自身寻求新的发展机遇。浙江师范大学范秋菊的硕士学位论文《论儿童诗意象的艺术呈现》以儿童诗的意象为切入点，从儿童诗意象的选择、类型、外在呈现与内在呈现四个方面来探讨儿童诗中意象的魅力所在。东北师范大学姜佐的硕士学位论文《现当代儿童诗缺少童趣问题研究》提出了现当代儿童诗缺少"童趣"这一问题并分析其原因，总结了儿童诗"童趣"的来源以及增强"童趣"的方法。

一类是五四时期、抗战时期、"十七年"时期、"文化大革命"时期、新时期等几个历史阶段儿童诗发展情况的研究论文。例如，谢毓洁《论五四时期儿童诗创作》，彭斯远《鸟瞰抗战时期的儿童诗》，韦林池《独特的童真美感——论"桂林文化城"儿童诗歌创作》，钱万成《"文革"十年儿童诗歌现场回望》，曾庆江、张永健《新时期儿童诗简论》等。较系统的研究成果是东北师范大学石金伦的硕士学位论文《戴着镣铐的诗歌狂欢——"文革"时期儿童诗歌研究》，该文从"文化大革命"时期儿童诗歌的歌颂主题、艺术取向、审美价值三个方面对这一时期儿童诗进行了回顾和总结，比较全面地梳理了"文化大革命"时期儿童诗歌的风貌，并在批评其存在的不足的基础上，发现其在思想和艺术等方面的有益之处，比较全面客观地评价了这一时期的诗歌创作。较为可喜的是，已经开始出现探索当代儿童诗歌整体研究方向的理论文章和硕士学位论文，例如，首都师范大学罗梅花的硕士学位论文《儿童本位视角下的中国当代儿童诗歌》，以儿童本位为研究视角，对中国当代儿童诗存在的成人化写作倾向、灰色童谣的侵袭、幽默儿童诗歌的匮乏三方面问题进行分析和批判并提出了解决问题的方案。安徽大学刘芸的硕士学位论文《当代中国儿童诗发展研究》以儿童诗作品的具体阐释分析了当代儿童诗的特点，探讨了当前儿童诗的发展困境和成因，并且思考了儿童诗的发展出路。

  一类是比较儿童诗歌研究文章。例如，彭斯远的《根脉相连和声共鸣——海峡两岸儿童诗比较》和蒋风的《情·象·境·神——从中国诗艺美学传统看海峡两岸儿童诗》，对海峡两岸儿童诗的主题类型和艺术特质进行了对比。而类似于日本学者佐佐木久春《日中现代诗之比较研究——由两国儿童诗引发的思考》这类以儿童诗为研究对象而统观整个诗学领域的研究文章，中国当代儿童诗研究者还甚少涉猎。以郑轶彦的《重庆三十年儿童诗歌创作的回顾与思考》，夏明宇、徐建华的《寓教于乐童趣盎然——渝西儿歌的主导思想和艺术特色浅析》为代表的地域类较长时段的儿童诗研究论文也开始出现。还有一部分论文涉及儿童诗，但主要是从教育学角度切入研究儿童诗的教法和写作为主的理论文章，大多侧重于教育学范畴理论研究，这里不展开赘述了。虽然当下儿童诗歌的基本研究方向类型已经具备，但是研究范式的多元性和丰富性还远远不够，成果类型也大多是硕士研究阶段的成果，博士研究阶段的成果还很少，还远没有全面地呈现出当代儿童诗的整体样貌，更无法完成建构当代儿童诗诗学理论体系的探索。

综上所述，现阶段的当代大陆儿童诗研究已经有了一定进展，但依然处于理论研究的发展初期，诸多的理论研究空白仍然存在，还缺乏宏观的儿童诗歌研究视野，百年儿童诗的历史嬗变过程仍需要钩沉，当代大陆儿童诗观仍然没有明晰，当代大陆儿童诗的本质和功能性仍有待进一步辩驳，当代大陆儿童诗的包蕴内涵和诗美特质仍需多方位呈现，各类当代大陆儿童诗的比较研究还需拓荒，当代大陆儿童诗的价值仍需客观估衡，当代大陆儿童诗诗学体系的建立还任重而道远。

本书采用的研究方法主要是：（1）微观的现当代儿童诗本体研究与宏观的新诗史研究相结合。（2）多门类人文学科知识的交叉综合运用，在儿童文学、儿童心理学、接受美学、教育学、人类学、文化学、传播学等学术视域下观照当代大陆儿童诗。力求对之进行具有历史感、现实感、生命感、审美感和哲思性的全面透视和把握。（3）比较研究。不仅在纵向上注意不同历史时期儿童诗的发展和儿童诗观的嬗变，而且在横向上将当代大陆儿童诗与其他相关文学现象，如当代新诗、外国儿童诗等作平行比照，在比较中发现并凸显研究对象独特的或具有辐射意义的重要品质与问题。

第一章　文学史视域下的当代儿童诗观念的嬗变

中国现代儿童文学的本质性和成就性标志是在"新文化运动"时期建立了"儿童本位"的儿童观，这使得儿童文学现代性得以奠基与巩固。在文化新生期，觉醒的作家们崇拜并张扬自然天真的童心以表达对本真人格的追求，洋溢着浓郁的启蒙主义和理想主义色彩。以激进的、极端化的方式给起步期的中国现代儿童文学灌注了一股热辣辣的元气，以小儿当作"神"来崇拜的礼遇，立场鲜明地与几千年来封建礼教桎梏下的儿童境遇做了最彻底的决裂，给儿童文学提供了一个自由而高超的起跳点。成人的政治、经济、文化的先在性与强大性深刻地影响甚至左右着儿童的一切，因而，进行当代大陆儿童诗的研究就首先必然不能绕开对"儿童观""儿童文学观"和"儿童诗观"这些纠缠在一起的立场和观点的探析。在前期的研究过程中发现，整个百年儿童文学观是一个周而复始的圆形结构，相应时期的儿童观遥相对应，当代阶段的儿童观存在着一个向五四时期的"儿童本位"儿童观的逐渐复归趋势，而近年来又进一步表现出了"生命本位"的儿童观取向。与此同时，相应的儿童观又与充满着特异性的儿童诗观之间存在着遇合与疏离，因而本书在第一章首先鉴古知今，回溯清末民初、五四时期和战争阶段这三个由时代情绪牵引下的具有代表性的现代阶段的儿童诗发展样态和情绪表征，进而再接续时空，主要对中国当代大陆儿童观和儿童诗观的建构进行探究，对当代大陆各阶段的儿童诗的特点进行揭示。

五四时期是中国儿童诗的现代性自觉的发端期和繁荣期，知识阶层一方面汲取民间歌谣的文化精华，一方面大力借鉴西方文学艺术理论，使两者的力量融合进儿童诗的血液，使其焕发出生机与活力。当我们以今天的艺术高度和与世界经典儿童诗参照的审视目光去综观既往时代的儿童诗时，虽然我们能看到中国儿童文学向西方儿童文学和教育学理论著作学习如何表达童年和了解儿童的虔敬姿态，也能看到中国儿童诗在新诗百年的不同历史阶段中所呈现出的多元样貌，但不可否认，中国特殊的历史文化语境使得儿童诗只能在相对封闭和自足的话语体系中诗写着自我的演变轨迹，特别是新中国成立以后，当代的儿童诗的诗歌观念出现了一个复杂的变化发展过程。从"十七年"间的"接班人"儿童诗观，到"文化大革命"时期扭曲的儿童诗观，工具论的深刻影响就一度使得当代儿童诗精神"贫血"甚至"变态"，在整体的精神诉求上缺失真正可以和童年以及世界相交流，与时间相抗衡的内在精神品质。直到美学趣味日趋强化的 20 世纪 80—90 年代儿童诗中表现出的"快乐"的儿童诗观的确立，才使得中国大陆儿童诗在之前变幻不定的意识形态场域中始终无法形成真正的价值定位的缺憾得以弥补。21 世纪至今虽然包括儿童诗在内的整体新诗发展都日趋边缘化，但也因此诗歌更回归生命本体，观照生命内质，"成长"诗观成为指引审美化彰显儿童诗那种使人回归纯真的生命快乐和美好初衷的方向。

第一节　情绪与情趣的博弈：当代中国儿童诗"前探照"

中国新诗的发展历程已有百年，作为新诗的重要组成部分，儿童诗一直见证着新诗的成长，但是在新诗史的视域下，儿童诗却一直处于被忽视的尴尬境地，即使作为儿童文学领域里主要体裁之一的儿童诗，也游移在中心与边缘之间。诗歌是人类最直接化和本真化的抒情语言，更是所有文体中创作情绪最鲜活彰显的类型。人类的情感是维持或改变社会现实的能量，人们在社会文化历史的大背景下的互动过程中所唤醒的情感，是改变社会秩序和促进变革的感性基础。而由包括情感的生发的人类情绪是一种普遍的，对于外部刺激事件的功能性反应，它暂时地整合生理、认知以及行为等渠道，以便促进对当前情境作出一种增强适应性，塑造环境的回应。因此，作为人类社会现实的镜子和精神灯塔的诗歌是一种最富于情绪表达的载体。诗歌情绪是丰富而复杂的，它不是单一的，而是双向性的、一体多面的，作者的创作情绪与读者的反应情绪叠加出诗歌情绪的丰富呈现，政治和文化等又影响着情绪的抒放。儿童是相较于成人来说，更加情绪化的人，它情绪的外倾性特征决定着儿童诗的诗歌情绪表达的外向性张力更加显豁。本节从儿童诗的内质——儿童诗的美学建构，到儿童诗的外因——影响儿童诗创作形态的社会生活等因素两个层面来梳理现代阶段的儿童诗样貌，使现代儿童诗三个主要阶段的特征在具象化为诗歌情绪后更加鲜活生动且耐人寻味。

一 清末民初：爱国情绪催生现代童诗萌蘖

追本溯源，早在春秋战国时期孔子就提出："诗，可以兴，可以观，可以群，可以怨。迩之事父，远之事君；多识于鸟兽草木之名。"宋代朱熹的《训蒙诗百首》，宋元明清的《神童诗》《千家诗》和《唐诗三百首》等都是早期的对儿童启蒙的诗歌类书籍。鲁迅在《我们怎样教育儿童？》中写道："有些人读的是'天子重英豪，文章教尔曹，万般皆下品，惟有读书高'的《神童诗》，夸着读书人的光荣；有些人读的是'混沌初开，乾坤始奠，轻清者上浮为天，重浊者下凝为地'的《幼学琼林》，教着做古文的滥调"①。一些早慧的儿童所作的咏鹅、咏絮、七步诗等，包括私塾学写古诗的儿童所作的诗，比较偏重于审美特质。不可否认，古代是因教育目的而出现了一些承载"载道"的媒介——早期的儿童启蒙诗。而一部分成人诗人虽然有描摹儿童或充满童趣的诗作出现，但是还没有产生主观上要为儿童写诗的理念。更为吊诡的是，在古代各个王朝更迭时期，市井街巷往往都会有一些儿童说唱着具有政治预言意味的歌谣和诗歌出现，这种成人利用儿童之口达到某种政治目的的行为古已有之。

  清末民初是一个内忧外患的历史时期，梁启超、黄遵宪等人倡导了"诗界革命"，梁启超的《少年中国说》和《爱国歌》4章、李叔同填词的《祖国歌》、黄遵宪的《军歌二十四章》《小学校学生相和歌十九章》等诗篇充分表现出那一代爱国知识分子的满腔热忱，同时也把救国于危亡的希望寄托于少年儿童。梁启超曾感叹借诗歌、音乐的精神教育作用来改造国民品质的艰难："今欲为新诗，适教科用，大非易易。盖太文雅则不适，太俗则无味。斟酌两者之间，使合儿童讽诵之程度，而又不失祖国文学之精粹，真非易也。"②而林纾在他的《闽中新乐府·村先生》里更是写出了为儿童写诗所寄寓的"深意"："我意启蒙在歌括，眼前道理说明豁。……今日国仇似海深，复仇须鼓儿童心。……强国之基在蒙养。儿童智慧须开爽，方能凌驾欧人上。"③这一时期，黄遵宪、梁启超等知识分子为少年儿童作了大量半文半白的"励志诗"，内容多是以表现"勉学""尚武""爱国"等思想为其新意，体现了当时的新民教育主题，充满了对"小国民"的启蒙和激励的功利色彩。例如，黄遵宪发表于《新小说》1902年第3号上的《幼稚园上学歌》共10节，每节末的"上学去，

---

  ① 董操：《鲁迅论儿童教育》，山东教育出版社1985年版，第34页。
  ② 梁启超：《饮冰室诗话》，人民文学出版社1982年版，第97页。
  ③ 闽中畏庐子：《村先生》，《知新报》1898年第46期。

莫迟疑""上学去，去上学""上学去，莫蹉跎""上学去，莫停留"等，体现出一种回环往复感，整首诗把"勉学"劝喻之意极其自然地浸润在温和的诗歌叙述口吻中，读来亲切易懂，符合儿童心理，淡化了说教味道。周作人曾赞叹其为"百年内难得见的佳作""不愧为儿童诗之一大名篇"。与此同时，深蕴着同仇敌忾保卫家国的"尚武"主题的儿童诗歌也出现了，例如，沈心工的《兵操》："男儿第一志气高，/年纪不妨小。/哥哥弟弟手相招，/来做兵队操。/兵官拿着指挥刀，/小兵放枪炮。/龙旗一面飘飘，/铜鼓咚咚咚咚敲。/一操再操日日操，/操得身体好，/将来打仗立功劳，/男儿志气高。"① 借助儿童熟悉的生活场景及形象，辅以生动易懂的语言和自然的节律，间接传达了"尚武""团结一致"等思想。无论是"爱国""勉学"还是"尚武"主题，其旨归主要还不是以儿童自身的需要为出发点，更多饱孕着"开卷爱国心，掩卷忧国泪"的成人本位意识，以及面对异族入侵的一雪国耻、强国保种等政治启蒙思想和诗歌情绪，而且这种强烈的爱国主义诗歌情绪在抗战时期更加鲜明地凸显在儿童诗歌中。这一时期的儿童诗歌还加入了对于儿童特征维度的考量，例如，曾志忞编创《教育唱歌集》时，初步具备了根据不同年龄段儿童的特点提供不同难度、不同侧重点、不同风格的诗歌意识，这对于草创时期的儿童诗意义重大。

从晚清到五四时期，知识分子探索民族贫弱危亡根源的过程，是历经物质层面到制度层面最终确定为文化层面的原因，改造国民性的文化运动因此而发生，从教育救国到文学救国，儿童文学作者妄图利用儿童文学来改造国民素质，而儿童诗这种最适宜少年儿童接受的文学样式，以其顽强的生命活力，在五四时期的新诗诗苑里真正落地生根。

---

① 沈心工：《心工唱歌集》，文瑞印书馆1937年版，第53页。

二 五四时期：启蒙情绪导引的童诗发端

学界对于儿童诗的起源众说纷纭，莫衷一是，大致有儿童诗起源五说，一是古已有之说，二是从宋代发端说，三是明朝说，四是清末民初说，五是五四说。从体态完备和白话儿童诗诗质成熟来看，五四说更能服众。五四时期，西学东渐，受西方文学理论和文化思潮的影响，"人的地位"得以确立，妇女、儿童被发现，周作人提出了"以儿童为本位"的儿童文学观，他认为"歌吟是儿童的一种天然需要"[①]。在"白话文"和"白话诗"的运动中产生了儿童诗，它浸染着"诗体大解放"的时代特色，形式上不拘格律，讲求自然的音节、音韵，语言上更趋于口语白话。值得欣慰的是，这一时期在很大程度上摒弃了借儿童诗鼓吹爱国、尚武等现实功利性追求，剔除了那种借儿童诗歌宣泄的爱国情绪，许多儿童诗歌呈现出娱乐、游戏的"无意思"特色，"自由"的诗歌情绪和"自在"的儿童情态充溢其间，这一时期的儿童诗更接近儿童自身的审美特点及接受能力。中国儿童诗的发轫起点实际上是很高的，可以说一出现就走在了正确的发展道路上。这一时期的儿童诗歌大部分不顾及诗歌本身的现实功用，整体的诗歌情绪是自然随性而快乐无拘的，诗歌创作以儿童心理特点为依据，迎合满足儿童对于诗歌审美的独特需求，儿童诗的功利色彩几近于无，在之后的几十年中很难见到，它对于诞生期的现代儿童文学而言显得弥足珍贵。

早在1920年周作人在《儿童的文学》[②]这篇文章中将儿童分为幼儿前期（3—6岁）、幼儿后期（6—10岁）与少年期（10—15岁），根据这三个年龄阶段儿童的心理特征，具体分析了适合于他们

[①] 周作人：《读〈童谣大观〉》，《歌谣》1923年第10号。
[②] 周作人：《儿童的文学》，刘绪源辑笺，《周作人论儿童文学》，海豚出版社2012年版，第124—125页。

阅读的文体样式及其要求。他认为幼儿前期的诗歌，"第一要注意的是声调，最好是用现有的儿歌"；幼儿后期诗歌"不只是形式重要，内容也很重要"，"要好听，还要有意思，有趣味"；少年期的孩子"对于普通的儿歌，大抵已经没有什么趣味了"，"奇异而有趣味的，或真切合于人情的"传说故事"都可采用"。《儿歌底研究》是冯国华写于1923年的儿歌研究著作，其中《儿童心理略述》这节已经涉及运用专门的儿童心理学知识进行儿童研究。作者针对3—6岁和6—10岁这两个年龄阶段的儿童在"想象、好奇、言语"等方面的心理特点进行分析，提出儿歌的内容应当是：顺应儿童心理，要在儿童生活里取材，用韵是第一要紧的事，儿歌主旨要有趣而不鄙陋，进而达到儿童有高尚的人格的终极目的。综上所述，五四时期对于儿童诗研究的高起点以及儿童诗观的亲儿童性特征。

这个阶段，新文化运动方兴未艾，白话诗的创作也是开天辟地，因此，向外翻译外国文学，向内取道民间歌谣，向民间文学学习，取其精华成为了新文化运动先锋们的选择。当时采集、整理、出版民间歌谣蔚然成风。仅北京大学的《歌谣周刊》就征集了一万三千余首歌谣，各地还出版了本省本地的歌谣集若干。可以说，歌谣的征集出版为儿歌童谣的研究提供了比较充足的材料，进而带动了儿童诗歌理论的发展。一批新文化运动的先锋胡适、周作人、冰心、丰子恺、梁实秋等人都尝试着为儿童写诗，他们以儿童的"性爱天物"为出发点，遵从儿童的泛灵论思想，完全按照儿童自身的需要为儿童创作。此时期的儿童诗歌主题多元，内容丰富。从视角可分为两个类别，一类是对象意识比较明确的，富有童趣，无论在立意还是语言上都比较符合儿童特点的以儿童本位为视角的儿童诗。例如，严既澄的《早晨》："鸡呵鸡！请你早些啼。/唤起小弟弟，/同看月儿落到西。/月儿落到西，太阳东边起。/鸦也啼，雀也啼；/啼醒小蝴蝶，/黄黄白白一齐飞。"同样写早晨主题的沈志坚的《早晨七点钟》："一年最好是阳春，/一天最好是早晨，/早晨最好是七点钟。山边朝露如圆珠，/云下百灵飞且鸣。/蜗牛爬在荆棘上，/玫瑰开花香喷溢，/早起呀——大家早起看美景。"这两首同主题的儿童诗，虽然以早晨为题，但决然没有落入"早起读书"、勉励"勤学"等功利性主题的窠臼，而是用浅显且朗朗上口的儿童化语言勾勒出自然界生机盎然的晨景图，表达出了自然之子——儿童，与自然万物和谐共生，对自然美景的真纯热爱。儿童诗的游戏精神在这一时期也萌生出来，诙谐幽默可爱稚拙的儿童情态在儿童诗里得以表现。如胡怀琛的两首童诗，《小人国》："门铃丁丁大门开，/黄衣邮差送信来。/信从哪里来？信从小人国里来。/接着信瞧一瞧。/大字还比蚂蚁小。/快拿显微镜子来照，/照一照，说得甚么话？/请我找个鸽子笼，/他要到这里来过夏。"《大人国》："门铃丁丁大门开，/绿衣邮差送信来。/信从哪里来？/信从大人国里来。/信纸方方一丈四，/写了三十六个字。/约我去，去游玩。/算算路，多少远。/飞机要走一年半。"这两首童诗用"小人国"的"小"与"大人国"的"大"比映成趣，运用对比夸张的手法和大胆新奇的想象虚构出简单而富有童趣的情节。另一类是站在成人的立场上，透过成人的眼光发现和欣赏儿童式的纯朴与稚拙、可爱和诗意。这其中包括模仿传统儿歌民谣所作的儿童诗，比如吴研因《看红灯》："看红灯，/提红灯，/我一盏，/你一擎，/满街满屋亮晶晶。/大家聚拢来，/好像天上许多星。"还有刘半农的《拟儿歌》、汪静之的《我们想》、顾颉刚的《吃果果》和《老鸦哑叫》、胡绳的《儿歌——游火虫》、俞平伯的《儿歌二首》、刘大白的《两个老鼠抬了一个梦》等节奏鲜明，音韵和谐，趣味盎然。例如，郑振铎的《春之消息》、郭沫若的《天上的市街》、冰心的《繁星》以及朱自清的《小草》："睡了的小草，/如今苏醒了！立在太阳里，欠伸着，/揉他们的眼睛。//萎黄的小草，/如今绿色了！/俯仰惠风前，/笑咪咪地彼此问着。//不见了的小草，/如今随意长着了！/鸟儿快乐的声音，/'同伴，我们别得久了！'//好浓的春意呵！/可爱的小草，我们的朋友，/春带了你来呢？/你带了她来呢？"等，虽然并不是专门为儿童创作，但因稚拙的诗意中充满了纯真童心的抒写，也可纳入童诗范畴。另外，还有诗人"童年忆往"的诗作，如叶圣陶的《儿和影子》《成功的喜悦》《拜菩萨》，徐景元的《儿啼》等，特别具有代表性的是丰子恺的新诗集《忆》。文学研究会的成立对儿童文学的发展，对儿童诗歌的创作起到了重要的推动作用。文学研究会的主要成员郑振铎创办了刊物《儿童世界》、黎锦晖创办了刊物《小朋友》，译介了大量的儿童文学作品，这两个儿童刊物成为诗人们创作发表儿童诗歌的主要阵地，为当时的儿童诗歌的繁荣奠定了良好的基础。

但事实上，成立于1921年1月几乎会集了20世纪20年代中国文坛上重要人物，并掀起了"儿童文学运动"的热潮的文学研究会的主张是与周作人的儿童理念并不一致。这一文学社团的鲜明宗旨就是"为人生"，因此，它关于儿童文学的理念自然也遵循着社团成员所理解的写实主义的思路，主张儿童文学应"将成人的悲哀显示给儿童"[①]，引导儿童文学走与整个新文学的发展主流步调一致的写实主义道路。这就预示着以文学研究会为阵地的另一派势力强劲的儿童文学观代表出现，直接导致了现实主义儿童诗歌的缘起，从而也促使儿童诗走向两个极端，"为儿童"与"为人生"，而且这种儿童诗歌观念一直影响到后世乃至当代的不同时期。在今天的立场看来，"将成人的悲哀显示给儿童"这种儿童文学理念虽然体现了"为人生"的价值旨归，但可以说并没有考虑到儿童文学与成人文学的区别和独特性，虽然五四时期被誉为发现了人、妇女和儿童的时代，但在根本的层面上，儿童并没有成为当时思想界的精神资源。这种"将成人的悲

---

① 蒋风、韩进：《中国儿童文学史》，安徽教育出版社1998年版，第124页。

哀显示给儿童",而不是"将儿童的天真显示给成人"的成人本位立场是弱意识的甚至是无意识的,却一以贯之的延续在百年的儿童文学创作中,这一思维走向不仅显示出和上述世界观的密切的内在联系,而且也显露出提出者将经验世界视为生产价值和意义的唯一途径的思维方式。这一思维方式与其说是一种单一的思维,不如说是一种人性的迷途。

通过对这段儿童诗的发轫时期的历史的重现考量,可以得出结论。一是从宏阔的世界文学交互影响的经度来看,相对于对西方儿童文学的发展产生重大影响的18世纪欧洲的浪漫主义思潮所达至的文化广度和思想深度,中国现代文学史上的"儿童文学运动"所倚靠的时代文化显出它不可避免的急功近利和目光短浅。周作人的"无意思的意思"的儿童诗歌观念与文学研究会的"将成人的悲哀显示给儿童"是两条背道而驰的儿童观念的表现,前者是儿童本位的,后者是类儿童本位,实则是成人本位的。曾经猛烈批判"文以载道"观的五四文学只是反对了所载之"道"——封建政治文化和"道"的载体——文言文,但实质上并没有触及单一价值观取向的思维方式"载"的落后性。因此,传统的实用理性仍然制约着现代作家们,而且这种价值取向以"万变"不离其宗的方式一直延续到当代。正如周作人在1923年批判当时的教育家们所说:"便是一首歌谣也还不让好好地唱,一定要撒上什么爱国保种的胡椒末,花样是时式的,但在那些儿童可是够受了。"[①] 文学研究会所倡导的"将成人的悲哀显示给儿童"的写实主义创作精神向度,与18世纪欧洲浪漫主义所崇尚的"一种对幸福存在的信念"对于儿童文学发展的关键影响相比,有着迥然而异的精神指向。文学研究会所倡导的儿童文学理念有着现

---

① 周作人:《自己的园地》,北京出版集团公司、北京十月文艺出版社2011年版,第87页。

实人生的民族性的体现，但也因此使中国儿童文学的精神内核先天性地缺乏一种心灵超越物质现实的精神气质，这种缺失导致重实际轻梦想、重现世轻未来、重交际轻内心、重群体轻自我的价值标准成为主流价值尺度，使中国现代文学普遍缺乏超越精神，文学只能成为承载社会之重的载体，伏地而行在苦难的人间，咒骂着所有的恶，却忽略了诅咒本身也是一种恶，诅咒的发声者也可能会成为恶的代表或者被恶利用成为恶的工具。于是，最应该神思飞扬的儿童诗在中国特色的文化格局中只能匍匐而行。与其说"这是时代生活制约着文学创作，这也是儿童文学要服从的艺术规律"①，不如说它暴露着中国儿童文学在现代化进程中的致命的软肋。

三 战争年代：吹响"怒恨难平"的童诗号角

五四新文化运动退潮以后，革命、阶级斗争、抗战、民族解放等成为时代的主题词，前一时期儿童诗歌的自由吟唱被"怒发冲冠"的战争"号角"声所淹没。蒲风作为中国诗歌会的发起人之一曾指出，"儿童文艺在抗战中不能被忽视"，儿童诗歌应该"适应于大时代的进化"，形式上要"简短"，"可歌唱也不碍于大众合唱"。"童谣，童歌应当多写。惟其是童子话，童子的意趣，因之成为最有力的武器。除了童谣，在大众化方面，没有第二样适当的形态"。② 许多诗人为儿童写作过具有强烈的时代性、写实性、鼓动性的歌谣化诗歌，这类堪称"战歌"的儿童诗歌，在战争及国难的背景下，知识分子要求儿童在情感心理上有一种重要的转化，依附家庭的怯弱感情需要被引向憎恶敌人的心理。

---

① 朱自强：《中国儿童文学的现代化进程》，浙江少年儿童出版社2000年版，第155页。
② 黄安榕、陈松溪选编：《蒲风选集》（上），福州海峡文艺出版社1985年版，第597页。

当战争暴力以培养民族意识为名在儿童生活中被合法化时，儿童与成人的界限进一步模糊。战争一方面因其暴力经常以"被控诉"的方式呈现；另一方面却也以反抗外族入侵、复兴国族的正义名义被大力提倡。"民族主义比国家主义更能诱惑人和奴役人。因为，在所有'超个体'的价值中，人极易隶属于民族主义价值，极易把自己许配给民族这个整体。民族似乎是人奉献激情冲动的永在的青春偶像，甚至一切党派都会毫不犹豫地将民族主义镌刻在自己的旗帜上"①。正是处在这样的大时代背景下，在"民族本位"和"阶级本位"里，儿童诗歌中被成人知识分子融入了民族大义式的责任和使命，浸透了鲜明的阶级观念和抗日救国的时代理想，进而表现出了强烈的"仇恨"情绪。尼古拉·别尔嘉耶夫曾说："战争使人更易呼唤出爱欲的本性，而不是呼唤出道德的本性。恨是爱欲的奇观之一。我们常常发现大众愈容易导入非理性，则愈容易接受理性化的纪律和机械化的洗礼"②。一度被倡导的童心童趣成为奢侈品，这一阶段的儿童诗通过节奏性和朴素性极强的歌谣这一民间艺术形式，来实现新诗民族化、大众化、通俗化的价值总追求，主要通过集中塑造"难童"和"战童"两类鲜明的儿童形象，抒发出共同的情绪旨归——对敌人刻骨的"仇恨"，体现出更为具体明确的政治指向性、政治宣传性、革命斗争性和教育功利性。例如，柔石的《血在沸——纪念一个在南京被杀的小同志》塑造了20世纪30年代初阶级斗争中的战童加难童形象，"血在沸，心在烧，/在这恐怖的夜里，/他死了！//……血在沸！心在烧！/地球在震动！/火山在爆发！/帝国主义呀，记住你们的末日！//……血在沸，心在烧！/我们的小同志有铁的筋肉，/——

---

① [俄] 尼古拉·别尔嘉耶夫：《人的奴役与自由》，徐黎明译，贵州人民出版社2007年版，第119页。
② [俄] 尼古拉·别尔嘉耶夫：《人的奴役与自由》，徐黎明译，贵州人民出版社2007年版，第117、118页。

如火的眼睛,……你微笑而死去! /这是使命! /这是真理! //……冲向前,同志们! /我们要为死者复仇, /要为生者争得迅速的胜利! //血在沸! 心在烧! ……"[①] 这首已经模糊了儿童诗与成人诗界限的儿童诗,一唱三叹,在满含激愤仇恨的成人叙述中,白描了难童的惨死,也塑造了他为使命和真理视死如归和死得其所的"英雄战童"形象,进而激发工农大众火山爆发般的阶级仇恨与磅礴的革命斗争气势。温流《卖菜的孩子》、胡楣《哥哥》、周而复《刈草的孩子》、安娥《难儿进行曲》和《卖报歌》、常任侠《保育苦难的孩子》、杨骚《摇篮歌——为难童们作》、金近《小瘪三的歌唱》、黄衣青《我被忘掉了》、祝家申《给流浪儿》、阮章竞《牧羊儿》、吴越《小黑炭》、孙毅《小铁匠》等一批儿童诗,从不同角度塑造了在战乱中孤苦无依的难童形象。这类儿童诗作品主要描摹的对象是国统区和沦陷区的儿童,多以愤怒地揭露和批判黑暗统治为情绪基调。在成人内心对儿童的柔弱、稚嫩就有一种天然的保护欲存在,而难童的形象深深地刺痛了每一位善良成人的心灵,特别是让身为父母的读者心生怜悯之情,激发起广大民众对战争和敌人的仇恨,对胜利的向往,引导包括儿童在内的所有民众参与到战斗中。

儿童在战时中国被当时的知识分子视为中国、家庭及学校的一个连接点,儿童诗以其形式短小、凝练,情绪表达直接成为对中国普通民众与家庭妇女进行抗战宣传的一个有效中介,也因此成为战时教育的核心部分。这个"教育"既指作为文化和政治实践的战时教育,也是当时知识分子与民众之间关系的一种隐喻。例如,陶行知倡导的"小先生"运动背景下,出现了儿童抗日组织和儿童旅行团员形象,他们就是"英雄战童"的一类典型。田汉创作于1936年初的儿童歌

---

① 柔石:《血在沸——纪念一个在南京被杀的小同志》,《前哨》(纪念战死者战号) 1930年10月23日。

词《新安旅行团团歌》表达出了建立这种儿童组织的宗旨："同学们，别忘了！/我们的口号：/'生活即教育，社会即学校。'/拼命的工作，拼命的跳，/一边儿学习，一边儿教。/别笑我们年纪小，我们要把中国来改造，/我们的国遇了盗，/听啊！到处是敌人的飞机和大炮！/同胞们！别睡觉，把一切民族敌人都打倒……"再如，冯玉祥《孩子团》、邵子南《中国儿童团》、肖三《抗战剧团团歌》、黄炎培《曹显亭》、姚远方《边区儿童团》、李又然《给弟妹们——并且给"少年剧团"全体小同志》、塞克《延安少年团团歌》等。这一时期，传统意义上的家庭和学校被解构，社会空间的边界和限制被无限扩大。这些孩童也因此成为国家的儿童，而不再只是传统意义上家庭中的一分子。各种儿童团的孩子们肩负起了抗战宣传员的重任。

另一类塑造的是荷枪实弹敢于跟敌人斗智斗勇的被神化的"战童"形象，这类小英雄形象大多出现在苏区和边区的时空背景之下。如魏巍《叩门》里跟着游击队去偷袭的孩子，例如，刘御《这小鬼》中苦练吹冲锋号为了上阵杀敌的儿童，方冰《歌唱二小放牛郎》中已经成为经典的王二小的形象，田工《孩子哨兵》和卞之琳《放哨的儿童》里胆大心细的小哨兵，郭小川《滹沱河上的儿童团员》中的儿童团员已经是晋察冀战斗的有力臂膀。商展思《游击队里的小鬼》最简练地塑造出了"战童"的典型特征："看模样：/你们小眉小眼，/凸突突的红脸蛋，/年纪都不过十二三；/却也肩刀背枪，/腰间横插手榴弹，/一蹦一跳地过岭翻山。/盘查、放哨、搜捉汉奸，/还会公子哥儿打扮，/化装下山，/混进鬼子营盘，/将敌情刺探。/打麦场——你们的乐园，/唱歌、游戏、猴子般撕打成团；/炉边，/烧水煮饭，/围一圈，/吃着烧的山药蛋。……/你们快乐！/你们勇敢！/你们是劳动人民的儿女！/你们是祖国的英雄好汉！"这类战童有着与成人相同的昂扬乐观的集体主义精神和丰富的战斗经验。这类儿童形象的塑造，充分发挥了榜样示范引领的作用，不仅激发了儿童群体效仿的情绪,也带动了广大百姓的参战热情。"抗战改变了知识分子在中国现代化进程中的社会地位及其与中国民众的关系,战争文化规范的形成取代了知识分子启蒙文化规范"。与此过程相对应,"原来由启蒙传统形成的知识分子精英对庙堂统治者的批评和对'国民性'的改造同时展开的文化冲突,转向了庙堂意识形态、民间文化形态和知识分子精英传统三者有条件的妥协与沟通"①。当国族的焦虑成为主导性的情绪后,文学就成为现实政治有力的工具而被有效地组织到国族的宏大叙事当中。大众化地提倡模糊了儿童文学与给成人准备的大众文学的界限,而这个时期儿童与成人同等地承受战争的创伤,通常被要求做一名战士,儿童承担着与成人类似的抗战责任。在20世纪30—40年代,军事化教育成为对儿童进行公民教育的一个核心部分。儿童生活学习空间成为抗战宣传的重要基地,公与私的区别也趋向模糊化,这样所建构出来的儿童主体不再具有个人性,而是具有集体的文化身份,他们是国家的主人,也是民族复兴的生力军。同时,成长于这样的政治空间,成人与儿童的区别也开始变得不明确,儿童诗成为一种宣传、鼓动的渠道和途径,诗歌情绪通过集体的文化身份和共识同仇敌忾、同声相和地表达出来。此时的儿童诗与成人诗的表述方式和语言风格、艺术水准最为接近,诗歌情绪都是集体主义情怀的"仇恨",行为指向都是斗争,情感都体现出外倾化、表述方式直白化,语言的浅白化和艺术水准的"大众化"倾向。"应当承认,当某种政治成为全体人民最重要、最迫切的现实意志的时候,它对于上层建筑和社会意识形态领域里的各个类属都有一种实际的支使权,有权要求它们对它取一种向心的立场和态度;特别是处于历史的非常时期,政治对于包括文学在内的一切意识形态有着比平常的实际支使权更大、更绝对的临时支使权,人类历史上的各个伟大的革命时

---

① 陈思和等:《"中国抗战文学研究"笔谈》,《社会科学》2005年第8期。

期都能提出说明这种现象的佐证,我国抗日战争时期政治(指全民族的抗日意志和民族解放意识)与文学艺术的关系更是一个有力的证明"①。在特殊的历史时期,政治对文学的临时支使权表现为某种历史的必然,那么前提应该是这种权力处在尊重文学自身规律的合理情况下,也只有在这种情况下才是可行的,但往往更多出现的是事与愿违的情况。

抗战胜利前后到新中国成立前夕,儿童诗歌在主题风格上走向多元,诗歌情绪上不再单一而呈现出丰富的情绪特征。值得一提的是,这个时期,一些深谙儿童诗特点的诗人秉承了五四时期儿童诗的特点,创作注重童心童趣,不涉及"革命"和"抗战"等现实主题,淡化现实功利作用的儿童诗引起了文坛注目,他们的儿童诗具有田园诗的抒情风格,在硝烟炮火中为儿童开辟出一片"诗乐园",标志着中国儿童诗正走向发展中的一个新起点。例如,宋元《喔喔啼》、沈百英《两张画》,特别是俞平伯《忆》(三首)中的《第一》:"有了两个橘子,/一个是我底,/一个是我姐姐底。//把有麻子的给了我,/把光脸的她自己拿了,/'弟弟,你底好,绣花的呢。'//真不错!/好橘子,我吃了你罢。/真是个好橘子啊!"可爱稚拙的童趣在姐弟俩分橘子的对话中展开,"绣花"的橘子让人忍俊不禁。丽砂《昆虫篇》中的《蝶》:"你是春天的灯,/在绿野上照明了,/一条走向花林的路径。"和徐朔方的《小雨点》:"小伞儿叮叮咚咚,/唱起诗句来了,/等我要把它记下,/却已经轻轻停住。"以及圣野的成名作《欢迎小雨点》:"来一点,不要太多。//来一点,不要太少。//来一点,泥土裂开了嘴巴等。//来一点,小菌们撑着小伞等,//来一点,小荷叶站出水面来等。//小水塘笑了,一点一个笑窝。//小野菊笑了,一点敬一个礼。"这三首充满了真纯和美好的童诗,妙趣横生,

---

① 朱寿桐:《情绪:创造社的诗学宇宙》,上海文艺出版社1991年版,第404页。

活泼生动，在浅白的语词中深蕴艺术的魅力和哲思。郭风《豌豆的三姐妹》《林中》（组诗）等童话诗为儿童们保留了一方天真烂漫，充满诗意的童话世界。邹荻帆的童诗描摹了一种与"难童"和"战童"完全不同的"野孩子们"形象，"他们在海边拾掇贝壳，／他们在沙滩上建造小屋，／他们赤条条，／象泥鳅般，／在沙上打滚，／太阳烧焦了他们的背……"可以说，这种野孩子们才是具备少年儿童真正天性的群体，那些无论现实生活还是在诗歌作品中被"双向性"塑造的、教育的、规训的、鼓动的"异化"型儿童，都只是成人带有明确目的性的工具和情绪宣泄的传声筒。儿童诗由成人为儿童书写并用来影响儿童的特殊性就决定着，一旦儿童诗创作者丧失了"因童制宜"的创作初衷而被集体主义意识和情绪裹挟其中，那他的作品也必然无法跳脱大时代下的激烈纷争和阶级意识导向，儿童诗作品也必然会在"无意识"和"有意识"的共同作用下，成为只能留存在文学史烟云背景中，而无法真正扎根在一代少年儿童内心土壤中，成长为他们心灵深谷里的一片绿荫，伴随他们成长，给予他们灵魂美好的慰藉。与悲愤交加、愁云惨雾的抗战时期儿童诗诗歌情绪相对的，解放区以充满喜悦情绪的集体"颂歌"一直延续到新中国成立后的十余年。

第二节 "接班人"诗观的确立："十七年"时期的"小太阳"

儿童的现实社会地位、生存状况以及人格独立性、自主性、自尊心、自信心的形成，均与成人的"儿童观"息息相关。当代的儿童观和儿童诗观均有着一个嬗变的过程，从家国之思到儿童本位，儿童观的更迭在"重塑"着当代儿童，从工具论到美学趣味的强化，当代儿童诗观呈现着审美化的总趋势。"儿童观是一种哲学观念，它是成年人对儿童心灵、儿童世界的认识和评价，表现出成人与儿童之间的人际关系"①，它涉及儿童的特性、权利与地位，儿童期的意义和价值以及教育和儿童发展之间的关系等诸多问题。儿童身处的世界是成人主宰的世界，儿童只是接受对象，儿童文学的创作者、出版者、研究者乃至讲解者都是成年人。儿童文学是一种从上而下的，通常被认为是采用单向度方式创作的文学，成年作者的"儿童观"是儿童文学本质性观念，其中隐含着成年人对儿童身份的建构，左右着儿童地位、命运和权利，也包括儿童文学艺术品性与美学精神。

一 教育主导性的确立与生长

从中华人民共和国成立开始，进入到文学史领域界定的"当代"阶段，中国大陆儿童诗进入了繁荣期。第一次繁荣是20世纪的50年代至60年代中期，文学史习惯称其为"十七年"时期（1949—1966年）。新时代的开端是随着1949年10月1日中华人民共和国宣告成立开始，生存与发展是攸关年轻国家命运的核心问题和时代主题。这一时期的革命和建设有两个突出特点，一个是全盘否定，一个是充分肯定。一方面是在对既往的统治阶级和统治方式的全盘否定性基础上进行的革命和建设；另一方面是极力肯定和强调无产阶级和劳动人民对于革命和国家建设的作用，以及肯定集体主义精神的重要性前提下进行革命和建设。因而，就逐渐形成了一种思想意识导向，国家、社会和集体的存在和发展决定着个体的生存和发展，个人的价值是国家和集体赋予的，在国家、集体和个体存在的人形成的全面的共谋关系前提下，个人对于国家和集体是绝对的臣服和隶属关系，作为"主观的人"和"感性主体的人"的个体性是不被允许和接纳的。在这一充满"共性"的时期，中国的儿童文学也开始了新的发展历程。新

---

① 朱自强：《论中国当代儿童文学的儿童观》，《东北师范大学学报》1988年第4期。

的意识形态导向、全新的时代主题和题材、多样化的风格和表现形式、良好的创作氛围和积极的创作力量都给儿童文学发展和建设带来了新的生机和活力。

作为一种文学样式的儿童诗，承继了文学研究会的现实主义诗歌观念，紧扣时代脉搏，在时代发展和社会变革的洪流中，追随主旋律与社会之音和谐共振。这一时期的儿童诗，大力弘扬爱国主义和集体主义精神，其基本情感基调是歌颂，充满感恩地歌颂中国共产党和领袖，歌颂新中国和社会主义新人新事，儿童诗的基本意象是暖色调的"红色"为主的意象群，例如，国旗、队旗、红领巾、篝火、国歌、战士、祖国、阳光、雨露、春天、向日葵、鲜花等。这基本体现了把儿童作为政治体制的后继者——"八九点钟的太阳"和共产主义事业的接班人这样一种诗歌观念，因此儿童诗承担了向儿童传授和灌输这种观念的任务。这种单一乃至狭隘的观念直接导致了儿童诗以"教育"为本质的错误发生，儿童诗的本质就是教育的，而不是以教育为诗歌功能之一种，文学就是工具和载体。文学附庸论在新的社会形势下，并受苏联主流儿童文学观念的影响下，潜滋暗长并折射出"异样"的光芒。当时，最具代表性的是以陈伯吹为代表的儿童文学家认为："儿童诗是文学作品，同时是小学语文教材，无论从文学上或者教育上看来，它是对儿童进行教育的一种文艺工具，要求它有更多的教育意义，能起更大的教育作用，这也就是要求作品有高度的思想性。而衡量一首诗的质量，该把思想性放在第一位的尺度，儿童的诗和成人的诗完全一致，绝不稍稍减轻其比重。如果有什么不同的话，只是在表现的技巧上要求有更加高度的艺术性。……但是各种、各方面的艺术手法，都是为了唯一的共同的目的，体现诗的'灵魂'——思想性，也就是在诗里头既有美的享受，又有教育的意义。"① 虽然

---

① 陈伯吹：《谈儿童诗》，《诗刊》1958年5月。

也一再强调了儿童诗的艺术性、思想性等，但统摄的大前提仍然是儿童诗是对儿童进行教育的一种文艺工具。诗歌的工具属性仍然是主导和起决定作用的，充满悖论的是，在特定的时代，给儿童诗创作提供了某种"外在"的发展契机和推动力的"以教育为本"的观念，在儿童诗缺少全面的艺术审视与引导条件下，也获得了可观的收获，这也说明儿童诗中的教育性有其积极作用的一面。这一阶段优秀儿童诗所体现出的昂扬乐观的精神向度、清新的诗风特点，至今仍令读者感动，因此"十七年"时期的儿童诗创作是不能全盘否定的，而当时部分儿童诗诗人对苏联儿童文学的现代性的有益借鉴，使儿童诗体现出独特的魅力也令人惊喜。

如果说中国现代儿童诗的前三十年是萌芽期，那么新中国成立后的十七年则是它夹缝中的艰难发展期。而从当代文学的角度来说，"十七年"时期开始了当代儿童诗歌的开创期。实际上，从20世纪30年代的苏区开始，党的儿童政策，包括劳动在儿童教育中的重要地位以及儿童教育的军事化倾向等，都以当时的苏联为参考对象。当时的儿童教科书、课外读本以及儿童刊物都渗透着抗战宣传，处处规范着儿童所处的时间和空间。中华人民共和国成立后，党和政府把培养教育新一代和社会主义事业的前途紧密地联系在一起，儿童也以小主人翁和社会主义接班人的身份出现，儿童文学的发展被空前的重视。儿童文学的教育工具性被从苏联的儿童文学理念中移植到新中国的儿童文学观念中，一批儿童文学工作者也一直深受苏联的儿童文学理论影响。虽然新中国成立初部分颂歌的大而空的表现形式对儿童诗的发展弊大于利，但在党和国家的重视下，在这种昂扬激越的喜悦情绪氛围中，儿童诗创作得到了较快地发展，儿童诗诗人正基于现实感应的热烈昂扬的情绪，呼唤着时代精神，带着相当程度的现实辎重感。他的审美趋向情绪还处于某种程度的被抑制状态，儿童诗本身始终没有摆脱被拘囿的状态，一直被各个时期复杂多变的主流化意识导向牵引和羁绊,因而,儿童诗歌的情绪也体现出喜悦为主导下喜忧参半的复杂性。

二 时政"风向"的感应性呈现

新中国成立后,诗人们受到蓬勃的新气象的激发都诗情盎然,赞美诗、颂歌层出不穷,儿童诗也以新生活的颂歌为主旋律,在强烈的爱国主义和集体主义观念的支配下,红太阳、红旗、红领巾等"红色意象"在诗歌中固定下来。例如,郭沫若的儿童诗《红领巾的宣誓》最能全方位的涵盖主导性意识形态对儿童的殷切希望:"敬礼!我们宣誓:/我们是红领巾,/我们要做红色的接班人,/红旗的一角,紧贴着我们的心。//红旗,血所染成,/叫我们牢记着阶级斗争。/我们要学解放军,/要学好过硬的本领。/团结,紧张,严肃,活泼,坚决地消灭敌人!/我们要学雷锋叔叔,/毫不利己,专门利人。//热爱生产劳动,/热爱科学实验。/我们要做大寨人,/我们要做大庆人。/做一切都要专心,/四处都有学问。/要赶上世界先进水平,/要超过世界先进水平。//听党的话,/听毛主席的话,/做毛主席的好学生。/一切为了革命,/一切为了人民,/决不在困难面前低头,/我们要大家一条心,/永远前进,永远前进!"这首诗歌的情绪是整个"十七年"时期儿童诗的情绪主基调,同时也是时代的召唤。

教育家陈鹤琴认为,"儿童好游戏是天然的倾向。近世教育利用这种活泼泼的动作,以发展儿童之个性与造就社会之良好分子"①。而玩具和游戏在培养儿童的勇武牺牲精神和集体主义意识方面起了关键作用。受抗美援朝的影响,不少儿童诗文字里渗透了战争逻辑和军事化思维。比如发表在1950年《小朋友》刊物上,白翠的《打虎捉狼》配图儿童诗,主要内容是鼓励儿童积极加入抗美援朝与"五反"

---

① 陈鹤琴:《陈鹤琴全集》第1卷,江苏教育出版社1987年版,第200页。

政治运动中。"奸商恶老虎：卖假药，卖臭肉，……，盗窃国家资财，只顾自己吃得肥胖。/美帝野心狼：扔炸弹，撒细菌，……破坏世界和平，梦想侵占朝鲜地方。/咱们有力量，打虎又捉狼！"值得注意的是，源自战争的创伤性体验不仅仅是个人性的，更是一种集体经验。于是，在表现游戏内容的儿童诗中，侦察敌情、偷袭敌营、输送弹药等内容以及打靶、骑马等军人行为都包含着潜移默化的军事训练内容，与当时的国防情况密切相关。

1957年苏联发射了第一人造卫星，这在一定程度上激起了美苏两国之后持续二十余年的太空竞赛，这也使得冷战时期各国都有目的性地加强了对于外太空的竞争。20世纪50—60年代，在中国当代大陆儿童诗中呈现出军事化思维以及题材上对太空竞赛的狂热。儿童诗中儿童科学类诗歌大量出现，太空探险主题和火箭意象异军突起。在20世纪60年代，"火箭"与当时的一些政治运动相结合，象征着速度和社会工业及科学技术方面的发展，而太空探险是以高科技为基础的现代性话语最有力的表征。1956年《小朋友》第5期"小火箭"专栏的同名儿童诗《小火箭》："大红旗，呼啦啦飘，/我骑火箭到处跑，/叔叔阿姨多创造，/时时刻刻送喜报，/公社里锣鼓敲又敲，/生产指标跳又跳，/开河挖泥赛猛虎，/积的肥料比山高，/全国人民干劲大，/要把社会主义早建好。"这里可以把"火箭"阐释为"大跃进"运动的政治背景下新中国期待高速发展所必须有的时间及速度的象征，但是当儿童的身体被捆绑在象征高科技的火箭之上，结果之一却可能是儿童个体的意义消融在国家话语之中。

20世纪50年代，中国政府积极推动对儿童的科学教育。众所周知，诗是感性的，而科学是充满理性的，它们仿佛是水火不容无法和谐相处。然而，高士其却独出心裁地把科学知识与诗歌巧妙结合，创造出了独树一帜的科学儿童诗，并在我国科学文艺史上有着开创性的重要地位。他曾提到创作科学儿童诗的初衷,"写作科学诗,有一个崇高的目的,那就是为了建设社会主义,为了实现共产主义的伟大理想而奋斗。"① 这种思想导向是当时的各领域创作者所共有的和为之不懈努力的。围绕科学诗的创作,高士其认为:"'科学诗'包括'科学儿童诗'在内,是现代文学中一种新的品种,它的特点就是把科学和诗歌结合起来,把一般人认为枯燥无味的科学,变成生动活泼富有诗意的东西"②。高士其的科学儿童诗既具备广博的知识性又充满了童趣的童话性,是科学知识与童真的智慧结晶。他从微量元素的原子(《我访问了原子弹的母亲》《原子的火焰》)、电子(《电子》),写到微生物(《传染病的头号战犯》《揭穿小人国的秘密》《小人国的冬季攻势》),从自然万物中的空气(《空气》)、太阳(《太阳的工作》)、天(《天的进行曲》)、土壤(《我们的土壤妈妈》),写到科学发展创造出的人造卫星(《献给人造卫星》《太阳系的小客人》)、火箭(《火箭颂》),等等。这些科学儿童诗注重依据儿童心理特点来运用儿童诗的语言和各种修辞手法,大部分都是活泼生动且富有童真趣味。科学儿童诗以其科学性、思想性、艺术性的融会贯通不仅填补了儿童诗创作领域的空白,而且为儿童文学中其他文体的创新发展树立了榜样。

1958年开始了新民歌运动,新民歌运动作为鼓动民众投身"大跃进"的运动的重要工具,有效地体现了主流文坛以建构"新文艺"来为政治服务的明显意图。新民歌运动要求全民写诗,中小学生也要写诗,中国当代大陆儿童诗在紧随"大跃进"民歌运动的创作实践中出现了奇特而矛盾的现象:一方面,在大规模的新民歌运动中,全国各地出版的诸如《别看我们年纪小》《欢唱总路线》《歌唱工业大

---

① 高士其:《科学诗·序言》,作家出版社1959年版,第1—2页。
② 高士其:《科学诗·序言》,作家出版社1959年版,第1—2页。

跃进》《歌唱人民公社好》等一百多本儿童诗集中，存在着部分表现中国儿童的幸福生活以及积极参加工农业生产劳动的精神面貌的儿童诗；另一方面，不可否认新民歌运动是"大跃进"的产物，因此，大部分诗歌作品充斥着"共产风"和"浮夸风"，这种所谓"革命浪漫主义"诗风直接助长了儿童诗创作脱离儿童个性和生活实际，以至于借儿童之口来粉饰现实的反现实主义倾向出现。同时，新民歌运动中还出现了一种教条主义倾向，强调儿童诗一定要政治挂帅，为无产阶级政治服务，助长了儿童诗成人化的倾向。1958年4月18日《人民日报》副刊《孩子的诗》："别看作者小，/诗歌可不少。/一心超过杜甫诗，/快马加鞭赶郭老。"这种充满浮夸和不切合实际的诗歌大量涌现并成为主流，一批儿童诗还遭到了不公正的批判，这对儿童诗的健康发展是一种极大的破坏，儿童诗园开始凋零、衰败。在1959年由郭沫若和周扬主编的《红旗歌谣》中，收录了《毛主席来到我家》《今年梅花开》《电灯照亮人人心》《卫生兵》《我和爷爷数第一》《荷花叶》共6首儿歌。例如，《我和爷爷数第一》："老公鸡，你还啼？/我们已早起。/我家拣了一筐粪，/你才催人起。/今天你算落了后，/我和爷爷数第一。"《卫生兵》："星期天，太阳红，/弟弟妹妹扫顶棚。/一扫扫到屋角里，/飞起了一群害人精。/前面飞，后面撵，/一撵撵到三里营。苍蝇哭着把头磕，/蚊子跪下求饶命。/只听'劈啪'一阵响，/个个扫进大粪坑。小扫帚，肩上扛，/'一二、一二'挺起胸，/要问咱是啥队伍，/毛主席的卫生兵。"如果说这些是儿童自己创作的儿歌的可信度并不大，这些更像是成人意识加模拟儿童的口吻拼接出的儿童诗，其中爱学习、爱劳动，讲卫生等特点成为成人和儿童的共性特征和社会隐形的倡导方向。

诗歌是"敏感的神经"，常常被要求去"紧跟形势"，去表现"重大题材"，于是儿童诗作者们被迫向自己的风格多样化告别，而向统一的政治口号化靠拢，小心谨慎地躲避着真实情感，这导致了儿童诗创作的道路越走越狭窄。

三 "教育性"与"审美性"的交错

与此同时，这一时期的儿童诗作者在各种政治导向的夹缝中积极努力地创作了一批优秀的儿童诗，逐渐形成了各自的儿童诗创作风格。他们大部分的童诗远离政治和各种运动，较少生硬地教育训导内容，充满童心童趣的作品得到了儿童们的喜爱。儿童诗歌的样式也更加丰富多样，针对性更强，由原来叙事和抒情两大类衍化出了许多为孩子们喜闻乐见的新形式。例如，朗诵诗、寓言诗、科学诗、童话诗、讽刺诗等。长期空白的儿童诗歌理论建设在苏联的儿童文学影响下也开始奠基。1958年结集出版了《为孩子们写的诗》，收编了郭沫若、冰心、臧克家、邵燕祥、贺敬之、李季、闻捷、李瑛、阮章竞、袁鹰、陈伯吹、高士其、梁上泉等26位著名诗人和作家为小读者写的诗。一批优秀的儿童诗作者，如柯岩、张继楼、田地、金近、鲁兵、郭风、刘饶民、贺宜、樊发稼、圣野、金波、任溶溶、蒋风、田间、张秋生、管桦、乔羽、郑马、皮作玖、张志民、于之、聪聪、任大霖等，都为儿童创作了儿童诗。

一类反映儿童生活点滴并采用正面教育儿童方式的儿童诗在这一时期较多，冰心《我的秘密》以细腻娴熟的文笔表现了青少年的理想和志趣；方纪《让小树和我们一同成长》通过少先队员的植树活动，寓意双关地赞美了少年儿童的健康成长；李季《我的一条红领巾》赞美了苏联少先队员对中国少先队员的纯真友谊；汪静之《少先队员满海滩》教育孩子们要有像海洋一样宽广的胸怀，装满对祖国的爱。袁鹰《和太阳比赛早起》这首儿童诗："你看，东方的云彩在变颜色，/是不是比不过我们，/云彩呀，你才悄悄地红了脸？//别嚷！轻点，轻点！/看，太阳露出头顶了，/太阳露出眉毛和眼睛了，/太阳露出笑脸了，/太阳，跳起来了，跳起来了！"诗人在这里运用拟人的手法来描写日出的美好景观，而思维特征尽显儿童积极向上，跟太阳竞赛的稚气和可爱。这一时期，幼儿文学的领地依旧荒凉而贫瘠，少人耕耘、播种。而鲁兵以拓荒者的实干精神，写出了一批具有浓厚的幼儿情趣的儿童诗，为新中国儿童文坛的丰富和发展作出了独特贡献。例如，《太阳公公起得早》："太阳公公起得早，/他说：'宝宝在睡觉，我去叫一叫。'/他爬到窗口瞧一瞧，/咦，宝宝不见了。//宝宝哪里去了？/宝宝哪里去了？/宝宝在院子里，/一二三四，做早操。/太阳公公瞧见了，/太阳公公咪咪笑，/他说：'宝宝是个好宝宝！'"鲁兵用正面人物和正面表扬来教育小朋友不要睡懒觉，而这表扬又出自于太阳公公之口，这样的方式小读者是乐于接受和仿效的。

另一类采用旁敲侧击型的反面教育方式，通过诗的语言善意地批评和讽刺孩子们身上的缺点和错误，使孩子们在笑声中接受教育，引以为鉴。圣野《做完一件事，再做第二件》中的小主人公，他给小鸡去喂米，看到黑猫又去追黑猫，追猫时看到凳子坏了又去修小凳，拿了斧头却又去劈柴火，而结果什么也没做成。诗人把这个做事有始无终孩子身上发生的一连串故事通过幽默风趣的语言表现了出来，让小读者自己领会诗歌题目应有之意。金近《小队长的苦恼》和郑马《"咚咚"响的大队长》等儿童讽刺诗，成功地塑造了正在成长中的学生干部类的儿童形象。儿童组织中的儿童领导干部经验都是仿效成人的领导干部作风而来，《"咚咚"响的大队长》这首儿童诗反复出现了六次对大队长走路声响的描绘，把一个趾高气扬、做事高调的少先队大队长形象用走路就描述了出来。接着把大队长爱摆架子、讲话官腔，不讲民主"一言堂"，不率先垂范不爱劳动，不屑于参加集体活动等都精准地白描了出来，这个被讽刺的大队长形象栩栩如生又发人深省，而这些学生干部身上存在的问题又折射出一部分成人领导干部在人民心目中的官僚形象。

孩子们的生活丰富多彩，孩子们的内心世界更是五彩斑斓。他们对世界充满了好奇，他们的内心充满了奇幻的想象。诗人们正是捕捉住了这些特点，把孩子们瑰丽的想象世界和内心感受艺术地表现出来。例如，刘饶民《牧童》："一朵朵浪花扑岸，／像我的羊儿上山。／是不是海里也有个牧童，／甩响了他的牧鞭？／牧童啊你在哪儿？请上来和我作伴。"反映儿童内心的真实心理的儿童诗，例如，田地《雪花》："叮叮叮，叮叮叮／……谁在敲我的窗？／……谁在窗外喊我？／好像是在喊我去堆雪人，好像是在喊我去溜冰……，／我打开窗来看个究竟，／可根本没有一个人影，／难道，这只是我心里的声音……"整首儿童诗并没有描摹雪花的样态，但悄无声息的雪花飘落却撞击了孩子们的心灵，表现出了孩子盼雪并想和小伙伴一起尽情享受雪世界欢乐的急切心情。幽默型儿童叙事诗反映了儿童生活中生动有趣的故事，例如，柯岩《"小兵"的故事》《眼镜惹出了什么事情？》《"小迷糊"阿姨》《放学以后》《我们怎样消灭两分》《绝交》《大红花》等儿童诗大多以成长中的少年儿童作为描写对象，以充满儿童情趣的情节和鲜明的人物性格吸引读者。她不仅善于撷取儿童生活和游戏中富于戏剧性的片段，而且善于以孩子式的丰富的奇想把它们融合起来，构成生动而完整的故事。《小红马的遭遇》写的是幼儿园里漂亮的小红马玩具不见了，小朋友们着急地找了半天，小主人公洪洪才告诉大家他把小红马埋到了地下。大家责备他自私自利，光想着一个人玩。这时洪洪却出人意料地回答："种子种下能开花，／小树浇水就长大，／我想组织骑兵队，／所以种下小红马。／／让它快快来长大，／让它结出很多马，／咱们一人骑一匹，／给解放军叔叔帮忙去啊！"这首儿童诗通过误会和悬念的设置，巧妙地展开情节，一波三折，饶有趣味，一旦抖开"包袱"，立即让人喷笑，极具艺术魅力。任溶溶的儿童诗以幽默的喜剧气氛引人入胜，间或匠心独运地将单口相声的技巧融入诗章。《爸爸的老师》就是一首来自生活的，经过巧妙构思的儿童诗。全诗以一个三年级小学生，诗中"我"的心理活动为构思的基点，"我的爸爸"是个"大数学家"，"我"开始以为爸爸的老师"一定是胡子很长，/满肚子的学问，""他当然比爸爸强，/是位老数学家。/他要不是老数学家，怎能教我爸爸？"情节随着陪爸爸拜访爸爸的老师这个事件自然展开，"可是结果你倒是猜猜：爸爸给谁鞠躬？就算你猜三天三夜，一准没法猜中。//……就是我的老师！//不过我都念三年级了，她呢，还在教一年级。……//这些老师看着爸爸，就像看个娃娃……//我得感谢老师，是老师您教会了我，懂得二二得四……"情节曲折有致，层次井然，步步深入，引人入胜，结尾又耐人寻味，揭示出默默奉献的教师工作的不平凡意义，十分生动有趣地歌颂了教师的辛勤劳动。

还有一类现实主义与浪漫主义结合的儿童诗表现方式是当时主流创作所一贯坚持和倡导的。袁鹰的儿童诗具有这类儿童诗鲜明的特点，既有深刻的思想政治内容，又有浓郁的抒情意味，而且能把二者有机地交融起来。《寄到汤姆斯河去的诗》《在美国，有一个孩子被杀死了》《美国儿歌》《五封信》《黎巴嫩小孩》《柬埔寨小司机》《非洲孩子找朋友》《篝火燃烧的时候》等，这些儿童诗政治性很强，又感情充沛，激起了广大少年儿童对帝国主义和反动派的仇恨。儿童诗的创作在追求奇巧构思、优美形象的同时，也追求着思想的深沉厚重。但事实上，人们往往把诗歌思想的深刻同诗歌表现形式上的艰涩难懂混为一谈，进而对于儿童诗的"深"产生误解。而实际上，寓意深刻的恰当诗作对儿童的启迪意义是重大的。这一时期，已经有部分哲思性的儿童诗作品出现。例如，刘饶民《问大海》："大海大海我问你：/你为什么这样蓝？/大海笑着来回答：/我的怀里抱着天。//大海大海我问你：/你为什么这样咸？/大海笑着来回答：/因为渔民流了汗。"诗人运用儿童喜闻乐见的问答式构筑全诗，借助拟人化的表现手法，歌颂了大海博大的胸怀，赞美了渔民的辛勤劳作。

第一章　文学史视域下的当代儿童诗观念的嬗变

诗中的设问朴素而富于趣味，符合儿童对于颜色和气味的直观理解，答案则因在情理之外又在情理之中的奇特性而使这首短小的儿童诗的思想意蕴得以升华和深远，达到了哲思的诗歌境界，耐人寻味。

优秀的儿童诗特质是具有传承性的，新中国成立初期的儿童诗虽然还难以排除政治性和教育性的干扰，但注重审美性为主导的儿童诗诗歌观念正在积极地酝酿和初步践行当中，儿童诗中生发的生命活力感染着那一代儿童，也因此儿童诗在"十七年"时期得到儿童的喜爱。

第三节　童真的烛照："寒冬"中的人性温情

"文化大革命"的十年，儿歌和儿童诗以其强烈的节奏感，朗朗上口的诗歌语言，直抒胸臆的明快表达方式成为被利用的冲锋陷阵的政治宣传工具，大部分的儿歌和儿童诗都成为别有用心的成人假借儿童立场来发声和鼓动群众的媒介，真正的儿童诗诗人无法发表作品，大多数儿童诗诗人被禁止写作。但也有可贵的"潜在"的儿童诗写作存世，例如，叶延滨写于1967年6月1日的儿童诗《小丫——记我们院的一个小姑娘》，写诗的起因是，小丫的妈妈是写故事书的，因为她说真话，被抓走了。"我们院里这个可爱的小丫，/小丫，见不到她的妈妈……"这是那个令人痛心疾首的十年的真实写照。"每一个妈妈都牵挂小丫，/天热了，给她做好小褂，/星期天，/给她买来米花。/小丫啊，懂事的小丫，/她从来不问，我的妈妈在哪？——叔叔阿姨难回答！/每一个孩子都向着小丫，/小姐姐，给她画图画，/小哥哥，趴下当马马"，整个院子里的大人和孩子们并没有因为小丫的妈妈被抓而疏远、鄙视和欺负她，而是都同情和悉心呵护着这个失去了妈妈的小女孩。"小丫啊，懂事的小丫，/躲着，怕见别人的妈妈，——眼里藏不住泪花"这个可怜的小姑娘既懂事又内心时刻挂念着她的妈妈,"每天晚上都有人陪小丫,/合上眼,梦里能见妈妈。/泪珠珠,枕头上面嘀嗒。/小丫啊,懂事的小丫,/在这梦一般的长夜里想些啥,——梦里都告诉了妈妈?"有这样敢说真话的勇敢坚毅的妈妈,也一定能培育出明辨是非的孩子,梦中小丫对妈妈含泪诉说:"妈,我长大,要学你,说真话……"童诗的结尾不仅让人唏嘘,一个孩子葆有初心敢说真话的勇敢,这才是民族和人类的希望所在。儿童诗的"向光性"本质属性使得它的表述不是触目惊心的批判揭露和咒骂,而是充满温情的关爱和善念的传递,用人性的美善和爱来倡导"真"的可贵,同时也反衬出人性的扭曲和丑恶以及引人反思其给儿童一代带来的巨大身心伤害,这也是给国之发展命脉造成的重创。

"文化大革命"终于结束了,从漫长黑夜醒来的人们开始着手重建被毁坏的一切。这次建设是在否定"文化大革命"的基础上带有深刻反思性质的对于国家的重建和"人性尊严"的重建。也因此,人们得以重新发现主体的自我,并以冷峻的反思者和社会主义积极的建设者的双重身份加入到国家的重建中去。

由于当时政治、经济和思想文化等历史条件的限制,中华人民共和国成立之前的儿童诗并未得到较好的发展。20 世纪 30—40 年代曾为儿童写过一定作品的人固然不少,但真正坚持下来的人并不多。在 1949 年中华人民共和国成立之初,全国可以称作儿童诗诗人的不过少数几个人。因此,中国当代儿童诗歌的建立和发展,几乎是白手起家,从头做起。回顾新中国成立三十多年中国儿童诗歌发展的历史,大体可分为四个历史时期:草创和奠基时期(1949—1956),曲折前进时期(1957—1965),遭受严重摧残时期(1966—1976),恢复、振兴和飞跃发展时期(1977—1987)。在前二十七年里,中国社会主义儿童文学走过了从草创奠基到曲折前进和遭受挫折的三个阶段。儿童诗这叶小舟也随着儿童文学的大潮起起伏伏,这当中有前进,有后退，有成功，有失败，有喜悦也有痛苦，可谓五味杂陈。

第四节 "生命本位"的追寻：改革开放以来的儿童诗观念新变

改革开放至2018年已有四十年，在国内外相对稳定的政局前提条件下，四十年间国民经济得到较快的发展，政治意识形态对儿童诗创作的主导和禁锢逐渐宽松。从新时期开始，中国大陆儿童诗比较宽松、自由的创作氛围，极大地提升了儿童诗作者的使命意识和人文关怀，大陆儿童诗得以逐步走出先前的概念化、模式化痼疾，日益呈现多元化的艺术风格和审美态势。这一时期是儿童诗的全面繁荣期，幼儿诗、儿童诗、少年诗三个年龄阶段的诗歌样态完备，各种题材主题和表现形式丰盈充实，门类之盛、题材之广、样式之丰、个性之鲜明，前所未有，儿童诗回归了诗歌本体，整体洋溢着昂扬乐观的儿童诗歌情绪。以儿童诗特殊的创作规律为前提，以儿童为本位，儿童诗诗观呈现出从"快乐"诗观向进一步尊重儿童生命本真样态和需求的"成长"诗观发展的动态流变过程，与此同时，大陆儿童诗有三个明晰的创作维度和审美情绪倾向，分别是具有传承性的现实主义诗歌特征的儿童诗的当代生长，关注着历史社会和现实人生，绽放着亮色调的人性温情之花；书写童真童趣和美好自然为主的浪漫主义诗歌特征的儿童诗，彰显着真纯美善的情感力量；探索运用各种西方现代派的表现方式于儿童诗中的现代主义诗歌特征的儿童诗，积极探索童诗诗艺可能性的走向留驻于诗行之间。

一 "快乐"的张力：20世纪80—90年代的蓬勃发展

"文化大革命"后，国家各项事业进行了调整和重建工作，文学事业的发展也得以进入一个崭新的历史机遇期。特别是1978年由国家出版局在庐山组织召开的全国少年儿童读物出版工作座谈会，成了儿童文学大发展的誓师大会，与会的作家、出版界和教育界的代表们畅所欲言，共同绘制儿童文学未来的发展蓝图。会后，《人民日报》上刊发了以《努力做好少年儿童读物的创作出版工作》为题的社论，大肆营造为孩子们创作光荣的舆论氛围。1979年，全国出版的少年儿童读物就超过了1000种，比1978年增加了近5倍。中国当代大陆儿童诗随着中国儿童文学的良好发展态势也进入了一个欣欣向荣的新阶段，儿童诗的创作园地迎来了百花竞妍的春天。金波的儿童诗《春天的消息》写于1978年1月。这首诗自然而又美好地昭示了儿童诗春天的到来。"风，摇绿了树的枝条，/水，漂白了鸭的羽毛，/盼望了整整一个冬天，/你看，春天已经来到。//让我们换上春装，/像小鸟换上新的羽毛，/飞过树林，/飞过山岗，/到处有春天的欢笑……"诗人字里行间满溢着对自然的春天，以及潜藏在自然之春背后的社会现实的春天乃至儿童文学的春天，重新回归到来的多重欣喜和喜悦之情。通过描摹可爱的孩童与春天萌生的蝴蝶、雏菊、溪流、小草等动植物的友爱互动把生机盎然的春意和充满新希望的美好世界呈现在人们眼前。

  这一时期，中国儿童文学发生了突破性的变革和发展，从儿童文学的观念上发生了质变。一改以往的"成人中心主义"的观念沉疴，而开始转向"儿童中心"，创作者以更真诚和尊重的态度去观照儿童的心灵，同时也由书写成人社会的现实转而更有针对性和层次性地关注儿童的现实生存等问题。可以说，这种改变是20世纪中国儿童文学的"革命性位移"，而新时期中国儿童文学蔚为壮观的创作实绩也印证了其转变的必要性和正确性。改革开放以后，从文化语境考察能看到外来影响直接作用于我国深化儿童认识和这一时期儿童观的确立。例如，1989年第44届联合国大会通过的《儿童权利公约》中明确指出："儿童生下来就是一个权利的主体，他们拥有生存权、发展权、受保护权和参与权等基本权利。儿童是人,是走向成熟的人,是终将独立的人。社会应为儿童享受自己的权利创造更好的条件。"《儿童权利公约》中明确了儿童的权利和地位以及人类社会的责任,是最为文明进步的现代社会儿童观。受到《儿童权利公约》的影响,1991年我国通过了《中华人民共和国未成年人保护法》,并于同年宣布加入《儿童权利公约》。这是中国历史上第一次以政府出台立法的形式来保障儿童的权利和社会地位,它无疑对整个社会和儿童群体产生着巨大而深远的影响。可以说,新时期中国儿童文学蓬勃发展的根源所在和精神资源都来自于当代进步的儿童观的确立。同时,根据《儿童权利公约》中界定的儿童年龄范围,《中华人民共和国未成年人保护法》也将儿童界定为"未满十八周岁的公民"。这对于文学界调整儿童文学的服务对象及其审美尺度有着重要意义。

改革开放以来,由于中国社会经济体制的变革以及对外开放格局的日益完善,当时的"儿童观"发生着社会性的整体改变,人们重新审视了儿童之于家庭乃至国家、民族的深远意义,儿童是国族精神命脉的传承者。儿童的精神层面得以被关注,当代大陆儿童诗迎来了第二次繁荣期。曹文轩曾在其《儿童文学观念的更新》中指出:"儿童文学是文学。它要求与政治教育区别开来,它只能把文学的全部属性作为自己的属性。它旨在引导孩子探索人生的奥秘和阵地,它旨在培养孩子的健康的审美意识,它旨在净化孩子的灵魂和情感,它旨在给孩子的生命带来无穷的乐趣。"[①] 这一观念的阐释更明确地强调了儿童文学必须具备的审美性以及精神质素对于儿童乃至民族的重要意义。儿童诗创作者不再以教育为儿童诗的本质,而以"艺术"为儿童诗的本质,儿童本位的观念和儿童诗的审美精神本身得以复归,开始真正关注儿童自身的心灵世界和儿童自身的现实需要,因此,以表

[①] 曹文轩:《儿童文学观念的更新》,北京少年儿童出版社1986年版,第13页。

现儿童情趣为美学范畴的"快乐"儿童诗观应运而生。

"快乐"儿童诗观的内蕴是对儿童游戏和游戏精神的认可与弘扬，幽默的审美特质的表现和张扬，代表诗人如任溶溶、高洪波、金逸铭、郑春华等。"儿童诗所应表现的孩子情趣，不是油腔滑调、低级趣味的堆砌，而是令孩子感到兴味并足以引起他们对美好事物的向往和探求，从而使他们产生机智、诙谐、幽默乃至会心微笑的一种艺术趣味。儿童情趣属于美学范畴，它是一种透过诗歌所体现出生活芬芳的艺术结晶。因此每一个儿童诗作者都应尽可能从孩子生活中去捕捉并表现这一种情趣"①。这一时期的儿童诗诗人不再如以前那样把儿童看成一张白纸，而是极力汲取冰心、叶圣陶、泰戈尔、史蒂文森等中外优秀儿童诗诗人的艺术精髓，以充满灵性气质的诗笔书写儿童世界的丰富性、多义性与深刻性。这种向"快乐"的转向，正是来自于对儿童本体的真正发现，源于诗人对儿童心灵本真的探寻和表现愿望，更是生发于对既往儿童诗观的反省和思考，家国之思的沉痛，各种运动和斗争的荒谬，教育工具化的禁锢，束缚了儿童诗创作者的同时更加压抑了儿童诗的受众群体，使他们一度弃儿童诗如敝屣。而这种贴合于儿童精神追求、张扬儿童本质活力和情趣的"快乐"儿童诗观，使儿童的生命欲求赫然而立，诗人们跳离了国族本位、集体本位、成人本位等的诗歌创作观念，开始深入进儿童真纯美好而又神奇奥妙的生命世界，拨冗沉重，复见清朗，以充满"向光性"的诗思烛照万物，用美好化育灵魂。

（一）直面现实的"向光性"诗写

儿童文学具有人类学、社会学和文化学意义。著名的儿童诗人柯岩在新时期初期曾说："我国儿童，生长在社会主义无限广阔的天地里，他们对周围发生的一切——社会主义建设，对'四人帮'的斗

---

① 彭斯远：《儿童文学散论》，重庆出版社1985年版，第165页。

争、老一辈革命家的历史、英雄的出现和成长、科学的发明、远距离的飞行、边防军的斗争、哥德巴赫猜想、宇航员的生活,甚至外国及别的星球的状况——他们都想知道,而且唯恐错过了参加的可能。我们也正该把他们的思想兴趣,引导和巩固到这上面来。"① 这一时期的儿童诗就自觉地担负着这样的责任和使命。儿童诗诗人善于用"儿童眼"观察复杂的人性和世界,敢于用儿童诗的形式表现社会问题,承载更广阔的现实和人生内涵。

这一时期社会题材的儿童诗视野阔达,有国内重大事件的捕捉,如柯岩的《我的爷爷》、雁翼的《阳光下的悲歌》、刘斌的《天上的歌》、梁小斌的《雪白的墙》等,满怀对革命前辈的崇敬之情,通过对历史的回顾与反思,留下了那段生活的真实记录和心灵印记;与国家民族同呼吸共命运,如田地的《我爱我的祖国》充溢着一个孩子对祖国全方位的爱和赞美。以儿童的眼光关注社会主义现代化建设,如任寰的《立交桥》:"……谁也不妨碍谁,/各有各的轨道,/谁也不妒忌谁,/向着太阳微笑。/啊!在我们生活的大道上,/多修点立交桥,/好不好?"它表达了儿童眼中城市建设的日新月异。柯岩的《假如我当市长》:"……假如我当市长,/我还要……我还要……/也许,也许,/正因为我想干的事太多太多,/我永远也——当不了市长。"这首诗从一个儿童的假想荡开诗篇,看似童言无忌、天马行空,但事实上又逼视着当时社会存在的诸多现实问题,例如住房紧张、尊师重教、工业生产与环境保护、城建规划和绿化的整体性与长远性、市民文明素质提升、领导干部的市场调查研究、广开言路倾听民声,等等,是一首小儿歌做大文章的现实主义大胆之作。其结尾处更是耐人寻味,小主人公由假想回归现实并意识到,因为他想做的事情实在太多,而当市长的理想才永远无法实现,也暗含着理想的丰满与现实

---

① 陈子君主编:《中国当代儿童文学史》,明天出版社1991年版,第473页。

的骨感之间的悖论，充满理想无法实现的无奈和讽喻，令读者深思。

同时，也有世界各地异域题材的摄取，如高洪波的《非洲，我们为你捐款》"非洲，我们为你募捐。/为干旱的土地，/为饥渴的草原，/为吝啬而暴怒的雨云，/泻下无尽的灾难。/更为了我们，同年龄的伙伴，/那一颗颗瘦弱的心，/那一双双盼望的眼！"。它以儿童的温情抚慰世界，用博爱的心灵温暖人类。也有古今中外文学题材的演绎，如柯岩的《海的女儿》"我原来以为大海/全是碧蓝碧蓝的颜色，/可安徒生爷爷告诉我：/海的女儿那灰色的寂寞……/几千年了，海的女儿，/你还在岩石上哭么？/让我把人间的颜色都倒进海里，/带给你我们的歌和欢乐……"，以儿童视角续写童话故事，翻新经典。也有承续传统并进行文化寻根的思想火花迸溅，如高洪波的《致鲁迅》"鲁迅爷爷，/你真了不起！/你这当年教育部的官员，/却诅咒那老中国的教育——扼杀儿童的天性，/禁锢孩子的生机。/你希望中国儿童，/坦率、真诚、充满活力，/像躲避瘟疫一样，/躲开虚伪和俗气！"，用儿童的智慧感悟文学文化精髓。还有神话和寓言故事的不时闪现，如高洪波的《定海神针》《鸽子树的传说》，樊竞、家玲的《敦煌的传说》，罗丹的《乌龟和兔子的第二次赛跑》等。

特别是20世纪90年代末期，开始有关注山村少年儿童内心世界和弱势群体儿童生活处境的题材涌入，例如，马辉的《山里的孩子没有书》："……整天读着大山读着落日读着/时有时无的晚霞/……这时，一个孩子像往常一样/从贴身处掏出了一张旧影票/掏出了前年去城里探亲/带回来的骄傲/向空中美美的一扬/把小伙伴儿们的心/扬到了遥远的县城/这张旧彩票啊/它比大山还耐读……"鲁兵的《世界也是我们的——为失明的孩子和学校作》："我们也有/两扇小窗，/不知道是谁/把它们关上，/关得那么紧啊，/不透一丝儿光。……我们只是渴望，/渴望/见到亲爱的妈妈，/见到……/啊，我们还没懂事，/就先懂得什么是忧伤……"无论是城乡差距以儿童角度的呈现，还是残疾儿童的心灵世界展示，都是儿童诗人们为和平年代里急需关爱的儿童们发出了吁求的心声。这些以社会现实生活为题材的儿童诗歌取材广泛，它们促进少年儿童心智的成长和成熟，对其辨别力和判断力提升都大有裨益。

其中，部分儿童诗倾力于社会场域中儿童心灵健康成长的呵护，悉心于儿童求真、向善、爱美的精神导引，以儿童获得灵魂的自由快乐为终极旨归，这类儿童诗歌充满着蓬勃向上、昂扬乐观的情绪基调。儿童诗诗人用"童眼"纵览社会人生，通过"童心"感悟生命的成长，以盈盈爱意的诗心构建出生趣盎然的儿童精神世界。金波的《电车上的遐想》中小主人公"我"的一次雪天乘车给孕妇让座的经历以及引起的遐想，仿佛纯洁晶莹的雪花穿越若干年，仍然传播着儿童内心的善良美好和纯真，让人们有理由相信，这种善意和博爱必将一代代传承下去。李少白《白墙上的黑手印儿》是一首妙趣横生的儿童诗，描写"小秋秋"这个小朋友因捡球泥水沾满双手，他灵机一动想出了"手印儿壁上留"的解决办法，接下来"说来也真奇怪，这手印儿老爱缠住小秋秋，……秋秋上学打这儿经过，/手印儿朝他招招手：/'喂！快来呀，我的好朋友……'秋秋回家排队走，/步子迈得雄赳赳，/手印儿朝他摇摇手/'哼！别装蒜，羞！羞！羞！'/秋秋打定主意，/绕开手印儿，/马路那边走，/哪知，手印儿远远朝他指——'是你！是你！别溜，别溜！'……"此时，秋秋的内心是备受煎熬的，甚至在睡梦中都感到手印给他带来的压力，"是呀，好孩子干了不好的事，/心上总像压着块大石头。/秋秋决心用自己的行动，/把这块心上的石头搬走。"知错能改的秋秋以实际行动改正了错误，还得到了路过阿姨的表扬。这首儿童诗没有丝毫板着脸的训诫和教育意味，反倒是充满了天真可爱的情趣在字里行间，诗中看似并没有直接描写秋秋的内心活动，但手印的每句话语都掀动着小主人公的内心波澜，结尾的选择性判断反问句更是能引起小读者思考和讨论的妙笔。童诗中充满包容性地对待儿童成长中错误的诗人理念是十分可取的。

　　当时社会中具有诗人这样包容孩子的错误，静待孩子自我教育自我成长心理的家长并不多，更多的是望子成龙、盼女成凤的急切型家长心理。儿童诗人发觉了这一现象，并通过儿童生动地揭示出揠苗助长型家长的共同特征。例如，高洪波的《鹅鹅鹅》"最近，妈妈总爱捉住我，/逼我背一首古怪的儿歌：/'鹅，鹅，鹅，曲项向天歌。白毛浮绿水红掌拨清波。'/听说这是一位古代的神童，/七岁时写下的'大作'。/可我却背得结结巴巴，/气得妈妈说我'笨脑壳'。/我只好背得滚瓜烂熟，/妈妈显得特别快活。/从此，每当家里来了客人，/我都要牵出这只倒霉的'鹅'。/听到了一声声的夸奖，/妈妈就奖我美味的糖果。/好像这是我写的诗篇，/其实，我压根儿没有见过白鹅……"这首童诗机趣天成，十分幽默，把一个天真可爱的孩子连白鹅都没见过，却要整天背诵"鹅鹅鹅"来讨好大人的小懊恼表现得生动活泼，同时又能让成人读者带笑反思，这为了满足成人的虚荣心而逼迫孩子死记硬背的教育方式，扼杀了儿童自然天性和想象力的后果多么可怕。新时期此类表现少年儿童成长烦恼和不被理解尊重的严肃的现实主题儿童诗作品众多，诗作的内容和表现看似举重若轻，实际上对成人读者，特别是对教育工作者和家长有着警醒的作用，这从某种意义上证明了儿童诗对儿童来说更多的是美育性和启悟性的，它的另一重功能实际上是教育成人的诗。

　　具有现实主义诗歌特征的儿童诗中，改革开放以来儿童的自我体认和自我尊重的意识也在不断增长，刘连勇的《月票》恰到好处地表现出了儿童这一心理过程："竟然连妈妈都没发现，/我，超过了车门上的红道……妈妈给我打了张崭新的月票。//相册里藏着我的顽皮，/墙壁上挂着我的微笑；/可我顶喜欢月票上的这张，/它告诉我：什么叫自豪。//于是在大人们的臂肘下，/我也自信地仰起脸颊，/出示我人生的第一张'护照'……"小主人公因月票而收获了成长的自信和力量,感到了被尊重和强烈的自豪。这种通过"月票"而获得公民身份的认可,具有不同寻常的文化意义,对于一个文明社会,儿童这种"获得身份"的意识增强,可以说是这个社会日趋成熟的标志。

现实主义特征的儿童诗具有向日葵的属性,而现实生活正是儿童心目中的太阳,太阳释放光热但也有黑子等问题,儿童诗在童年生命的具体展开中始终执着于寻找和表现其中的"向光性",通过这种"向光性"的开掘,实践着一种对人性的宽容和对世界的爱的现实关怀与信念。因此,描写现实的儿童诗的诗歌情绪也一直是积极乐观的,并充满着希望。

(二) 童心浪漫:真纯美好的诗心吟唱

在20世纪80—90年代的儿童诗发展中,1992年金波儿童诗获得国际安徒生文学奖的提名奖是对中国当代大陆儿童诗创作的肯定,这给当时的儿童诗创作群体注入了"强心剂"。国际安徒生文学奖被称作儿童文学界的诺贝尔奖,享有极高的世界声誉,金波的儿童诗被提名,可以看作我国当时儿童诗创作的水平和业绩得到了国际上的肯定。金波是一位特别擅长描写浪漫的童真童趣的优秀诗人,他被提名,也代表着当时中国浪漫主义类型儿童诗艺术的成熟。1998年金波出版了儿童十四行诗集《我们去看海》,他把十四行诗这种欧洲浪漫主义诗歌类型代表形式用在了中国儿童诗领域,这是一次世界范围的突破。金波的十四行儿童诗,结构和韵脚并没有成为诗人的束缚,反而成了一种声音的向导。诗人的"情感之流"与这种诗体所特有的"声音之流"相遇,水乳交融地接纳和承载了童真和童趣以及少年儿童内心特有的审美体验。十四行儿童诗为我们展现出了儿童眼中的自然之美和人情人性之美。金波曾说:"我以为儿童诗应当以它的另一种特质吸引小读者,那就是它的抒情性——形象地表现思想感情。给儿童诗以更大的空间来抒情吧；抒发孩子们天真烂漫的感情；抒发我们童年时代深深埋在记忆力的感情；抒发我们对孩子们永远的真挚的爱。"① 儿童诗中美好纯真的情绪抒发，令人如沐春风，更有着对心灵春风化雨润物无声的神奇作用。这种充满情境融合之美的儿童诗自然就是唯美浪漫的。

　　西方近代文学两大主流派系之一是浪漫主义文学，它对整个西方文学产生的影响是毋庸置疑的。浪漫主义的文学思潮是对现代史上科学理性和唯物主义所带来的异化现象的彻底检查和清理。浪漫主义倾覆了西方资本主义的旧价值理性，构建了具有强烈反叛精神的新文化模式。在浪漫主义诗人的眼中，大自然是人类的朋友，人类与自然有着"万物一体"的和谐关系有助于人道德的培养和灵魂的净化。不仅如此，人类还能从大自然中汲取智慧与创作的灵感。诗人们坚信自然中的一草一木都是有感情的，正是由于这种自然情结使得浪漫主义诗歌别具一格，也正是由于这一特色使得浪漫主义诗歌得以长久流传。而其除了对大自然的热爱与歌颂外，精神核心中更凸显对于女性和儿童的尊重，因此，浪漫主义与儿童文学就产生了天然的关联性。可以说，这种西方儿童文学深受影响的18世纪末19世初欧洲浪漫主义思潮的精神禀赋，直到20世纪80—90年代中国的儿童诗歌中才开始表现出与此种文化广度和思想深度一脉相承的，充满唯美浪漫精神的诗歌气质，其中又充盈着儿童诗特有的浪漫特征。例如，表现对自然万物热爱的一类儿童诗，儿童对自然万物的泛灵思维与浪漫主义崇拜自然的理念不谋而合。儿童作为大自然之子，作为元初的生命体，其心灵是与大自然万物息息相通的。高洪波《我想》："我想把小手，安在桃树枝上。/举着一串花苞，/牵着万缕阳光，/悠啊，悠，悠出声声春的歌唱。//我想把小脚，接在柳树根上。/伸进湿软的土地，/

---

① 金波：《儿童诗创作札记》，《朝花》1982年第8期。

汲取甜美的糖浆，/长啊，长，长成一座绿色的篷帐。//我想把眼睛，/装在风筝上。/看白云多柔软，/看太阳多明亮，/望啊，望，变成两颗星星更棒！//我想把自己，/种在春天的土地上。/变小草，绿得发亮，/变小花，开得芬芳。/柳絮和蒲公英更让我神往/——我会使劲地飞翔，/飞到遥远的地方——/不过，这件事，/还得和爸爸妈妈商量商量。"诗人把春季萌发的自然景物和最具蓬勃生命力的儿童交融一处，可谓妙笔生花，人与自然同根共荣、亲密无间，这种"一体感"充满着美的张力和生命的活气。在"看、变、飞翔"的过程中，儿童对自然的神往之心跃然纸上，灵魂在盎然的美好春意中得到进一步净化和飞升，与此同时，在春天里的幸福感和对自然万物的爱也在读者心中油然而生。圣野《磨刀石》："月亮把夜天/当作一块/蓝幽幽的/磨刀石//磨亮了镰刀/她就要去收割/像麦粒一样成熟的/满天的星星了。"儿童的想象是天马行空的，童诗作者从儿童视角出发来观察秋日里广袤瑰丽的月夜星空，夜空和磨刀石、弯月和镰刀、繁星和成熟的麦粒，这些本喻体之间的自然转换，把天地间的丰盈美好都印刻在读者的眼里和心中。金波《合欢树》是一首特别唯美和充满浪漫色彩的儿童诗。"一棵开花的合欢树，/点亮了满树的红蜡烛，/今天有一对鸟儿结婚，/它们收到许多珍贵的礼物。//合欢树上，弥漫着淡淡的清香，/伴着清香，有微风把叶笛吹响。/合欢树的叶子，//像轻柔的羽毛，/在微风里，轻轻地摇。//从远方飞来的小鸟，/献上自己华丽的羽毛，/为新婚的小鸟，铺一个舒适的巢。//当黑夜来临，星光闪耀，/新婚的鸟儿要睡了，/合欢树的叶子，/就闭上了它们的睫毛……"诗人通过对合欢树上鸟儿结婚的甜蜜幸福氛围的营造，描摹出了"童心自有天真处"的童话般意境，森林中万物之间的美好真纯和互爱互助的情谊洋溢在读者心间。主观色彩、浪漫主义情调的渲染、丰富奇特的想象、巧妙地运用修辞，这些浪漫主义诗歌特征也都体现在了顾城的这首《安慰》之中。"青青的野葡萄，/淡黄的小月亮。/妈妈发愁了，/怎么做果酱。/我说：'别加糖！/在早晨的篱笆上，/有一枚甜甜的，红太阳。'"这首诗写于20世纪80年代那个物质还比较匮乏的时期，诗人以儿童的单纯无拘的视角去看世界，以一个乐观懂事的孩子的口吻安慰着为生活发愁的母亲。这首诗的意境满溢着一种纯净的美，新生的美，诗人用冷与暖、苦与甜、白天与黑夜、现实与希望构成鲜明的对照，衬映出一个纯美的童话世界。"野葡萄""小月亮""甜甜的""红太阳"等隐喻和通感的运用，是对世俗生活的一种美化和净化处理。浪漫主义特征的儿童诗的属性是无限美好的春天，儿童诗所首首吟唱的也正是春之声，在万物葳蕤生长的春日里一切美好都由儿童诗来展现，一切美好也都属于儿童。

（三）诗艺新探：现代性因素的融入

中国现代主义诗歌这种深受西方现代派诗歌影响的诗歌形式，在20世纪80—90年代，整个诗歌领域都在进行探索，儿童诗也开始出现了有意识的创作尝试。一批儿童诗人摒除了那种晦涩艰深的意象和忧郁的情绪等，开始展现现代派诗歌中成人化显著的特征，吸收了其立意的新颖、意象的独特、诗思的跳跃不拘、语言的高度凝练精准、表现形式的独标一格等特点，开拓出一片具有现代主义诗性因子融入的儿童诗星空。李昆纯的《冬爷爷捏红了弟弟的鼻子》这首短诗想象新奇，"天空中/一朵朵雪花/在飘……/北风里/一只只饿鸟/在叫……/大树下/弟弟举起弹弓/在瞄。/惹恼了冬爷爷/把他的小鼻子/捏红了。"白描的成像手法新颖独到，寥寥几笔就勾勒出了犹如《天净沙·秋思》般韵味无穷的意境，雪花、北风、饿鸟、大树、举起弹弓的弟弟，营构出了整个故事，而"捏红了"更是神来之笔和警示之色，是冬爷爷给弟弟不当行为的警告。儿童诗以跳脱俗常和天马行空的想象力，发掘着属于自身文学体裁才能凸显出来的万物的独到之处，延展着自身独有的艺术魅力，进而开掘着无限可能的审美艺术世界。

任溶溶的《大楼掉下一个蛋》是一首汲取了现代派诗歌特色，从构思到表现形式都十分奇特的儿童诗：

"在20层的高楼顶，
鸽子妈妈在大叫：
'不好了，不好了！
我的宝贝鸽蛋落下去了！'
19、18、17、16、15、14……
蛋嘟噜噜一直往下掉；
13、12、11、10、9、8……
小鸽子怎么出了蛋壳在伸脚？
7、6、5、4、3、2……
1楼小鸽子可没有到——
它已经会飞，
飞回楼顶和妈妈拥抱。"

这首十分独特的儿童诗，诗人用紧张的情节与充满紧迫感的倒数数字相结合，把鸽蛋从楼上掉落下来，未出壳的小鸽子命悬一线的故事表现得扣人心弦，结局令人喜出望外，小鸽子破壳而出还学会了飞翔。当小鸽子飞回楼顶与妈妈拥抱时，相信每位读者内心的温暖幸福感陡增。任溶溶这种情节的悬置性与阿拉伯数字的巧妙运用以及整首诗的图像性有机结合，是儿童诗对现代主义诗歌表现形式的有益借鉴，给儿童诗增添了奇趣的吸引力，是一首充满现代意味的优秀童诗。

金逸铭的《字典公公家里的争吵》犹如一出角色鲜明的情景剧，一开场就直接交代了戏剧冲突发生的地点和个性鲜明的主人公们，"字典公公家里吵吵闹闹，/吵个不停的是标点符号。//看它们的眼睛瞪得多大，/听它们的嗓门提得多高。/感叹号拄着拐杖，/小问号张大耳朵，/调皮的小逗号急得蹦蹦跳。"接下来，主角们陆续登场，"首先发言的是感叹号，/它的嗓门就像铜鼓敲：/'伙伴们，我的感情最强烈，/文章里谁也没有我重要！'"在自我夸赞和相互揶揄中，每种标点符号的各自独特之处都得以体现，"感叹号的话招来一阵嘲笑，/顶不服气的是小问号：/'哼，要是没有我来发问，/怎么能引起读者的思考？'/小逗号说话头头是道，/它和顿号一起反驳小问号：/'要是我们不把句子隔开，/文章就会像一根长长的面条。'//学问深的要算省略号，/它的话总是那么深奥：/'要讲我的作用么……哦，不说大家也知道。'//水平高的要数句号，/它总爱留在后面作总结报告：/'只有我才是文章的主角，/没有我，话就说得没完没了'"。在大家争得不可开交之时，字典公公的话平息了大家的争吵，并肯定了各种标点符号的重要作用："孩子们，你们都很重要，/少一个，我们的文章就没这样美妙。"最后，这首妙趣横生的儿童诗在诗人对小读者的反问中落下了帷幕。可以说，这是一首非常成功运用了戏剧中的表现因素，又完全符合儿童兴趣特征的儿童诗。这首儿童诗中每一个标点符号形象的活灵活现，诗人在塑造竞相表现自己的标点符号们的可爱形象同时，也通过它们之间幽默风趣的对话巧妙地突显出了标点符号各自的特点和用法，在幽默诙谐的情景诗剧模式下，普及标点符号的用法，寓教于乐，其乐无穷。

高昌的《小妹读安徒生》中的比喻令人耳目一新，举世闻名的儿童文学家安徒生被比喻成了小女孩怀里的一只安静的猫咪，"安徒生是一只安静的猫咪，/懂事地卧在小妹的怀里"，细思又十分恰当。儿童诗的前两句正是小女孩捧着一本安徒生的童话书安静而入迷的状态的变相摹写和比喻，接下来，各种天马行空的想象与活泼泼的比喻接踵而至，"灵气的小手可爱地一摇，/海洋里就漂出一条美人鱼。//深而又深的是笨巫婆骑着的怪扫帚，/远而又远的是一艘白翅膀的小船，/高而又高的是小房子的雪帽子，/最奇怪的是无人能解答森林的谜语。//这样的时刻像彩色蜡笔那样美丽，/安徒生的脸上贴满玻璃糖纸，/宁静的树枝上坐着慈祥的太阳，/小妹一伸手扯住岁月的长胡须。"密集紧凑，令人应接不暇，贯穿了整首童诗，如果没有读过安徒生童话的读者很难明白每一句的喻指，但小读者们却深谙其中的每个比喻。结尾处，小女孩已经沉醉于安徒生童话中很久了，但她还是舍不得放下安徒生，"小妹把安徒生握在手里，/安徒生是一只胖胖的气球，/不能松手呀！/一松手，就向轻盈的梦里飘去。"这是一首运用现代主义诗歌修辞技法，奇幻地呈现出了安徒生经典童话故事的儿童诗，但整首诗歌又是浪漫唯美的，童真可爱的小女孩被一个个童话深深吸引而"手不释卷"的可爱样态，被诗人活灵活现地表现了出来。

哲思意味是现代主义诗歌流派的一个显著特征，在邱易东这首简短的儿童诗《不久以前，不久以后》中，诗人把小主人公"我"置于两个时间点的穿梭对照中，儿童昂扬自信的生命体与自然万物的勃发相伴成长："不久以前的一滴泪珠，不久以后的一抹欢乐。//不久以前的一枚鸟蛋，不久以后的一次飞翔。//不久以前的一个春天，不久以后的遍野金黄。//不久以前的一个我，不久以后的一个我。//一定很不一样。"万事万物的发展变化就在孩子视角下具象出蓬勃生机和无限美好，"一滴泪珠到一抹欢乐"是心智的成熟，"一枚鸟蛋到一次飞翔"是生命的成长，"一个春天到遍地金黄"是丰硕的收获，最终归结生发为对自我将要发展变化结果的自豪体认——"一定很不一样"。这首短小近禅的童诗蕴藉真纯，儿童是最优秀的哲学家，使成人苦思冥想而不得其解的难题和哲理，在他们那里往往可以四两拨千斤的轻易化解。除了以上几种借鉴现代主义诗歌的儿童诗外，柯岩的题画诗也是以往儿童诗类型中所没有的。

可以说，充满现代性的儿童诗，因其儿童性的特点激发了现代性诗歌潜在的活气和情趣，而现代性的诗歌技艺又促使儿童诗的"机趣天成"更为生动和智性。这证明了儿童诗的诗歌属性可以海纳百川，更证明了其自身的独特性，儿童性可以化解和融合诗性、诗艺、诗美，使其抵达更加博大美好的精神境地。20世纪80—90年代中国文学的整体复苏和勃兴为儿童诗的真正繁荣和发展带来了契机，也从某种程度上赋予了儿童诗无限的可能性。然而，与同时期成人诗坛的急切、张扬的颠覆性不同，此时的儿童诗逐渐远离了歌颂、宣示与说教，在儿童诗的艺术性上博采众长，现实及物的领域更宽广，新诗现代性的特点也批判性的借鉴，而对于古典诗歌的精髓和精气也并没有摒弃，这为自身的"诗意"生长开拓了更宽阔的通道。这一时期的诗歌情绪也是最具稳定性和欢愉性，可以尽情尽兴地发出儿童之声的良好创作氛围，使得儿童诗诗人们笔耕不辍，成果丰赡。随着优秀儿童诗的广泛传播和儿童诗的教学推广，部分儿童诗诗人也开始跃跃欲试地投入到诗歌创作之中，这不仅扩大了儿童诗的外延边界，也极大地丰富了儿童诗的诗歌内涵。

新时期成长的儿童文学作家有着特殊的生活经历。因此，反思性成了他们作品的深层旨归，其中深蕴着对中国儿童生活状况和未来命运的反思和期待。当这批作家首次出现时，他们就在反思中回望五四传统，要求儿童文学复归文学和现实，回归艺术家的艺术个性，最终抵达儿童。因而这一时期的儿童文学作品中"以儿童为本位"的儿童文学观念逐渐复归，尊重和重视儿童的人文精神日渐得以彰显，并且成为这个时代儿童文学的价值标尺与美学旌旗。值得一提的是，曹文轩的儿童文学观在改革开放以后的中国儿童文学观嬗变中起着重要的作用，并被主流意识形态认可。20世纪80年代，他在提出"儿童文学是文学"这一观点以拒绝中国儿童文学的教育工具论的同时，提出"儿童文学承担着塑造未来民族性格的天职"的"塑造论"儿童文学观。他认为，"儿童文学作家应有这种沉重感和崇高感。对人类负责,首先是对民族负责。儿童文学作家应当站到这样一个高度来认识自己笔下的每一个字。儿童文学作家应为健全民族性格、提高民族的质量以至人类的质量作出贡献。当我们站到这一点上之后,便会自然知道如何来处理体裁、主题,甚至是如何使用语言"①。这种看似把儿童文学"神圣化"的背后是对儿童文学的"简单化"认识。中国的儿童文学从萌蘖期开始就承载着太多来自于成人世界冠冕堂皇的重荷,在发展的历程中又一度屈从于国族、社会、集体的现实需要,无论是阶级斗争主题,还是建设主题和教育主题,都与儿童世界本质的存在价值和意义相去甚远,儿童文学都还不曾有机会展示其承载童年梦想的精神力量。当曹文轩在 20 世纪 80 年代提出"儿童文学承担着塑造未来民族性格的天职!"② 实际上,这种"塑造论"的观点代表着 20 世纪 80 年代中国儿童文学界在艺术探索运动中的一个主流倾向,这就导致一批儿童文学作品的立足点仍然是为了满足成人的现世需求,仍然是从成人视角来创作儿童文学。同时,成人对于儿童居高临下的规约仍然存在,童年生命存在的价值和意义仍然没有得到真正的尊重,儿童文学作为文学的自足性还没有得到重视,儿童文学的"载道"功能仍然被放大强调。

班马在《你们正悄悄地超越》一文中写道:"我以为中国当代儿童文学探索的最根本的变化特征,是开始表现出了对儿童文学艺术本体的极大关注。他们的兴趣所至,齐集的思考,无不明显指向有关儿童文学这一体裁的艺术容器问题,审美价值问题。"③ 从这里,可以看到这场探索是直接针对中国儿童文学长期被政治意识形态工具化后所形成的粗鄙的艺术形式和不合时宜的表现内容的,而不是针对它自五四时期以来一直受困于现实的束缚、受困于成人社会的需要、以经

---

① 曹文轩:《曹文轩儿童文学论集》,二十一世纪出版社 1998 年版,第 40 页。
② 曹文轩:《曹文轩儿童文学论集》,二十一世纪出版社 1998 年版,第 56 页。
③ 班马:《探索作品集》,江西少年儿童出版社 1989 年版,第 2 页。

验世界为唯一价值维度这些根本性的缺失。20世纪80—90年代的部分作家关注的侧重点依旧停留在生存层面和社会层面而不曾进入童年生命层面，写作主体依然利用儿童文学承载自我社会救赎的愿望。

二 守护"成长"之名：21世纪的景观

20世纪90年代中后期，随着经济转型和市场化大潮的冲击，人民的生活水平进一步提高，整个社会文化中弥漫着一种追逐经济效益和金钱的导向，儿童在家庭中和社会中的地位得到进一步的提升，已然成为家庭的重心所在。父母对儿童的培养和教育空前重视，儿童文学市场上趋利的儿童文学观也潜滋暗长，一批儿童文学领域的投机者面对市场经济的巨大诱惑，粗制滥造出一批迎合市场的"速食"儿童文学作品。由于大多数家长还不具备辨别优秀儿童文学作品的能力，不加择选地就把一批伪儿童文学作品送到了孩子手中，实际上是对少年儿童思想和审美意识的最大荼毒。还有一批儿童文学作者或对当时充满"纸醉金迷"的文学文化环境失望，或出于对坚守纯儿童文学又无法保证基本的生存诉求的无奈，因而放弃了儿童文学的写作，儿童文学队伍看似壮大，实则外强中干。与此同时，随着计划经济向商品经济转轨后的消费主义时代扑面而来，在市场、经济和商业主流话语的合力压迫下，欲望化的拜金语境和金钱写作势力渐盛，诗人成为被忽视的对象，何去何从的迷茫情绪开始在诗坛弥漫，一部分诗人价值观发生转向，从众逐金或弃诗从商，还有一部分诗人去国远走。作为新诗一支的儿童诗园也难以远避时代大潮的冲击和诗坛大气候的影响，一些儿童诗创作者放弃了创作，一些受经济利益驱使的作者创作的童诗作品一味迎合市场，而远离了儿童的身心需要，充斥着成人化、主观化、程式化色彩。虽然仍有老一代的儿童诗诗人苦苦坚守儿童诗阵地，但创作队伍的青黄不接、诗歌作品出版发行的日益困难、儿童诗理论研究的匮乏等因素，使得儿童诗日渐走向边缘。难能可贵的是，在边缘的历练中也淬炼出一批始终不忘初心，坚守耕耘的优秀儿童诗作者，他们不断发掘儿童内心层面的肌理，关注时代变迁中儿童的境遇，这种既与现实触碰，又对儿童精神和心灵层面的纵深探究的儿童诗学范式一直延续到了当下。

（一）发现"成长"：尊重儿童本真的生命状态

王泉根在《90年代中国儿童文学的整体走向与世纪沉思》中预见性地表达出了21世纪儿童文学中的"成长"观的艺术呈现和辐射作用，"用艺术触摸青春，用文学表现成长，真实地抒写当代少年儿童渴望成长，追求成长，成长的烦恼、困惑与挫折，在成长中思考，在成长中成熟，在成长中与我们民族的远大前程一起成长——这已成为世纪之交中国儿童文学最为突出的生动的创作景观，也是中国儿童文学真正走向文体自觉的突出标志之一"[①]。21世纪的儿童诗诗人更加注重从生命原点关注儿童的成长和人类的成长，并发现时至今日中国的当代文化也不曾走出曾经的迷途："我们经常能够听到：有的教育专家甚至会说，对儿童来说，读儒家经典比唱诵儿歌更能变得优秀，因为'小耗子，上灯台'一类儿歌里什么价值都没有；有的被人褒义地称为'思想的狂徒'的学者会武断地把由于成人社会的责任所造成的儿童的厌学、离家出走、沉溺网吧甚至犯罪等儿童问题，反过来归咎为是孩子自身本能欲望的膨胀而导致的道德沦丧造成的，进而反对'解放孩子'、'尊重孩子'，说'这种说法虽然表面上没错，却非常不明事理'；也有的学者采取文学和教育二元论的立场，一方面主张儿童文学的独特价值；另一方面却对强制的学校和家庭教育大开绿灯；还有的学者，用自己童年时代物质匮乏的痛苦来遮蔽、

[①] 王泉根：《90年代中国儿童文学的整体走向与世纪沉思》，《文艺报》2000年9月19日。

否定今天的孩子精神上无路、彷徨的更深重的痛苦"[①]。中国当代儿童文学理论家朱自强的这段对中国童年生态的批评可以说详尽列举了迷途的当代表现。中国当代童年景象让我们看到了卡夫卡小说的中国版演绎："在我们这个民族中，人们没有青年时代，也几乎没有非常短暂的童年时代。……我们的部族生殖力特强。一代——每一代都是人数众多——排挤另一代，儿童没有时间当儿童……一个孩子刚出生，他就不是孩子了。"[②] 因此，深沉的关注当下儿童的成长，特别是精神的成长尤为关键，深刻关注和反思儿童的精神成长更是在反思整个社会和人类的出路和走向。可以说，21世纪的儿童正在经历着更为复杂多端的时代变迁和思想喧嚣，来自历史与文化、本国与他国、学校与家庭以及互联网上的众生纷纭，会使少年儿童茫然，成长中的系列问题频现，儿童精神生态的平衡问题与成人世界精神的岌岌可危也是互为关联，因此，"成长"的儿童诗观的确立就显得尤为迫切和必要。诗歌的救赎性特质必然对成长中的少年儿童乃至成人有所启悟。印度诗人泰戈尔在他的儿童诗《孩子是天使》中对比成人世界的喧哗争斗，他发现了儿童世界的真善美的力量："他们唇枪舌剑，大吵大嚷；他们满心怀疑和失望，不知道如何结束他们的辩论果。//我的孩子，让你的生命像一缕不颤的纯光，射到他们中间，使他们愉快地安静下来。//他们的贪心和嫉妒非常残忍；他们的话语，犹如暗藏的渴求吮血的匕首。//去吧，我的孩子，站在他们郁闷的心田，并让你天真无邪的目光落在他们的心灵上，如同黄昏豁达的安宁，覆盖白日的争斗。//我的孩子，让他们望着你稚嫩的脸，从而颖悟万物的含义。让他们爱你，从而能够互爱……"[③]。在浪漫主义诗人的眼中，

---

① 朱自强：《安徒生在中国百年现代化进程中的意义和价值——重新发现安徒生》，《文汇报》2005年3月28日。

② ［奥地利］卡夫卡：《卡夫卡全集》第1卷，叶廷芳译，河北教育出版社2000年版，第243页。

③ ［印度］泰戈尔：《泰戈尔儿童诗》，白开元译，作家出版社2016年版，第193页。

第一章　文学史视域下的当代儿童诗观念的嬗变

儿童是人类精神之父,他们是防止人类灭亡的理想之光。而儿童诗恰如人类的预言和箴言,指引成人从精神层面去回归儿童本真的灵魂归处。李利安·H.史密斯曾说:"对一个时代的儿童文学有所贡献的作品中,因为过分符合当时社会的框框,所以到了后代就失去意义的也很多。"① 的确,只有深入儿童生命的核心去寻找那最困难的也是最必要的关于人类灵魂的奥秘,当代大陆儿童诗才能获得超越时空的生命力,而儿童诗观的因时制宜、因地制宜是儿童诗良性发展的前提和基础。

作为电子媒介时代的21世纪,儿童文化生态环境更加复杂。站在21世纪起点上的王富仁先生,清醒而深刻地认识到了儿童的意义和儿童文学的价值,"人类是在不断追寻少年儿童时的梦想中实现自己精神净化的。……人类堕落的根源在成人的文化中,而不在儿童的梦想里。也就是说,一个民族的儿童必须有属于自己的独立世界,有能够养成自己梦想的适宜的土壤。在这时,我想到的是儿童文学"②。而在21世纪初期由儿童文学理论家朱自强先生提出了儿童文学是"教育成人的文学"③,这是与"解放儿童的文学"相对应的观点,在他看来,二者是一枚硬币的两个方面。作为成人的儿童文学作家,应该把自己的人生体验与儿童交流,而不是教育儿童,如果说到教育也是先进行自我教育,在教育好了自己后才有资格去教育儿童。这一时期,人们对儿童文学的意义和价值有了更加深刻的认识,并不仅从对儿童和文学的意义上,甚至从人类学的意义上对儿童文学给予高度的肯定。儿童文学也是人类社会文明程度的一个缩影,儿童文学作为一个独立的学科,诞生在人类文明高度发达的近现代。在人类文明"进

---

① [加]李利安·H.史密斯:《欢欣岁月》,梅思繁译,台湾富春文化事业股份有限公司1999年版,第53页。
② 王富仁:《呼唤儿童文学》,《中国儿童文学》2000年第4期。
③ 朱自强:《中国原创儿童文学的困境和出路——用眼睛看不清的困境》,《文艺报》2004年7月24日。

化过程中能最终保留在个体生物学层面（基因）的人类精神，肯定是最有利于种族生存与发展的最灿烂最有价值的合规律性合目的性的精神文化，所以儿童携带着的这部分潜能在现实文化的冲击下，表现出神奇的美、巨大的创造性和无尽的可塑性"[1]。可以说，在这个社会瞬息万变、经济科技飞速发展的时代，世界的联系更加紧密，地球成为村落，但人与人的相互依附性却在减弱，个人的自我独立精神诉求更加明显。21世纪的儿童观是更加客观地对待新世纪儿童的看法，并为少年儿童发出"精神独立"和"人格独立"的吁求，而儿童文学是儿童独立成长的精神花园，是放飞梦想的天空。儿童文学观的指向性也不仅在观照儿童，它的一体双质性文学功能也日渐被广泛认可并践行在儿童文学作者的创作实践当中，"自我成长"的儿童观凸显在儿童文学作品中。

（二）"反思"中积蓄自我"成长"力量

21世纪是电子科技迅猛崛起并强势进入人类世界的时代，特别是以数字技术、网络技术为传播手段的新媒体全方位地颠覆着人类的文学文化以及生活，纸质的阅读和学习习惯受到电子设备载体的冲击，甚至儿童的玩耍游戏也从现实场景移至网络中，新媒体视野下的整个诗歌生态存在着诸多有待分析解决的问题。承续着20世纪末的儿童诗落潮趋势，21世纪的儿童诗真正流入文学的边缘，但也因大浪淘沙，去除了芜杂和热闹，沉淀下了更为成熟的诗歌内质与人性关怀，儿童诗在边缘的孤寂中寻找着审美的彼岸和儿童生命本质的旨归所在。

随着21世纪初诸多具有时代特征的问题浮出历史的地表，儿童诗中也出现了大量对当下社会现实内容的深切关注。例如，阶层的日益分化，农村留守儿童、城市流动儿童等生存状态的被诗写。何腾江

---

[1] 刘晓东：《儿童精神哲学》，南京师范大学出版社1999年版，第2—3页。

的《七岁，我还去放牛》中小主人公一咏三叹，前后呼应，反复出现了八次"七岁了，是上学的年龄"的内心独白："在这样的时候，/书包应该挂在背后，/课本应该握在手里，/可我的七岁，我还去放牛//……痴痴地守在路口，/看着同伴上学的笑脸，/听着教室传出的歌声，/我把眼泪悄悄地，咽在心里，//……想着妈妈病恹恹的咳嗽，/我把忧伤默默地，藏在心底，//……我过早地懂得了，/童年的忧伤，/成长的艰辛，/生活的困苦……"把一个贫困家庭孩子对上学读书的憧憬，到面对现实家庭贫困的忧伤和失学的内心痛苦，再到毅然地承担起家庭生活重担的懂事和坚强的心理活动呈现的椎心泣血，读来令人动容唏嘘。再如这首画面感极强的《午夜的嚎啕震碎了檐下冰凌》："祖母拥着娇弱的身躯，泪眼朦胧，/被惊醒了的春天，/赠与孩子眺望的黄土山岗，一地嫩绿，一片桃红//远去了那噎住孩子喘息的风，/挂满树梢的可是孩子的泪，/啊，不，不，还有爸爸妈妈的汗水，/这是亲与情的交融//闷热的傍晚，铅云压顶，/昏黄中，山岗上蹒跚走来，牵手的一老一小，/鸟儿躲在叶间，缄口息声，/知了却在可见的地方，呐喊着，我什么都懂//……'呜呜，呜呜……我不要白雪做的棉花糖，/只要雪花快来，/妈妈就会回家了。'"在这首诗中孩子思念外出父母的情感以及外出打工父母艰辛的努力都被炽烈地潜藏在山村自然景物季节轮回的描摹之中，抒情的味道浓郁而揪心。这是部分当下中国农村亲子状态的真实反映，生存的无奈延宕在当下无数打工家庭之中。年迈的祖父母守望故土一边替子女看护孙辈，一边又牵挂外出挣钱的孩子，而年幼的孩子更需要自己的父母在身边陪伴成长，但生活的乖谬往往使亲子关系成为悲凉的注释，亲情的缺失成为这一代成长中的留守儿童内心永远的痛。这首打工子弟的《心里话》，道出了数千万城市流动儿童的心声："要问我是谁，/过去我总不愿回答，/因为我怕、我怕城里的孩子笑话。……'别人和我比父母，/我和别人比明天！'/打工子弟和城里的小朋友一样，/都是中国的娃，/都是祖国的花！"这是现代化进程中流动儿童群体的真实写照，"外来者"担心城里孩子笑话的自卑、学习条件和生活环境极差等都揭示出城乡儿童之间的身心巨大差异性。而小主人公对父母辛勤工作的认可和自豪以及自强不息的奋发精神，又使得这首儿童诗的"向光性"照亮了现实的艰辛和不平等，从而达到抚慰城市流动儿童内心的目的和作用。但这种亮色调的充满希望的结尾，又令成人读者唏嘘和反思，"祖国花朵"的前路在何方？

面对 21 世纪全球化生态问题的日益凸显，全人类都忧心忡忡，可以说，儿童诗在新世纪的现实主义揭示性和反思性的情绪更加鲜明，它也发出了"地球只有一个的"有力呼声。李少白的《地球只有一个》中主人公用充满抒情性的语言向整个人类社会发出吁求和倡议，所有地球的儿女们都该肩负起神圣的职责，保护生态环境，停止战争，共同爱护地球妈妈。而高洪波的《狼来啦》可以说是一首现代的生态预言儿童诗，诗中移用了久远的"狼来啦"的故事于当代上演，小孩子两番倾力地演绎着"狼来啦"的恐惧："一个孩子在草滩放羊，/他放开嗓子高声喊：/'狼来啦，狼来啦！'声音传得很远很远。//人们无动于衷，/甚至不肯瞧他一眼。//这孩子奇怪又失望，/不甘寂寞重新大喊：/'狼来啦，狼来啦！'声音恐怖得发颤。"但是，成人们的反应却异常的冷淡，"人们就在不远处劳作，仿佛谁都没有听见。"在孩子感觉委屈和咒骂成人们的冷淡时，一位老人道出了缘由，"这里的狼，/早已绝种了五十年。"动物的绝种与生态的失衡息息相关，成人对孩子呼救的漠然，也正是因为对自然生态现状的无能为力或者麻木不仁。这样的儿童诗是深刻而富于表现力的，在看似荒诞的儿童为主角的闹剧中，揭示出了严酷的现实生态失衡景象，狼的绝迹真的就意味着人类的生命财产安全再无危险吗？还是暗示着更大的危机已经到来而人类仍蒙昧无知呢？

(三) 探索中更新自我"成长"能力

21世纪的儿童诗是充满主观能动性的诗歌样式，除了深刻的反思情绪外，积极参与情绪也可见一斑。网络时代的儿童诗内容的与时俱进，对于儿童网络游戏的主动参与，积极适应着21世纪网络时代给儿童的审美口味带来的新变化。《植物大战僵尸》是一款风靡全球的电脑游戏，而为这个游戏衍生图书写的儿童诗是金波、高洪波等儿童诗诗人为了帮助孩子从电脑游戏中解脱出来，把孩子的眼光吸引到图书上而作出的努力。诗人们深谙游戏是人类的天性，更是人类儿童期一项发展体能智力的重要途径，游戏精神是儿童文学写作的重要支撑，而游戏本身也构成了儿童文学创作的主要资源。儿童诗诗人们把游戏内容进行了"本土化移植"，把游戏转化为阅读物，并用儿童诗进行连缀和诠释，寓集体力量、团队友谊、勇敢忘我，以及自然生态观念等于惊险幽默的故事中。高洪波《植物和僵尸》"我和植物们大战僵尸，/常常忘掉吃饭和喝水。/向日葵为我们补充能量，/阳光和绿地让我们无畏。/为了自己美丽的家园，/再厉害的僵尸也要被摧毁!"在源起于儿童游戏的童诗中，小主人公天马行空的想象，使自己与植物们俨然已经成了坚定捍卫美好家园的同盟军和英雄，自然万物给予了他们战胜一切邪恶力量的无畏勇气和强大能力。在小读者心里，诗人巧妙而形象地播撒下了"人与自然"互爱互助的种子，人与自然的勠力同心必将无往而不胜。博客和网络术语的运用也在儿童诗中得以体现，儿童诗的"向光性"导向潜藏在字里行间。例如，李德民《我把早晨的太阳永远置顶》把少年儿童在博客中体现出的自主创新意识和积极向上的心态表达了出来："我博客的风格，是自定义的""我的博客，有一个诗意的名字""我把早晨新出的太阳，永远置顶，它是日子的花苞，日子的部首。"这些诗句中有着成长中的少年儿童对于掌控自我世界的充分自信，对于象征着美好希望的太阳的热爱以及积极进取的昂扬向上的心态。卿前鹏《如果母爱可以粘贴》这首儿童诗借助网络术语"粘贴"的性质功能移用到现实生活中母爱的细节之中，在最后深情地表达对母爱的珍视，"必须找一个地方，/来粘贴幸福，粘贴母爱，粘贴温暖"。这样的孩子对母亲表达爱的方式为儿童诗增添了新意和时代气息。网络时代的到来势不可挡，它改变了21世纪人类的生活是不争的事实，同时，电子网络媒介也是一把双刃剑，儿童诗创作者们面对更多的机遇和挑战，也需要更多的理性和智慧。

身处边缘的21世纪儿童诗并没有自我放逐，而是更多的是打磨诗歌技艺，努力探索儿童诗发展的新路径。例如，王宜振等21世纪校园先锋诗歌的探索尝试，是现代派诗歌特色的进一步发展。"我在寻觅，春天的形状，/我寻见了，春天是花朵的形状//我在吟诵花朵的一瞬间，/春天，把我雕刻成诗人的形状//诗人的形状，是一棵树的形状，/在这个美好的春天，绿绿地活着//我思忖着，该把你雕刻成什么形状，/思来想去，还是雕刻成诗的形状吧，/诗的形状，是一弯月牙的形状，/像一枚金色的小发卡，/夜夜在我的发丝间，摇晃。"王宜振的这首《雕刻》诗意隽永，诗技高超，诗思自由跳跃，以"雕刻"为核心，春天把"我"雕刻和成就，让"我"变得更美好，而我也想如此对"你"。诗歌中充溢着花朵、诗、树和月牙等美好的意象，春天、我和你在这些意象中穿行、变化，使诗歌具有很强的流动感。前三段化用了顶真手法，由春天到花朵，再由花朵到诗人，最后由诗人回到春天，写得生意盎然，在感性温情氤氲中展现着童真的幻想和烂漫。高璨《秋天的格调》："一群鸽子飞过头顶，/我听见天空被揉碎的声音//光阴在一只野猫柔软的步伐里，变得慵懒，/一只大蝴蝶飞过我的眼前，/哼着夏天爱哼的歌谣，/而秋天使蝴蝶的飞翔，/和歌谣，纷纷打战//叶子开始落的时候谁都不知道，/燕子走之前也未与我告别，/秋天的沉默，/就是一群青苔，/无言地爬上青砖，/雨想起时就落几滴，伞不用打开//夏天时种的那些藤蔓植物，/已经爬满整个墙壁。/开了三种颜色不同的花，/就像绣了一墙招摇的五线谱,/彩色的音符一只只唱着//秋天的格调上,/就这样被缝上一个夏天的口袋。"在春夏秋冬四季交叠又轮回的时空景致中,跳荡着少年敏锐的观察视角和少年情思意识流动中的多种修辞拼接的诗意表达。原筱菲的《回望影子》中更多的是婉曲的意识流动:"我的影子一直都是我的朋友,/我把它从地面扶上墙,/它就倾斜着身子,/为我在墙缝中,找到一朵花,/却把自己隐藏在暗处//不去回避,其实我就是一棵生长在缝隙里的凡花,/就像我的影子,总是不肯把阴暗的一面,/袒露给痴情的阳光//夜里,我只能把月光披在身上,/把我的根藏在身后,/假装是不小心丢失的一件外衣,/在孤独的回望里,/为自己撒下一层,美丽的迷雾。"从影子的特征跳荡到自我的认知和思考,青春期少年的敏感多思流淌在这隐秘难解的诗行之中。可以说,这一时期的儿童先锋诗的探索者们所创作的儿童诗更多的是针对少年年龄段的读者,表现手法的运用更加多元和贴合情绪的动向,诗歌内蕴的情感倾向也更加圆熟。同时,还出现了王立春依经典古诗词的意境尝试用当代儿童诗表现方式重新演绎的《跟在李白后面》诗集,以及成人记录低幼儿童话语经过再加工后成诗的新类型的儿童诗的出现,如李姗姗的儿童诗诗集《太阳小时候是个男孩》,描摹少男少女内心的情感变化的诗歌也在增多,儿童诗的内心指向性也日渐明显。这些都与当下时代的发展和文学的走向暗合,对古代文学经典的重新解读和再认识,对文化精髓的当代汲取和传承是整个文学发展不可逆的大趋势,诗歌更是不能置身事外,儿童诗的这类探索尝试是大有裨益的。而随着儿童越来越早的认知能力的开发,以及诗教传统的当代回归课堂和家庭,儿童创作诗歌等文学作品的出版发行数量也与日俱增,低幼化写作也日渐形成一种潮流。由于当代的儿童接受各种信息的途径越来越便捷和多元,这也促进了他们思想和心灵的成熟度与往日不可同日而语,儿童诗创作者们也洞悉了这一儿童成长趋势,更多探微儿童内心情绪波澜的诗歌作品应运而生。

21世纪的儿童诗极大地摆脱了新中国成立以来的那种将诗歌降低为工具的反映论思维，尽力凸显着自我独立的品性和价值，既进一步拓宽了儿童诗的现实针对性，不再拘囿于单纯的儿童生活、校园生活、家庭生活为诗写疆域，更从现实世界的人间烟火、芸芸众生中摄取思想和精神营养的诗思之泉，同时又注重儿童心灵内宇宙的变化万千，并试图进行儿童内外宇宙之间的有效连接，经由儿童的视角去折射现实和历史的别样风云。这一时期的诗歌情绪流是寂然无声又波潮暗涌，努力积蓄着"惊涛拍岸"的力量。

　　成人文学与儿童文学的根本区别在于：成人文学是成人之间的文化活动与精神对话，而儿童文学是大人写给儿童看的文学，在儿童文学多彩的艺术园地中当然也包括一些早慧的少年儿童写出的优秀作品存在，但就儿童文学的整体而言，其创作主体的主流性和创新性以及作品的经典性上，主要还是由成年人担当重任。儿童文学的传播过程，包括编辑出版、推广应用、批评研究等完成主体也是成年人，处于启蒙、成长年龄阶段的少年儿童更多的是接受、消费主体的角色。创作主体与接受主体的代际身份和代际差异使儿童文学成为复杂性的存在，儿童文学具有与生俱来的矛盾性、冲突性和融合性趋势，中国儿童文学史百年的历程是一个发现儿童、尊重儿童到解放儿童的历史过程，无所不在的社会儿童观在操控着它的演进。"在与儿童的关系上，成人是一个自我中心主义者，不是利己。以自我为中心就是从自己的角度出发来考虑一切，因此常常会误解儿童。正是由于站在这个立场上，他才会认为儿童是空的容器，是懒惰的、无能的、内心是盲目的，因而成人必须向他灌输知识，为他做一切事情，引导他一步步往前走。直到最后，成人自以为是儿童的创造者……"[①]。中国的儿

---

　　① ［美］波拉·波尔克·里拉德：《现代幼儿教育法》，刘彦龙、李四梅译，明天出版社1983年版，第97—98页。

童观和儿童文学观的更迭从某种程度上说也是一个儿童被"重塑"的过程,从古代"具体而微的人",到现代被启蒙者发现的"个体生命的人",再到抗战时期"被成人化的人",再到新中国成立后成为"被教育的人",再到各种运动和"文化大革命"期间"被工具化的人",再到20世纪80年代"被塑造灵魂的人",再到90年代被"欲望化的人",再到21世纪被"自我成长的人"。儿童被重塑的百年历程,也是人的主体意识发展变化的历程,日趋回归儿童本我的历史规律同时也是向"人性"层面的儿童返归的历史规律。自1917年至2018年,儿童诗虽然走过其百年历程,但真正得以抒其性灵、张扬其童真的儿童诗创作时长不足半个世纪。而与单一向度的成人文学创作相比,它则因文体的"非世俗性"、受众的被轻视性和诗写的"难度",去中心化的位置渐成为常态。百年儿童诗历经浮沉,儿童性屡遭扼阻,这与新诗的现代性屡遭切断的命运如出一辙。尤其是21世纪以来,儿童诗相较于成人诗歌的地位愈加边缘,这种"被边缘化"的处境,使其自我发展的后续力量不足,关注度殆失,而这些状况与中国当下近3亿的少年儿童的精神需求严重失衡。

第二章　蕴藉丰富的童心世界

儿童诗是一种包孕万象的诗歌呈现方式，区别于成人诗歌繁复而复杂的审美取向，它总体性表现出的是以审美化为主导的"童心"表达和主题呈现，并以其丰富多变的儿童形象，丰盈着当代儿童的自我形象。当代儿童诗在对于社会人生、历史文化等"内外宇宙"的观照中，也展现出全新的视角，生发出"童心"的哲思，成为映照人类社会和宇宙万物的"镜与灯"。

第一节　多元的主题呈现

儿童诗并不是只写儿童和儿童生活的诗，在当代儿童诗中它的书写范围和题材疆域得到了极大的拓展，从对儿童的描摹，对儿童学校生活和家庭生活的诗写，延伸到了儿童视域下的家国情怀、社会历史、自然万物、宇宙人生的囊括，甚至是对于自我精神内质以及人性和生命的反思。爱、自然这两大文学永恒的母题，加上游戏这一儿童诗特有的母题的当代生长，共同呈现出"审美化"愈发鲜明的当代儿童诗主题内蕴，在多元化导向的当代儿童诗书写背景下，跳脱出的儿童形象也丰富多彩。而对于一些特殊时期的另类主题呈现，也为展现真正的儿童诗视域提供了参照。

一　母题的当代生长：爱、自然、游戏

刘绪源先生曾说："我们说道一个母题，那其实就是指的一种审美眼光，一种艺术气氛，一个相当宽广的审美的范围"[①]。可以说，爱、自然、游戏这三大母题对于儿童来说是他们生命里必不可少的重要组成部分，是使他们心灵丰盈、灵性跃动的三个不可或缺的因素。因此，这三大母题恰如陪伴儿童成长的母亲一般，成为极力呵护儿童性灵的儿童诗的永恒母题，儿童也只有通过进入各个母题的审美过程中经受丰富的体验，心灵才会变得更加柔韧相兼、智慧真纯和自信博大。这三大母题的发生成长随着时代的变迁，在儿童诗诗人的笔下也呈现出属于当代的特异性和新质。爱的母题由通常的外倾型、向外在的具象的人或事物辐射、发散的类型的爱到抽象层面的、自我成长的内向型自爱主题发展；自然主题由对自然万物的热爱歌颂的颂扬型逐渐向对生态失衡、环境被破坏的反思型的自然主题变化；游戏主题除了现实时空的摹写，还出现了网络空间游戏主题的儿童诗歌的表达。

（一）永恒的母题：爱

爱是文学永恒的母题，是人类生命葳蕤的源泉和发展不竭的动力。从古至今文人墨客对于爱的书写和讴歌绵亘不休、不绝于耳，人们乐此不疲的写爱、颂爱就是为了揭示爱的真谛和传播爱的能量。当代儿童诗中诗写的爱的母题内容除了对各类人的爱和互爱，对宇宙万物包括自然景物和动植物的爱，对国家学校家庭的爱，对理想和未来等通常类型的物质层面和非物质层面的爱以及抽象层面的爱，还出现了青春期朦胧的爱恋，"自爱"及其自爱意识下的自我认可和成长类型的诗歌，爱的母题诗歌情绪是直抒胸臆的爱、潜藏的爱、受感化的爱等类型。爱与美在文学文本中始终是如影相随的，当代儿童诗中有

[①] 刘绪源：《儿童文学的三大母题》，复旦大学出版社2015年版，第15页。

爱的表达，也有更多的是美的呈现，美质型的爱的主题审美表现倾向鲜明，这也与当代儿童诗整体的审美化艺术呈现趋势相契合。这一母题所体现的是成人与儿童之间充满爱意的互爱的眼光，这种爱博大精深，体现出的是一种双向性的、互动特质的爱的主题。爱的母题的情绪氛围总体上是爱意缱绻，充满人世间的真善美。在爱的母题下又生发出具体的四个主题，分别是人类之爱类型主题，国族之爱类型主题，校园之爱类型主题，自我之爱类型主题。这份丰富的内容形成了当代儿童诗爱的母题的特色和边界，冲破了所谓的"小儿科"与"小儿歌"的狭隘的生理时间和表述空间的隐喻，以爱的宽度、广度和深度预示着儿童诗心灵的拓展度，以及儿童诗在文学创造中的强大张力和自我超越的可能。

1. 人类之爱类型主题

当代儿童诗中，人类之爱不仅有血缘关系的父母、长辈、兄弟姐妹之间的互爱，更有对于无血缘关系的他者之爱，特别是对于处于弱势情态之下的人类充满尊重的人性之爱在儿童诗中得到极力张扬。这种儿童立场诗写人与人之间的爱是跨血缘、跨性别、跨种族的充满真纯特质的天使之爱。

穿越人类发展史的烟云，母爱是爱的源头，儿童诗中的母爱表达也是最多样和繁复的，每一位儿童诗诗人都无法避免写到母亲和颂扬母爱，因为母爱贯穿着人类这个大婴孩的成长始终，对于母亲的爱以及母亲给予的爱都融进了血液和生命历程。而从儿童的成长阶段来看，正是处于与母亲关系最为密切的时期，母爱的伴随是儿童健康成长不可或缺的因素。宋长安《炊烟》把母爱融入农村最常见的与人间烟火相连的炊烟之中，意象新颖独特又爱意隽永深沉。"像母亲在灶房后/种植的一棵树/绕着一日三餐袅袅生长/我在树下日渐长大/母亲便把树砍倒/铺成一条路/我沿着这条路/走出村庄/却没能走出母爱/用炊烟编织的爱"。孩子终将长大，犹如灶房后母亲亲手种植的树，母亲的终日辛劳升腾在了一日三餐的袅袅炊烟中，母亲无怨无悔地付出为我铺就了成人、成才之路，而我一生都将在炊烟萦绕成的母爱荫蔽下勇敢的生活。这是成长中儿童视角的表达，其间贯穿着成长中"我"对于无私伟大又静默的母爱的切身体会。除了表现父爱如山、母爱如水的满溢着抒情性情绪的儿童诗，还有如蒲清华《看电视》这类以儿童视角和轻松幽默的方式来呈现家庭和谐之爱的优秀童诗作品。诗人以"看电视"这个家庭常见的集体行为为对象，在京剧与球赛的电视节目交替中，祖孙三代的互相谦让、相互尊重自然而然地凸显了出来，最终又把电视节目的选择权利一致认为要让给需要舒缓压力的妈妈，进一步体现出这个其乐融融充满互敬互爱的三代同堂家庭的温暖和幸福。

可以说，儿童诗是一种正面书写爱的诗歌，但主题的表现并不是千篇一律、千人一面，恰恰是如孩童古灵精怪般的别出心裁。滕毓旭的《送给盲婆婆的蝈蝈》中充满爱心又童真的"我"是如此可爱："乐颠颠地捉回了，／一只绿色的蝈蝈，／喜滋滋地送给了，邻居家的盲婆婆。／／婆婆，婆婆，／这是只会唱歌的蝈蝈，／在我上学时，／就让它代我给你唱歌。／／歌声会领你走进田野，／看到小溪里滚动的清波；／歌声会让你闻到小草芳香，／听到青蛙咯咯咯……"这种真纯的爱心和童心是最打动人的，这也正是儿童诗"诗心"长存的价值所在，成人诗歌中很多无法自如表现的自我超越的诗歌张力，在儿童诗中以儿童的语义场就能恰切而自然地凝聚成爱的磁场力。周小波的《"鲤鱼"姑娘》讲述的是三个小姑娘悄悄帮助军属王大妈扫地和挑水而最终被发现的有趣故事。"咦，谁把地扫？／谁把水挑？／谁把一大堆柴火劈得好好？——军属王大妈走进门，／搔搔头皮吓一跳"充满悬念的故事就此展开，"'说不定我家出了仙，／鲤鱼姑娘进来静悄悄？'／王大妈对着水缸直发愣，／芳芳、英英、燕燕偷偷地笑。"在王大妈的迷惑和小姑娘们的偷笑对比中，故事为即将掀起的波澜作出铺垫。"第二天,王大妈收工特别早,/扒着门缝仔细瞧——啊,那么多的'鲤鱼姑娘',/这下看你们往哪里跑!//王大妈一把掀开门,/'鲤鱼姑娘'吓得往外跳,/堵住门,抓'鲤鱼','一条','两条','三条'……"这些做了好事不留名的"小鲤鱼姑娘"是真善美的化身,是响应拥军优属号召的新社会好儿童,也是刻有时代烙印的儿童诗主题内容。

"文化大革命"的十年,儿歌和儿童诗以其强烈的节奏感,朗朗上口的诗歌语言,直抒胸臆的明快表达方式成了宣传工具,大部分的儿歌和儿童诗都成了别有用心的成人假借儿童立场来发声和鼓动群众的媒介,真正的儿童诗诗人无法发表作品,大多数儿童诗诗人被禁止写作。但也有可贵的"潜在"的儿童诗写作存世,例如,叶延滨写于1967年6月1日的儿童诗《小丫——记我们院的一个小姑娘》,写诗的起因是,小丫的妈妈是写故事书的,因为她说真话,被抓走了。"我们院里这个可爱的小丫,/小丫,见不到她的妈妈……"这是那个令人痛心疾首的十年的写照。"每一个妈妈都牵挂小丫,/天热了,给她做好小褂,/星期天,给她买来米花。//小丫啊,懂事的小丫,/她从来不问,我的妈妈在哪?——叔叔阿姨难回答!/每一个孩子都向着小丫,/小姐姐,给她画图画,/小哥哥,趴下当马马",整个院子里的大人和孩子们并没有因为小丫的妈妈被抓而疏远、鄙视和欺负她,而是都同情和悉心呵护着这个失去了妈妈的小女孩。"小丫啊,懂事的小丫,/躲着,怕见别人的妈妈,——眼里藏不住泪花",这个可怜的小姑娘既懂事又内心时刻挂念着她的妈妈,"每天晚上都有人陪小丫,/合上眼,梦里能见妈妈。/泪珠珠,枕头上面嘀嗒。/小丫啊,懂事的小丫,/在这梦一般的长夜里想些啥,——梦里都告诉了妈妈?"有这样敢说真话的勇敢坚毅的妈妈,也一定能培育出明辨是非的孩子,梦中小丫对妈妈含泪诉说:"妈,我长大,要学你,说真话……"童诗的结尾不仅让人唏嘘,一个孩子葆有初心敢说真话的勇敢，这才是民族和人类的希望所在。儿童诗的"向光性"本质属性使得它的表述不是触目惊心的批判揭露和咒骂，而是充满温情的关爱和善念的传递，用人性的美善和爱来倡导"真"的可贵，同时也反衬出人性的扭曲和丑恶以及引人反思其给儿童带来的巨大身心伤害，这也是给国之发展命脉造成的重创。

人类之爱的主题之所以丰富，还表现在创作视野的愈加开阔和与国际接轨，韩晓征的《蝴蝶》是以中外儿童的友爱情感来彰显世界各国儿童友爱主题的一首儿童诗。小女孩"我"抱着带蝴蝶结的娃娃逛公园，结果蝴蝶结丢了，"我"在焦急的寻找中碰到了一位蓝眼睛的小姐姐，她摘下了自己的蝴蝶结给"我"的娃娃戴上了，于是抒情性的梦境出现了。"……夜里，我搂着布娃娃做了个梦，/梦见从怀里飞出好多好多花蝴蝶，/蝴蝶们飞进世界上的每扇窗子，/悄悄地落在每个小姐妹的枕边……"蝴蝶结幻化成了灵动飞舞的美丽蝴蝶，带着美和爱给世界各国的小姐妹送去珍贵的友情。也正因如此，人类之爱突破了地域边界而得以在整个人类世界传送，这也建构出了当代大陆儿童诗中人类之爱的主题特质，从亲缘之爱到非亲缘之爱，从人性之爱的弘扬而进一步拓展到人类之爱的儿童性倡导。当代大陆儿童诗虽立足于儿童本位，但更发挥着双效性的审美特质和诗歌功能，它的旨归是儿童和成人的合一，是让爱的母题更加阔达而深刻。

2. 国族之爱类型主题

政治意识中的民族关怀是20世纪初就已经提出的命题，梁启超那篇闻名于世的《少年中国说》就承载着一种极大的民族情怀，"潜龙腾渊，鳞爪飞扬；乳虎啸谷，百兽震惶……美哉我少年中国，与天不老；壮哉我中国少年，与国无疆！"[1] 字里行间洋溢着澎湃热忱的民族自豪感以及对民族自强的热切渴盼。进入当代，充满国家、社

---

[1] 梁启超：《少年中国说》，《清议报》35册，1900年2月10日。

会、历史、文化、军事、和平等社会性甚至鲜明的民族政治性阐释内容的当代大陆儿童诗曾经盛极一时，这类国族之爱主题的儿童诗，更多的是情感丰沛的抒情诗和赞美诗形式，以成人式的抒情方式借助儿童诗的"外衣"宣扬国族之爱，使得当代大陆儿童诗的国族意识得以张扬。

新中国成立初期是一个当代大陆儿童诗国族意识最为鼎盛的时期，全国各族人民在革命浪漫主义和乐观主义"红色"激情的感染和鼓动下的赞歌和颂歌响彻云天。田地《我爱我的祖国》、李瑛《祖国旅行》（组诗）中《兴安岭森林》《战沙漠》《攀高峰》《可爱的海》都是寓爱国之情于自然山川景物之中，运用的是寄情于景的成人诗歌常态抒情样式。林子《唱给母亲的歌》："祖国啊，永恒的母亲！/这呼唤里凝着多少深情……我是您血肉里的一粒细胞，/生存的意义就是为您的光荣献身！"肖斌伟《生命之歌》："她是时间的源头，/爱的总和，/我们只是她蔚蓝中，/极渺小/极平凡的一滴，/但在她的爱中，/找到了自我/获得了永恒……我们时刻都在为您跳动着的啊，/我的祖国，/我的母亲！"这两首诗直抒胸臆的爱国之情氤氲在与祖国休戚与共的共命运之中和要为祖国光荣献身的豪迈表白里。在这里基本呈现的是成人立场和视角，同类型的儿童诗中都会有祖国之"大"与我之平凡藐"小"的对比，并在祖国之大的无垠之爱中向往着为了祖国而奉献自我。杨大矛《在蓝天上飞翔》是另一类有代表性的题材："……我的滑翔机，/在蓝天上飞翔，/载着我年轻的心，/载着我的理想和希望。/我只想长大后，/当上一名勇敢的战士，/驾驶着我的飞机，/在祖国的蓝天上自由飞翔。/保卫祖国的天空，/消灭入侵的匪帮！/愿祖国的天空永远明朗，/愿幸福的红花遍地开放。"在新中国成立初期，国内外存在着诸多不稳定的因素，对于年轻共和国的政权虎视眈眈的势力还一直存在。因此，本国的危机意识始终存在，这也通过各种方式和渠道影响和教育着全国人民，进一步增强防范意识，这也是在此时期，许多体现军事内容的儿童诗甚盛的一个缘由。中国是一个有着56个民族的国家，国族之爱的范畴中自然不会缺少少数民族儿童角度生发出的对于国族之爱。"……我们在天山母亲的怀抱中成长，/从小就养成天山般倔强和勇敢：/巴郎子好似矫健的雏鹰，/小克孜如同美丽的雪莲！//那银光闪亮的雪峰就像天鹅的翅膀，/我们要乘着它飞向'四化'的前线！……祖国的花朵啊未来的英雄，/将从你的怀抱走向美好明天……"李幼容《天山摇篮》没有直接歌唱少数民族儿童爱祖国，而是选取了"天山"作为寄情之物态，实则摇篮的物态更是母亲的属性更是祖国花朵的自谓。"四化"前线的畅想征程都预示着少数民族儿童对于祖国的爱恋，以及要为祖国发展冲锋陷阵的决心。在朗吉努斯看来，"崇高风格是伟大人格在语言上的反映。崇高语言主要有五个来源：一是'庄严伟大的思想'；二是'强烈而激动的情感'；三是'运用藻饰的技术'；四是'高雅的措辞'；五是'整个结构的堂皇卓越'"[1]。国族之爱主题的儿童诗更多的符贴着诗歌的崇高风格，是一类宏大化的情感表述途径，而在宏大化的表述背后，是更加万众一心、众志成城的国族意识的彰显。于宗信《信鸽》是成人借儿童诗这一载体对台湾回归的期盼和两岸和平大一统的国族意识的变相流露："……啊，脚环里露出一封信，/上面写着台湾小朋友的诗行：/让小白鸽捎去我们的思念吧，/祖国，是宝岛的亲娘。//信鸽啊，/带来了台湾儿童的心意，/欢乐的鸽啊，/带来了——阿里山上的童谣，/日月潭里的波光……我也提笔写了一封信，/给台湾寄去了大陆儿童的希望；/信鸽啊，/一下子冲入雾阵，/翅翼上托着祖国的阳光。"可以说，充满国族之爱主题类型的儿童诗，是儿童诗中对儿童最具有教育力的类型诗，而教育力作用的发挥就在儿童诗中国族的凝聚力和全民对于国族

---

[1] 胡经之：《西方文艺理论名著教程》，北京大学出版社1993年版，第97页。

的向心力之上。创作的主观意图是抒发和传导爱国情怀，使儿童耳濡目染的在诵读之中把优美的诗行凝结成充满国族之爱的诗思，而此类国族的代言人"母亲"的意象，始终盘亘在国族之爱主题类型的儿童诗中，令成人作者和儿童读者深深的依恋。

3. 校园之爱类型主题

如果说家庭是少年儿童的"生活场"，学校就是少年儿童的"成长地"，在这里接触到的老师和同学都是在少年儿童成长中有着重要影响的一类人。而诗写这类校园之爱主题的儿童诗，也更多的是在积极营造正能量的学习、劳动，互助互爱氛围，从校园里感受到的爱，是除了家庭之爱以外，对于儿童来说感受最真实也最为珍贵的情感，而这类主题的儿童诗也是各个时代儿童们最喜闻乐见的"成长"故事的再现。

儿童进入集体生活，最为关键的引路人就是教师，因而在表现校园之爱的儿童诗中，对师爱的书写和教师形象的塑造是数量很多的。傅天琳的《在孩子和世界之间——给一位幼儿园阿姨》是一首写幼儿教师的儿童诗："你站在孩子和世界之间，/站在花朵和果实之间，/是一道桥，/一首诗，/一束朝霞，/你采集扑朔迷离的太阳光，/让它变成，/孩子头上的白蝴蝶，/你摘下缀满珍珠的草叶，/用它编成，/孩子心中的童话……"诗中充满美的形象的比喻，心间流动的爱的温暖，把对幼儿教师美好和神圣的赞美都浸润在诗行中倾诉出来。而赖松廷的《老师那双眼睛》则是给教师的眼睛赋予了"神力"："我把小树弄歪了；它一望——小树就长直了。//我把课桌摇坏了；它一望——课桌就修好了。//我把作业做错了；它一望——作业就全对了。//老师那双眼睛真'鬼'；望一下——我的脸就羞红了。//老师的那双眼睛真'神'；望一下——我的手就变勤了……"这种贴合儿童心理的教师摹写从全新的角度写出了教师对学生的引导以及爱的生动与形象，新颖别致又余音袅袅。校园生活中有最珍贵的友谊，这是

第二章 蕴藉丰富的童心世界

校园之爱的最佳的表达途径。如果说教师之爱还有使命和责任，那么同学之间的情谊是最为真纯质朴之爱，是互相陪伴成长的动力之爱。金波的《我的雪人》写出了最为晶莹纯美的友爱，同学们的互助友爱精神都充满在了患病的"我"的新伙伴雪人的身体里，雪人既是同学们不能时刻陪伴我的替代人，又是友爱之情的寄托，也是同学间珍贵友情的见证。"雪人变成了你，/变成了他，/变成了我们班的每一个同学……"在同学们的关心帮助下，"我"的病终于好了，春回大地，雪人也融化进春色之中，但友爱的集体、善良有爱心的同学情却升华成温暖的力量，滋养着每个人的心灵。可以说，进入校园就开始了一个人一生的第一次集体生活，相较于之前儿童的生活学习状态都还是相对自我为中心的属性，而这时，集体这个充满规约性和团结性的意识形态概念开始种植入儿童的内心。维护集体的荣誉、集体利益高于个人利益开始成了学生们的行动指南和评判个人品德好坏的标准，对儿童的教育性也因"集体"而得到更好的贯彻。除了班集体，少年儿童的集体组织还有少年先锋队和共青团两个政治属性集体组织，标识是"红领巾"和"团徽"，这两个集体组织被树立成了最优秀、最先进的儿童的聚集地，也因此成了众多儿童心目中向往的圣地，以能成为光荣的一员而倍感自豪。纪鹏的《邮局来了一队红领巾》记述了一队做好事不留名的红领巾："邮局来了一队红领巾，/报纸包着三元五角四分，/这是他们拾来的废物所换，/不知花去了多少个黄昏。//今天把它寄给一个山村小学，/帮那里的同学买书和笔记本，/自从在那里听过贫农的家史，/小小山村就牵住了他们的心……"这首儿童诗有着新中国成立初期特有的时代印记，也是一个时代校园生活的真实写照。校园生活在20世纪50年代至60年代初的另一大特色就是野营、露营、夏令营等各类营地活动，邵燕祥的《八月的营火》、夏矛的《营火烧起来了》等儿童诗内容不仅表现营地活动带来的快乐，更多流露出的是少年儿童们努力锻炼自己的主观能动性，以及长大要为祖国建设贡献力量的决心，借以唤起全体儿童的主人翁责任感。这类儿童诗的抒情朗诵性质明显，大多属于浪漫又充满激情的朗诵诗。毋庸置疑，校园是社会的特殊组成部分，它是儿童迈入社会直面社会生活，初步体验人情冷暖以及接受社会规则的一个重要的桥梁和过渡阶段。校园之爱主题的儿童诗无疑更多的是弘扬正能量的，是对校园中的主体人物教师与学生间深挚的师生情、同学间的真纯友情的讴歌，对美好丰富的校园生活的赞美和向往，以及对少先队组织等学生组织作用的肯定和倡导。而在实际上，当代的校园也远非净土，校园的社会复杂性日益凸显，特别是当下经常曝光在世人面前的校园霸凌事件，教师对学生的侮辱体罚甚至猥亵侵犯，学生对教师的不敬乃至伤害等事件层出不穷。当真实的校园"暗角"被揭开，充满校园之爱的儿童诗爱的力量更多的是存在于理想境地，无法力挽狂澜，但"向光性"的诗歌存在方式，或许还是能稍许抚慰童稚的心灵。

4. 自我之爱类型主题

自尊自爱是一个儿童内心逐渐成长成熟的标尺之一，这不仅表现在勇于面对自己的错误，正视自己的缺点并积极改正；同时也表现在有胆量有自信的承担责任和使命，敢于质疑成人世界的行为方式。而对于内心升腾起的朦胧爱恋又有清醒的认知和化为真纯的智慧和能力。

商殿举的《迟到了，我站在校门口》是一首角度独特的儿童诗："迟到了，我站在校门口，/小鸟叫我：玩去吧，看我多自由！/柳枝摆手：回去吧，批评多难受！"迟到的"我"内心也有胆怯，也有犹豫和彷徨。"迟到了，我站在校门口，/同学们多急呀，/老师，透过玻璃正往这边瞅。//迟到了，我站在校门口，/妈妈正在车间里夸赞我吧，/想起她我感到害羞……//迟到了，我站在校门口，/听那动听的书声、歌声，/同学们正在攀登新的山头。"但当看到老师同学的焦急目光，想到母亲的信任，感到新知识的召唤，儿童内心涌动的自尊自爱的情感波澜最终助推他大步走向教室。"迟到了，我站在校门口，/想好了一肚子保证的话，/我甩开大步往教室里走。"经历了内心挣扎的"我"在知错必改的自我尊严恪守保证中，坚定地走上了自立自强的成长之路。钱叶用的《孩子联合国》中，孩子们从对于为什么不能组建孩子联合国发出疑问，接着进行了大胆的行使权力的设想，"孩子们将选出自己的代表，/去阻止，父母们发动的，/互相间的战争/，孩子们将派出，/自己的学者，/去研究，人类各种前途深远的，/课题，/而这时，/地球所有村落上空，/都会透射出，/前所未有的生命的，/美丽光泽，/它是儿童们创世的，/心血之光。"诗歌结尾再一次发出呼应开篇的疑问，"为什么孩子们，/不能组成一个联合国，/组成一个地球上独特的，/最富有希望的国度，/也许它能实践一下更理想的，/人类社会蓝图。"这使儿童们那种自尊自信，敢于担当整个人类命运的气度跃然纸上，这个世界的未来是属于儿童的。

儿童的成长成熟过程不是隔绝于世的，它是伴随着内心的情感波澜起伏而开始的，儿童在成长为少男少女时由外在性格倾向逐渐内转，心理活动更加细腻，青春期莫名的孤独和寂寞需要排遣。而在20世纪80年代中国大陆网络媒介还远没有普及时，交笔友和互相传阅言情小说成了排遣青春期寂寞的方式之一。金逸铭的《女生的秘密》（组诗）中《盼望有这么一封来信》就表达了这样一种成长中的少年儿童内心的诉求："当我感到孤独，/连吉他也无法将孤独驱走。/我盼望这么一封来信，/出自一个'他'的手。/一字有一颗星光的幽远灵慧，/一行有一脉山峰的刚毅执拗。/信笺却扬帆荡起心灵的轻舟。//当我感到寂寞……而架设心桥是我最大的渴求；/那一串串省略号所省却的……是我们对青春含义的，/无言交流……"只有这种同处青春期的"无言交流"才最能相互理解，彼此温暖，而由书信架设的"心桥"也是让青春期的男孩女孩感到最为安全放心和自由释放的交流方式。通过与笔友这种"熟悉的陌生人"充满悖论的交往交流方式，恰恰是符合着这一时期少年儿童内心寂寞压抑又有些逆反渴望自由抒发的心理矛盾特征，以及表现出来的极其自尊的特立独行。徐康的《"心"形书签》描写青春期的男孩女孩在互借琼瑶的言情小说时，她遗忘在书中一枚"心"形的书签，这让男孩猜测、迷茫和思忖了一番，但男孩最终释然。"……我恍然明白，/假如青春是一部多情的书，/就让这'心'形书签，/留在，值得纪念的那一页吧，/留在那个滋生幻想的年龄，/将来的任何时候，翻开来，/这一页都分明写着：真纯……"真纯的友谊才是青春期男孩女孩最该葆有的珍贵的情感，这种自爱的心理活动书写真实而动人，或许能给处于那个时期又有情绪波动的少男少女以借鉴和启迪。巩孺萍的《少女如谁》（组诗）中《初恋的少年》是对心照不宣的男孩女孩羞涩又甜蜜的初恋心绪摹写。"只一个眼神，/便心领神会，/怦然心跳，/满面红绯，/多情的目光，/暗暗将对方追随，/却害怕单独和他面对，/任心事疯涨，/如雨季的潮水，/脆弱的心灵，/禁不起草动风吹，/初恋的女孩，/像待放的花蕊，/需要细心呵护，/才能开得更美。"初恋的男孩女孩只有珍视和细心呵护这份美好而又脆弱的情感，这份美好才能永远留存在记忆的深处，滋润着曾经悸动的心灵，而自尊自爱的自我意识是正确面对自我和处理与他人关系的前提。儿童诗是呵护陪伴少年儿童身心成长的一个"润物细无声"的朋友，优秀的儿童诗对于少年儿童在一些特殊情况下心绪的抚慰有着重要的价值和作用，它是成人在有意地"退场"状态下化身儿童的同龄人对儿童的循循善诱和导引，传递着"隐身"的长者的善意和关爱。

自我之爱这种内倾型的主题与儿童切身的心理成长成熟息息相关，在当代儿童诗发展历程中，倾向于儿童内心细腻情感和情绪诗写的儿童诗并不多。直接写情窦初开的少男少女朦胧心事的儿童诗更是到了20世纪90年代才开始逐渐出现，而少年间的这种爱恋情感曾经一直被冠以充满非议的"早恋"之名，被社会、学校和家庭以粗暴的方式对待和横加指责，但自古拦堵不如疏导已是颠扑不破的真理。这类儿童诗的出现也预示着成人对儿童成长中对于异性情感变化的充分理解和尊重，而自尊自爱的健康情感是在更加平等、开明和信任的成人与儿童情感交流的渠道中得以生发和建立的。儿童诗正是这桥梁和纽带，更是儿童真纯而美好的情感情绪最佳的安放地。

永恒的爱的母题充分体现着当代大陆儿童诗的一个最鲜明、最主旨的基调，那就是爱和美，爱的阔达度逐步升级，从大爱的歌颂逐步发展到自我之爱的珍视，爱的包容度已经达到了内外兼顾，而美和爱与善不可分离。儿童诗的美除了部分自然景物的描绘外，更多美的呈现是童真心灵的折射，儿童本身就是真善美的化身，儿童诗不可能不写爱，不可能不表现美。因此，正常的儿童诗中必然是充满爱的情感和美的底色，这正是人之初的祈愿和梦想，也是诗歌产生的根源所在。

（二）反思中的自然母题

自然母题中本应处处充满着人类对于自然万物爱意、欣赏和敬意关怀的目光，但是，随着人类征服自然的野心日益膨胀，颠顶的"自我中心"意识使其愈发的自私自利，也导致对自然善意的目光对成人来说渐趋麻木，然而，儿童们却能以独特的方式葆有着对自然的温情目光。那些具有省思意识的诗人借助于儿童的独特表达方式，来观照人类所赖以生存的世界，给人耳目一新的启示。20世纪50年代至90年代初期大陆儿童诗以自然为母题的大量诗作所体现出的基本的审美氛围，是自然之爱的主题类型儿童诗，在众多诗人描摹自然的笔下盈盈溢出的审美特质是爱和美。而90年代中后期，充满反思意识的自然主题儿童诗歌大量跃入人们的视野，触动着儿童对于自然安危牵挂的心，充满着忧患意识和自省精神。人与自然到底应该具备怎样的关系？利奥波德在《沙乡年鉴》中从哲学、伦理学、美学及文化传统的角度深刻阐述了"土地伦理"关系："一个事物,只有在它有助于保持生物共同体的和谐、稳定和美丽的时候,才是正确的;否则,它就是错误的。"① 这种生态整体主义思想是具有罕见的思想前瞻性的,他也因此被称为生态主义的"先知"。反观当代大陆儿童诗,其实始终具有预见性和前瞻性,它以自己的角度和方式对自然生态遭受破坏进行着控诉,对人与自然的生命共同体的正在解体充满忧思,对地球乃至整个宇宙的和谐发展给予期待。

可以说,当代大陆儿童诗中对于自然的摹写非常之多,这是因为,在人类群体中,儿童的本真是与自然本质上贴合最近的生命个体,也是最易融合和交流的个体,自然万物对于儿童的健康成长大有裨益。儿童对于自然的向往和喜爱之情在20世纪50—90年代儿童诗的自然之爱主题中是以描摹美好的自然风物或表现儿童与自然景物、动植物友爱互动方式呈现的。这正如被誉为"自然史文献中的经典""环保主义者的圣经"的美国自然文学三部曲——亨利·梭罗的《瓦尔登湖》、利奥波德的《沙乡年鉴》、蕾切尔·卡逊的《寂静的春天》中的第一部和第二部的情感特征,极尽对于自然生灵的热爱和人类的精神家园的皈依之情,也充满了自然的诗性特征。

在儿童的世界里一个独特的理念就是"万物有灵",也因此,儿童平等友爱的对待自然万物,儿童诗诗人们也把这样的"灵性"理念贯穿在自然万物的书写中。巩孺萍的《露珠宝宝的床》就是以儿童的"灵性"视角诗写着万物间的真诚互爱。"天空穿上了黑色的衣裳,/大地洒着银色的月光,/露珠妈妈发愁了,/到哪儿给宝宝们找那么多小床//花瓣儿说,睡我家吧,/我家床香又香//树叶儿说,睡

---

① [美]奥尔多·利奥波德:《沙乡年鉴》,侯文蕙译,吉林人民出版社1997年版,第233—234页。

我家吧，/我的床晃又晃//蜘蛛说，睡我家吧，/我的床最宽敞//可是，我还有个最小的宝宝，/没有睡觉的地方//草尖儿说，睡我家吧，/我正好有个单人小床//那一晚，/所有的宝宝都睡得很香，/特别是最小的那个，因为担心宝宝摔下，/草尖儿一直守到天亮。"诗人把常见的露珠现象拟人化，花瓣上、树叶儿上、蜘蛛网上、草尖上的露珠原来都是露珠妈妈的宝宝们被邀请去安睡的地方，充满童真和美好童话诗境的儿童诗中洋溢着脉脉温情，自然万物是那么和谐美好的共生着。刘弟红的短诗《打伞的蘑菇》是那样的有情有义又至情至性。"曾经，有一只小昆虫，/在暴风雨的袭击中，不幸遇难。//至今，仍有一朵蘑菇，/赎罪似的，为它的灵魂撑着伞。"

在儿童诗中自然的世界是与人类世界一样的有情世界，甚至这种情感相较于人类社会更加的纯粹和去功利化，对于"保鲜"儿童的纯正心性功效更大。在自然之爱的主题中，对春天的描写和表现对春天热爱的儿童诗数量特别多，几乎每位儿童诗诗人都会创作若干首与春天相关的诗作。张菱儿的《窗扇刚一探头》就是一首把调皮的"春风"写得活灵活现的作品。"窗扇刚一探头，/春风马上凑过来，/它礼貌地问候一声：'您好！'/一闪身，便溜进了房间。//它像一个好动的孩子，/抖抖窗帘，到床上打两个滚儿，/甚至跑过来翻翻我的衣角，/就像我的衣角下面，/藏着甜甜的糖果。//立刻，房间里生动起来，/风铃兴奋地丁丁零零唱起欢快的歌，/写字台上的书使劲儿地鼓掌，/就连墙上的字画，/也陶醉地跳起摇摆舞来，/房间的角角落落，/都洒满了春天的味道。//一不小心，它淘气地挤进我的心里，/嘿，我也快乐起来。"春天的生机和活力在春风所到之处表现了出来，春天的幸福感在孩童的心里油然而生。正是因为大自然的美好和动植物的可爱，儿童对它们充满了喜爱和敬意。"只有走进林中，/你才能/真正地理解鸟儿的叫声/那是被晨光唤醒的声音/那是被露水润湿的声音/那是被花香浸染的声音/唱的是，树与树的故事/唱的是，叶与叶的亲昵/唱的是，花与花的秘密/愿站成一棵树，为的是/真正地理解鸟儿的叫声。"金波的《愿站成一棵树》就表达出了儿童乐于成为它们中快乐的一员，与自然万物共生同乐，成为知音的愿望。王宜振的《鸟儿翻译家》也与金波的儿童诗有异曲同工之妙："如果鸟儿们有自己的学校，/请一定收下我这个娃娃；/我要在那儿学习它们的语言，/好做一个鸟儿翻译家。"儿童渴望与鸟儿交朋友，学习鸟儿的语言，成为能沟通人类和鸟类的翻译家，这个愿望十分美好。儿童深爱自然万物是因为他们始终能看到它的有血有肉情谊丰满。"云团在天空中奔跑，/一小片白云掉了队，/急切地叫唤。//山坡上一只母羊，/凝神地望着天空，/它疑心那是它走失的孩子。"刘弟红用白云和羊的形似惟妙惟肖地刻画出动物界的《母爱》。蒲清华的《怀抱》则感人至深地刻画出母爱的忘我和伟大。在森林里一场大火过后，人们发现了一只全身已被烧焦，但却展开着双翅的巍峨的鸟雕。"护林队员满怀惊诧，/用树枝把大鸟轻挑，/谁知从那双翅下，/竟蹦跳出5只雏鸟！//人们全明白了，/当大火袭来，/大鸟为啥不飞逃：它张开翅膀，/用它的身体，/护住这还不会飞翔的宝宝！……"鸟类的母爱与人类的母爱息息相通，诗人在赞颂牺牲自己生命保护鸟宝宝的同时，也在颂扬人类的母爱同样的无私和可敬。因而，自然万物和人类之间也是互相映照着的两类群体，但又是必然要相互依存，友爱共荣的伙伴。同时，人类是自然之子，是自然哺育了人类，人类更多的情况是依赖于自然庇护之下生存发展的，人类对自然的一草一木更应该充满爱意和敬畏。

  正是因为建立在爱的基础上，当生态失衡的状况频现时，20世纪90年代中后期当代大陆儿童诗中出现了儿童群体关注环保问题的诗歌作品。儿童诗的角度新颖独特，看似充满童话的梦幻意味，但恰是其举重若轻的表现力的难能可贵之处，例如张秋生的《树》："森林里被锯掉一棵树/熊就在他的画册上/画下一棵树/森林被锯掉两棵树/熊就在他的画册上/画下两棵树……//熊时常翻开画册，对他已经/不再存在的朋友说：/要是你们还在/这世界该有多好。"这首深蕴着生态意识的童话诗在熊以画画的方式怀念被锯掉的一个个树朋友的故事中，让人类沉思不已。人类获得蝇头小利是以失掉整个赖以生存的人类美好家园为代价。"一棵枯树上，留下一个鸟巢；/枝上没有树叶，/巢里不见小鸟。//微风绕着树枝寻，/细雨飘进鸟巢找；/枝上始终未见绿芽，/巢内一直空空荡荡。//也许，树枝在等待小鸟，/直到失去绿的希望；/也许，小鸟曾呼唤树叶，/直到无力展开翅膀……"蓝星的《枯枝·空巢》刻画了美好不在的凄凉景象，触目惊心，当人类满目毫无生意的枯枝，再也听不到鸟儿的婉转啁啾，这个只有人类存活的世界该有多么孤寂和可怕。正因为一部分清醒的人们预见到生态失衡的可怕，才发出了警醒的声音。曾辉的《伐木者，醒来》是一首由古及今、借古讽今的充满生态忧患意识的儿童诗，诗思穿越古今，以一个"伐"字贯穿其中，在时间的更迭和未来的预演中，痛心疾首地呼唤着伐木者的清醒和觉悟，呼唤着人类的理智和良知。刘希涛《叔叔，快把枪放下》是一首以儿童的角度劝告和省示成人"捕鸟"的不当行为的反思型自然主题儿童诗。"叔叔，快把枪放下，/把枪放下，/那是一只美丽的小鸟，/那是一朵会飞的鲜花，/它把春光带给蓝天，/它把秋月送给晚霞//……让枪口也长出新芽，/开出最美丽的鲜花，/让枪杆也变成大树，/给小鸟一个温馨的家。"小主人公情真意切地细数小鸟的美好，再三劝说捕猎小鸟的成人，然而，孩童心中的纯善能否真正唤回那些唯利是图的成人的良知呢？这也是一个极为现实的问题。更多的时候，儿童诗中的小主人公的善良恰恰反衬出利欲熏心的一些成人的丑恶嘴脸。涂明求的《翅膀与臂膀》是一首颇具反讽意味和冲击力的儿童诗，诗歌在儿童与鸟儿的对话维度中展开："对高高飞过我头顶的一只鸟儿，/我发自肺腑地大声呼喊道——朋友，我多么希望能有一双，/像你们这么棒的翅膀，/好让我也能自由自在地在蓝天上，/翱翔//这鸟儿一边逃也似地疾飞而去，/一边扔给我这样几句回答——朋友，我却希望我能有一双，/像你们那么棒的臂膀，/好让我也能随身扛一支还击你们，/的枪。"此时，在儿童头上疾飞而过的不再是人类的朋友，而是避之不及于人类的惊弓之鸟，更是一只对人类丑恶行径想要随时给予还击和报复的愤怒小鸟。诗人刻画的这只鸟也正是伤痕累累的自然万物的代言人，人类的不当行径最终必将反噬自身，自食恶果。

揭示地球的环境污染状况，儿童诗的呈现也别具匠心。冯辉岳的《烟囱》："本来不抽烟的地球，/一定交了坏朋友，/烟瘾才会变得这么大，/日夜不停地喷着烟//一蓬蓬，一圈圈，/挡住了阳光，/吓坏了白云，/难怪天空老是皱眉头。"这首儿童诗在活泼生动的童言童语中，想象力丰富。交了人类这个坏朋友的地球开始日夜不停地抽烟，拟人化地勾勒出了大气污染给地球带来的种种困扰。面对环境污染和生态发展失衡等诸多生态和社会问题，李少白的儿童诗发出了疾呼《地球只有一个》："妈妈只有一个，/地球只有一个，/地球是大家的好妈妈，/我们该为她做些什么？//……蓝的眼睛、黑的眼睛，/闪烁着自然的灵光，/儿女们肩负起神圣的职责，/把地球变成美好的童话王国。"这首儿童诗从更加宏阔的生态视野关注着整个人类的命运和地球上所有生物的命运，同时又充溢着敬畏生命的人文情怀。这类反思型自然母题诗歌，以儿童诗的形式发声生态问题或许对于整个人类社会的改变收效甚微，但是，它却是全世界热爱自然、揭示生态问题的重要组成部分。这类反思型自然母题的诗歌对于成长中的儿童来说也是十分必要和重要的，生态意识是需要种植在幼小心灵之中的。它既贯穿着科学理性批判精神，又深蕴着反思和自省意识以及对宇宙万物的平等之爱，这些才是人类发展的动力和源泉。

当代大陆儿童诗自然母题的丰富性体现在热爱型的自然主题和反思型的自然主题两个维度，看似二元对立，但实际上是儿童诗表现力愈加多元和贴合社会生活以及人类命运的写照，儿童诗的受众少年儿童的思考与辨别能力得到进一步提升，传播儿童诗的"媒介人"——家长和老师也将受到启迪和教育，进而对飞速发展的时代，对日新月异的生活，对宇宙人生的价值和意义进行追思和反省。当代大陆儿童诗的自然母题不是单单写小花小草，而是关注着整个自然万物以及与此紧密相连的社会人生，它既不是自然中心论的，也不是人类中心论的，它在对于自然亲善友爱的情感统摄下，以生命和命运共同体的高度在诗写着自然，烛照着人类，润养着少年儿童的性灵。

（三）虚拟空间中玩耍：游戏母题

英国哲学家罗素认为："热爱游戏是幼小动物——不论是人还是其他动物最显著的易于识别的特征。对于儿童来说，这种爱好是与通过装扮而带来的无穷的乐趣形影相随的。游戏与装扮在儿童时期乃是生命攸关的需要，若要孩子幸福、健康，就必须为他提供玩耍和装扮的机会。"① 游戏的母题体现着儿童自己的眼光，一种对于自己的世界与成人的世界的无拘无束、毫无固定框架可言的眼光，充满着一种童稚特有的奇异幻想与放纵感。在这一母题下的儿童诗是最吸引儿童读者的，也是他们最喜欢的。

"主客体"不分或"主客体互渗"是儿童在婴幼儿时期思维混沌阶段的意识特点，在这个时期，无论是像捉迷藏、荡秋千、游泳滑冰等感觉运动类游戏，还是过家家、装扮军人等象征和假扮类游戏，或者是踢足球、打乒乓球等社会规则类游戏，这些具体化形态的游戏都是他们体会幸福、感悟生命的主要活动途径。其实，以游戏为母题的大陆儿童诗数量比例并不多，这与外国儿童诗有着较大差别，纯粹体

---

① ［英］伯特兰·罗素：《教育与美好生活》，杨汉麟译，河北人民出版社1999年版，第73页。

现儿童游戏主题，也就是写"玩"的儿童诗更是比较稀少，多数都出现在幼儿阶段的童谣或者幼儿诗中。当代大陆大多数游戏母题的儿童诗是带有虚拟性特征的，因为当儿童意识发展到"主客体分离"阶段，儿童的生活中具体的物质形态游戏渐趋边缘化或消隐，只作为儿童精神生活的辅助部分，而社会化过程中的学习和社会生活则成为他们生活的主旋律。作为弥补儿童本能游戏需求匮乏的现实补偿，物质形态游戏的心理和意识逐渐内化为精神形态游戏精神并成为儿童游戏心理和游戏需求的主导力量。因此，虚拟性可以说是当代大陆儿童诗的主要特征，无论是现实时空洋溢着"玩"气的游戏类儿童诗，还是21世纪开始出现的表现网络空间游戏类的儿童诗，虚拟性的特征始终贯穿其间。这个虚拟型的游戏儿童诗表现形式往往是以儿童模仿成人的活动为内容，以虚拟类似于成人职场和军事战争活动为背景，儿童的故事和情态在此展开。

高洪波的《年轻的外公》以父亲的视角观察三岁小女儿在游戏中的母亲角色扮演："虽然我还很年轻，/却早早就当上了外公，/因为三岁的小女儿，/当妈妈的愿望很浓。//每当布娃娃生病，/我先当司机再当医生。/小母亲大声训娃娃：/'哭什么，打针就像蚊子叮！'//每当她的女儿吃饭，/我默默地在一旁看清，/小母亲不断地发火：/'住嘴，吃饭时不许出声！'//每当布娃娃睡觉起床，/我常常注意地聆听，/小母亲打着娃娃的屁股：/'没出息，真是个'尿床精'！……"在角色扮演的虚拟类游戏中，成人的权威性使儿童向往，言行举止都是在模仿成人以填补内心的渴望成长和拥有权力。儿童诗中"小母亲"对布娃娃的不断训斥、发火，甚至打骂正是儿童以戏仿的方式在再现父母对孩子的态度和管教方式，这为成人树起了一面生活的明镜。"弟弟叫小庆，/喜欢玩'钻井'。/摞起小凳搭井架，/立根木棍当钻铤。/钻呀钻，忙不停，/身上落得土一层。//妈妈见了装生气，/手拍尘土嘴批评：/'都快成了小学生，/还不知道讲卫生?!'//小弟弟，真机灵，/道理说给妈妈听：//'我学爸爸干革命，/现在就要练本领！'……"赵昆山的《小庆》中因为玩"钻井"游戏而遭受批评的小男孩，理直气壮地讲出了从小在游戏中锻炼本领，为了长大干革命的道理。诗中的游戏成了未来工作和革命的锻炼场景，游戏的纯粹性在儿童诗中得到质疑，而游戏的目的性得到了肯定。柯岩写于1956年的儿童诗《"小兵"的故事》（组诗）中《帽子的秘密》《两个将军》《军医和护士》三首儿童诗中都贯穿着儿童们进行军事游戏的故事主题，小主人公一家兄弟姐妹都要成为军人，因为年纪还太小只能在虚拟的游戏中暂时满足这一强烈的心理需求。儿童诗中描摹的儿童军们煞有介事，冲锋陷阵，运筹帷幄，团结协作紧密配合。在这个儿童在军事游戏中锻炼成长的有趣故事背后，反映出了当时的一种社会倾向，潜藏着国家军事导向意图，这就是20世纪50—60年代对于军事的重视以及军人使命的推崇。高洪波的《火山》是一首儿童虚拟"老山前线"战斗场景的游戏主题儿童诗："我们的大院，/有一座能燃烧的'火山'。/煤块堆成黑色的山峰，/让我们攀登冒险。//我们所有的男子汉，/都管它叫'老山前线'。/站在山顶抬头看，/云特别白，天特别蓝！//上山时我们喊着'冲啊'，/内心里充满着勇敢；/下山时高叫着'杀啊'，/激光枪射出无情的子弹。//煤山驮着我们爬上爬下，/没有一丁点儿的不耐烦！/只是妈妈常常发火，/为我每天换洗衣衫。//我说，打仗是真正的冒险，/如果只想到自己的衣服，/他永远成不了，坚强的男子汉！"儿童们在自我幻想的虚拟时空中实现着自己的英雄梦，而在现实的场景中，儿童每天爬煤堆导致的脏衣服则使孩童的母亲苦不堪言。儿童还沉浸在虚拟的想象空间中不能自拔，妄图以虚拟的战争游戏锻炼自我勇敢的意志而成为坚强的男子汉。现实中虚拟时空的游戏主题儿童诗表达是网络媒介进入人类生活之前的主要游戏类型内容，它的虚拟性是暂时性的，虚拟的时空长度也是短暂的，不存在历时性，因此，这与后来儿童诗游戏主题中出现的网络空间的各类虚拟游戏内容是不同的。

　　网络媒介日新月异的飞速发展，是网络虚拟空间的建立和网络游戏产生的前提，同时，成人为了弥补成长过程中日渐内化的游戏意识和心理需求研发出了各类虚拟的网络游戏，这种虚拟的网络空间生活和游戏给被世俗眼光束缚的成人们以强烈的心灵释放空间。而随着网络的普及，儿童群体也成了在网络虚拟空间中游玩的常客。网络虚拟空间的游戏生活的直观性、刺激性、历时性和成长性使得成人和儿童都被吸引其中。面对强大的网络游戏吸引力，当代大陆儿童诗除了深刻的反思之外，还选择了积极参与其中，创作出虚拟网络空间的游戏主题儿童诗，积极适应着21世纪网络时代给儿童的审美口味带来的新变化。《植物大战僵尸》是一款风靡全球的电脑游戏，金波、高洪波等儿童诗诗人以幻想和幽默为审美依托的游戏精神，为这个游戏的衍生图书创作了儿童诗，以期帮助孩子们从网络游戏中解脱出来，把孩子们的眼光吸引到图书上而作出了不懈的努力。深谙游戏是人类的天性，更是人类儿童期发展智力体能的重要途径，而游戏本身构成了儿童文学创作的重要资源，游戏精神是儿童文学的重要支撑，儿童诗诗人们把游戏内容进行了"本土化移植"，把游戏转化为阅读物，并用儿童诗进行连缀和诠释，寓集体力量、团队友谊、勇敢忘我，以及自然生态观念等于惊险幽默的故事中。高洪波的《植物和僵尸》："我和植物们大战僵尸，/常常忘掉吃饭和喝水。/向日葵为我们补充能量，/阳光和绿地让我们无畏。/为了自己美丽的家园，/再厉害的僵尸也要被摧毁！"在起源于儿童游戏的儿童诗中，小主人公想象自己与植物们俨然已经成为坚定捍卫美好家园的同盟军和英雄，自然万物给予了他们战胜一切邪恶力量的无畏勇气和强大能力。在小读者心里，诗人巧妙而形象地播撒下了"人与自然"互爱互助的种子，人与自然的勠力同心必将无往而不胜。

　　博客和网络术语的运用也在儿童诗中得以体现，儿童诗的"向光性"导向潜藏在字里行间。例如,李德民的《我把早晨的太阳永远置顶》把少年儿童在博客中体现出的自主创新意识和积极向上的心态表达了出来:"我博客的风格,是自定义的,/有时候,我把它设置成,小树一样的鲜绿,/有时候,我把它更换为,天空一样的蔚蓝,/鲜绿和蔚蓝,都是我喜欢的颜色,/都是少年的颜色//我的博客,有一个诗意的名字,/它和春天有关,和早晨有关,/我的密码,是窗外的那一串鸟鸣,/我还把笑声和鲜花,添加为音乐,/很快乐、很抒情//每天,我都会来这里转转,/就像来到校园的花园里,/站一站,看一看,/那些来访的蜜蜂和蝴蝶,/会让我高兴,/会让我感到,我和他们并不陌生,/我习惯在夜里更新博文,/这些显示器里冒出的文字,/像一株株小草,/草尖上,挑起的露珠,/会把明天刷新得晶莹//对了,我还要告诉你,/我把早晨新出的太阳,永远置顶,/它是日子的花苞,日子的部首。"卿前鹏《如果母爱可以粘贴》这首儿童诗借助网络术语"粘贴"的性质功能移用到现实生活中母爱的细节之中:"如果可以,/我想找一个地方,/来粘贴母亲的口型,/粘贴她说过的每一句话//我想粘贴她的手势,/粘贴她劳动时挥动粗壮臂膀的,/每一个细微,或者豪迈的动作//我想粘贴她亲手为我缝制新衣服时,/被针尖扎出来的鲜血,/粘贴她冬天里为我纳布鞋时,/手指上长满的老茧//我想粘贴我矮小时,/她脸上流淌着的忧郁,/粘贴我生病时,/她眉头上刻着的苦恼//我想粘贴我蹦蹦跳跳时,/她会意的微笑,/粘贴我举着大红奖状时,/她嘴角的骄傲//必须找一个地方,/来粘贴幸福,/粘贴母爱,/粘贴温暖。"这样的孩子对母亲表达爱的方式为儿童诗增添了新意和时代气息。

网络时代的到来势不可当,它改变了21世纪人类的生活是不争的事实,同时,网络媒介也是一把双刃剑,儿童诗创作者们面对更多的机遇和挑战,也需要更多的理性和智慧。凌代坤的《网络世界的小动物们》(组诗)中对《食蚁兽》混淆了虚拟空间与真实空间进行了嘲讽："食蚁兽，赶时髦，/买了台，苹果小电脑//吃大餐，开电脑，/各种蚂蚁，随便挑//一窝窝，一条条，/舔得舌头，/起了泡，/可是就是，吃不饱。《小博客》又借讽刺整天写博客的小蜘蛛而实讽现实生活中整天刷博客的儿童的不当行为：小蜘蛛，爬网络，/一格一格写博客，/天黑写到，太阳出，/微博上挂满，跟帖者。"不可否认，当下是信息化的网络时代，网络已经不可避免地成了大部分人类生活和游戏的一个空间，这个空间的吸引力来自于虚拟，少年儿童群体也在其间找到了释放自我、排遣成长压力和情绪的渠道，因此，儿童诗中虚拟型游戏母题的诞生是有其必然性的。网络的虚拟性在某种程度上又是隐蔽的，涉世尚浅的儿童容易深陷虚拟空间而难以自拔，这些也必然成为儿童诗游戏母题所要关注和反映的内容，而合理利用网络也是此类主题所要彰显的主题旨归。

与外国儿童诗中游戏母题的主导地位不同，当代大陆儿童诗的此类母题诗写还数量有限，质量也有待提高，真正的儿童游戏精神的挖掘和呈现还很不够，正如班马所说："不可遮掩的是，中国主流的传统文化以伦理、道德为生成逻辑的父子、家国观念所派生的'育儿结构'，及其实质管束人性的目的论（以'修身'为始却导向'齐家、治国、平天下'）的童蒙之养，决定了游戏天性的被压抑状态，更决定了游戏精神在思想领域和教育领域中的无地位的，不登大雅之堂的命运。"[①] 游戏对于儿童身心健康成长的重要性的认识还有待进一步提高，其彰显快乐、想象、自由、超越之游戏精神的勃兴之路还有很长。

二 政治荫庇下的另类主题：建设与斗争

众所周知，同社会主义现实主义（革命现实主义）文艺理论相对

---

① 班马：《前艺术思想》，福建少年儿童出版社1996年版，第497页。

应的创作实践是工农兵文学，就主题的表现方面，周扬认为，"文艺工作者应当而且只能写与工农兵群众有关的主题"[①]。温儒敏在《中国现代文学批评史》中将当时的观点归纳为三点："必须直接表现斗争；一切矛盾冲突须由斗争解决，人物性格和精神世界通过斗争来显示；最终目的是写必然的斗争道理，让读者获得某种方向感或认识某种社会规律"[②]。新中国成立后的文学继续贯彻文艺的工农兵方向，因而斗争这个主题始终以政治意识形态的弘扬立场贯穿在当代的文学主题表现之中，直到"文化大革命"时期发展到极致。题材范围不仅有诸如革命历史斗争、抗美援朝战争、社会阶级斗争等题材，而且也有斗争下的社会主义建设题材。建设题材既有两代社会主义接班人——少先队员建设心声的描摹，又有"扎根农村干革命，/广阔天地任飞翔"的建设农村的诗写，更有儿童理想成为空军、海员、矿工、列车员、勘探队员、拖拉机手等愿景的展现。事实上，这种儿童在推进历史和变革现实中所表现出的伟大力量的"儿童力"一直在政治的荫庇下被广泛的借用，这也就体现在儿童诗在一些特殊历史时期的特异性表现。无论是斗争下的建设主题，还是建设中的斗争主题，儿童诗这种被一直认为是"小儿歌"的文学样式，都赫然而立，甚至是冲锋在前，从名不见经传到被提倡彪炳，意味深长。

文学总是在政治的雾霭笼罩下无法远离，儿童诗也是如此。"……三十年来它一直伴着我，/度过一生最美好的时光。/它凝聚我们这一代少先队员的，/欢乐和哀愁，/幸福和幻想。//你再继续珍藏三十年吧，别让它玷污，/别让它损伤，/以后，再交给你的孩子，/我们的传家宝，世世代代放光芒！//我接过妈妈的红领巾，/我的心像要冲出胸膛，/这哪是一条红领巾啊，/它是一面旗，一团火，一杆

---

① 周扬：《谈文艺问题》，《晋察冀日报》（增刊）1947年5月10日。
② 温儒敏：《中国现代文学批评史》，北京大学出版社1993年版，第196页。

枪！……"袁鹰的《两代红领巾》写于新中国成立初期，血泪忠贞都浸润在"红领巾"之中。这份浓郁的政治象征和阐释，浸淫在了儿童诗"儿童力"的表现力之中。韦勒克曾说："当作家转而去描绘当代现实生活时，这种行动本身就包含着一种人类的同情，一种社会改良主义和社会批评，后者又常常演化为对社会的摒斥和厌恶。在现实主义中，存在着一种描绘和规范、真实与训谕之间的张力。这种矛盾无法从逻辑上加以解决，但它却构成了我们正在谈论的这种文学的特征。"① 新中国成立以后，充斥着"政治阐释"意味的现实主义获得了君临一切的地位，文学的政治性、阶级性观念在文学中得到前所未有的渗透与强调，进而使之规范化并形成制度。"大星星，小星星，/机器上面颗颗星，/星星就是螺丝钉。//螺丝钉，亮晶晶。/不生锈，不松劲。//学习雷锋好叔叔，/永远做个螺丝钉。"诸葛穗的《永远做个螺丝钉》正是充满政治指向性的号召的童言变体。而政治意识形态的践行就是通过各级各类组织，儿童的践行队伍就是共青团和少年先锋队。"我们是'十'，/我们是'一'，/我们是十个少先队员，/我们是一个小集体。/我们的小队，/在祖国红领巾的大队中前进；/在少年儿童的行列里，/飘扬着我们小队的队旗。……星星火炬，放射光芒，/它将会组成，明天璀璨的星际！"管乐的《小队之歌》中激荡着昂扬的革命乐观主义情感，这种基调的儿童诗在20世纪50年代非常普遍。虽然在50年代中期文艺方针也有微调，但将文学作为"政治阐释"载体的意义并没有改变。

"文化大革命"前后，极"左"思潮蔓延，文学与政治的关系向着僵化的方向发展，政治取代艺术的问题日益突出，极端政治化的文学使文学的价值完全沦落了。把儿童诗的内容冻结在抽象的爱国主义

---

① [美] 勒内·韦勒克：《批评的诸种概念》，丁泓、余徵译，四川文艺出版社1988年版，第232页。

中,把儿童诗的作用限定在使人民单纯地做斗争和建设的"工具"的鼓动宣传的"左"的伪装下掩盖了虚浮的思想内容。储佩成《夸爷爷》:"爷爷是个老贫农,/已是七十白头翁。/天天出工去劳动,/一本宝书揣怀中。"何继镜《奶奶灯下学马列》中奶奶说:"阶级斗争很复杂,/不学怎能去识别?/无产阶级专政要加强,/奶奶睡不得!"舟农的《妈妈当了辅导员》:"妈妈收工转回家,/没纳鞋底没绣花,/拿本红书院坝坐,/巴心巴意在读它。"储佩成的《出嫁三年没回家》:"我姐姐,出了嫁,/整整三年没回家。/不是路远回不来,/不是不想爸和妈。//离家那天留下话:/我要去那穷山洼,/粮食如不超《纲要》,/我就坚决不回家!"阮居平的《姐姐寄来一张像》:"像上题有两行字,/两句誓言好激昂:/'扎根农村干革命,/广阔天地任飞翔。'"群兵的《认真读书为革命》:"北风来敲门,/星星探头问:/'数九寒冬冷不冷?'/小红忙回答:/'天冷俺不怕,/认真读书为革命!'"从以上的儿童诗内容可以看成是这一期间建设主题下一个家庭成员的群像集成。而声威的《爷孙比起早》、谢金华的《迎着朝阳上李庄》、高晨钟的《插队》、杨远承的《姐到农村去落户》、郑德明的《要写爸爸大字报》这类爷孙、姐妹、兄弟、父子等全家比着起早劳动、争着去干校和上山下乡扎根落户的儿童诗,只有在这一时期在政治意识形态的指挥棒下才集中的出现,而其中洋溢着的强烈的"赶、学、比、超"积极性的真实性不言自明。

  中国革命从20世纪20年代以来就和苏联发生着紧密的联系,走"俄国人的路"几乎成为革命先驱们共同的心声,因而,带有极强政治色彩的革命文艺效法苏联也就成为时代趋势。新中国成立后,苏联成为我国建设和发展的唯一效法对象,在完成了三年的国民经济恢复之后,于1953年开始了政治经济大转折,文艺政策上也效仿苏联,在当年的中国文学艺术工作者第二次代表大会上,确立了社会主义现实主义成为过渡时期文艺创作和批评的最高原则。儿童诗也不能幸免，随着时代的发展，儿童诗也最终走上了极端强调"斗争"的错误的深渊。"我们的计划是：／声东击西扰敌人，／神出鬼没杀寇贼；／青纱帐、地洞筑堡垒，／村头、路口有哨位。／我们的决心是：／宁为抗日站着死，／决不叛变不掉队。／我们的目的是：／早日建立新中国——社会主义的新社会……"关登瀛的《为庆祝儿童节，我们在地洞里开会》主要写的是小刘庄的地下儿童团在开会，这代表着20世纪50年代的儿童诗的革命斗争传承书写。

文学的二律背反往往存在于现实的文学运动中，1966—1976年的儿童诗在人物塑造上，一方面，人物形象的社会学、教育学等内涵变得丰富起来、凝重起来；另一方面，它的文学内涵却没有得到相应的拓展，因而在美学上相对显得贫乏、肤浅起来。结果，这一时期的儿童诗中千人一面的人物形象、千篇一律的内容和基调往往引起读者的震惊、思考或者厌烦，却未能给人们带来更大的审美享受，只能成为一个时期的历史佐证和经验教训标本体存在。可以预料，只要政治生活依然是社会生活中不可或缺的内容，只要文学与政治的关系存在，政治阐释型儿童诗依然会有其生存发展的可能。问题的关键是，当政治介入文学时不可将政治观念"典律化"（Canonizatino）。巴赫金认为"典律化是瓦解异声杂鸣的过程，促成天真的单声道阅读"[①]。"典律化"的过程本身也许是某一文学形态走向成熟的过程，这一过程是有探索价值和发展意义的，但它成熟之时也是衰落之始。不言而喻，建设与斗争主题的儿童诗是一个时期"政治阐释"类型的儿童诗，与其说是被丧心病狂的利用为宣传工具而达到了登峰造极的扭曲儿童诗文学性的地步，不如说是具有"政治阐释"性质的现实主义传承的过程中出现的偏颇导致，这是一个历时性的累积性的问题，也

---

① 转引自麦克洛斯基等《社会科学的措辞》，许宝强等译，生活·读书·新知三联书店2000年版，第223页。

是一个值得所有儿童文学创作者和评论者警觉的问题。

当代大陆儿童诗在现实中仍在前行，新时期以后政治阐释型的儿童诗淡出了人们的视线逐渐消隐，但儿童诗对于现实的关注强度和诗写深度并没有消弭，特别是到了20世纪90年代以后，儿童诗诗人们内心所张扬的"儿童力"仍在延续，并在平和之中拥有更加广阔的视野和心境。徐鲁发表于1999年的组诗《早安，地球》，在世纪之交的特殊时刻，似乎为我们展开了一个来自新时代的篇章。作品由五首小诗构成，《动物保护小组》《月光下的战车》《史前动物》《蟋蟀的银环》《在蓝天上航行》，分别代表了环保、和平、历史、自然、科技等主题，看似各自独立，却有着内在的联系，以问候的方式表达对世界的关爱，对现实的关切，亲切而深沉地呈示了一种全新的现实主义儿童诗气象。

综上所述，在当代大陆儿童诗若干母题和主题的阐释分析中，儿童诗所能囊括的丰富性可见一斑。除了以上的主题内容，充满童趣的主题和美的主题也是儿童诗中独标一格的诗写内容。童趣与儿童天马行空的幻想以及稚拙纯真的性情密不可分，例如，王亨良的《晨雾》："清晨，/小星星从夜空幼儿园，/放学回来，/月亮妈妈为它们，/煮起牛奶。/那乳白色的热气，/经风儿一吹，/变成了灰蒙蒙，/香喷喷的晨雾，/把整个天地，/轻轻地包裹起来。"《黄瓜》："黄瓜的身上，/长出了一些小疙瘩，/我断定是被蚊子咬的。/于是就拿起，/专打蚊蝇的小拍子，/静静地守候在，/它们的身旁。"澄澈剔透的儿童情趣和情怀在诗行中跳荡，童话般再现着儿童世界的纯净和美好。

长久以来，儿童一直没有摆脱被成人臆想、建构甚至利用的命运，儿童时而成为成人心灵救赎的依托人，因为他们被塑造的那般"完美无瑕"，是疗治成人污秽不堪灵魂的良药，时而又成为成人社会批判斗争的利器，因为被利用的儿童的"真纯善良"让世人无可怀疑。不言而喻，儿童一路走来其柔弱的肩上不该承受之重有多重，被扭曲和误读的儿童生命本体就有多深。几大类的当代大陆儿童诗母题所展现的丰富内蕴可以给更多关注儿童的人以启示，给当下的儿童诗创作者以借鉴。

第二节　多样化的儿童面影

中国当代大陆儿童诗苑中有着多样化的儿童形象，这些儿童形象丰富着整个儿童诗诗学的宇宙空间，具象再现了成人作者眼中的儿童，在多样化的儿童形象背后折射出了历史的斑驳、改革的阵痛、自我的成长以及生命的本真。

一　"人言物形"：物化的心灵缩影

"人言物形"这类物化的另类儿童形象是儿童诗中独具特点的，一般在儿童寓言诗和童话诗中居多，这类儿童诗的表现手法是充满幽默和讽刺，正如艾白水所说："在当代儿童教育中，幽默不再是可有可无的素质，而被视为克服孩子常见的逆反心理的真招。幽默的批评，启人自觉，幽默的表扬，促人坚定。"[①] 因此，当代大陆儿童诗中这类形象的塑造作用往往更多的是借助于动植物等"物化"的形象来隐喻和教育儿童。例如，皮朝晖的《小草·春笋》："小草，小草，/你为什么这样蔫头蔫脑？/是不是被春雨老师，/一连串的提问吓倒？/你瞧那小春笋多勇敢，/笔直笔直地举起，/答问的手臂。/快抬起头来吧，/向小春笋学习，/献给春天——冒尖的成绩！"显而易见，小春笋和小草就是正反两类儿童的形象"物化"，而这首儿童诗也是婉曲的批评教育方式的诗化运用。在 21 世纪的儿童诗创作里，

[①] 艾白水：《蒲清华和他的幽默童诗》，《文艺报》2012 年 6 月 11 日。

第二章 蕴藉丰富的童心世界

儿童诗诗人更多把表述情感的热情投向自我，由于时代环境、思想观念、审美追求以及话语表达方式的变化，他们的创作真正摆脱了外在意识形态以及内在道德观念的束缚，更加彰显一种属于童年体态的童话风格。无论是意象的选择，还是情景的再现，都更加靠近纯粹而自在的儿童世界，在诗意中传达着恣肆的童趣和对儿童的尊重。

"小草芽总是可着性子，/满山遍野跑，/就是跑到山坡上，/也不肯喘口气//年纪小小却嘴硬，/石头批评他，/他就把石头顶个跟头，/土地批评他，/他就把土地顶翻个儿//唉，他还太小，/等开出了花，/就懂事了。"在王立春《草芽》中塑造的任性妄为的小草芽与其说是"物"，但"神"更似年纪尚小、不谙世事却倔劲十足的叛逆儿童形象，深蕴在诗行中的情感不是斥责和规训，却是充满耐心和温情呵护的尊重。"一张练习卷，对另一张练习卷咬耳朵：/逃走吧，我们逃走吧，/否则的话，明天交作业的时候，/身上会被画出好多，/鲜红疼痛的叉叉//一张考试卷，对另一张考试卷咬耳朵：/逃走吧，我们逃走吧，/否则的话，明天发卷子之后，/好多小孩都要/，哭丧着脸回家//纸张的声音沙沙地响，/在老师办公室的抽屉里，/在小孩乱七八糟的书包里，/在桌上，在椅上，在地上，在路上……在凌晨的时候，/所有的卷子都从人们的生活中消失了，/只有沙沙的欢呼声，/静悄悄响遍四方。"慈琪的《出逃的卷子》中塑造的一张张密谋出逃的"练习卷"和"考试卷"，也实际上充当着渴望减负、反抗题海战术和考试压力的小孩们的代言人，孩子们所有的内心活动都通过这些另类的"物"而活灵活现的表现出来，这类"人言物形"的另类形象更多的是儿童心灵世界中真实自我形象的缩影。

因此，中国当代大陆儿童诗的另类儿童形象塑造是有一个由假借之虚而进行教育规训之实到心灵代言人的转变过程的，儿童诗诗人们在用心描摹着物态时，往往更多的是在塑造着儿童本真的灵魂形象，进而让具象的物替儿童发声。

二 "泥塑的娃娃"：成人化的政治"符号"

中国当代文学的发展轨迹是从 20 世纪 50 年代初期的田园牧歌基调逐渐转变为 50 年代后期的"史诗"基调，都在呼唤着史诗性的作品和英雄的赞歌。当代大陆儿童诗塑造的儿童形象中有一类深印着政治印记，高度的政治觉悟，顾全大局的奉献精神，疾恶如仇的斗争立场，舍己为人的高尚品质，等等。众多类型的儿童形象与"高大全"的成人英雄形象相辉映，共同构成了特定时期的亦真亦幻的儿童形象。

（一）小英雄形象

中华民族近百年来前赴后继的斗争壮举和天翻地覆的巨大变化，以及 20 世纪 50 年代那样一个蓬勃向上、开创未来的民族心理状态，决定着 50—60 年代是民族奋发图强、自力更生、艰苦奋斗的英雄主义精神高扬的时代，儿童诗歌也不能不受到这样一种时代精神的影响。这是一种根植于那个时代的崇尚英雄、充满理想和乐观精神的审美风尚，这种审美风尚与儿童稚嫩纯朴、蓬勃向上的主体世界之间似乎有一种天然的联系和契合，这就很自然地构成了当时儿童诗真诚、纯朴、乐观、活泼的精神主调和整体美学风貌。李季的《三边少年》和《报信姑娘》、雁翼的《赤松——狼羊山的新传说》等长篇儿童诗，都塑造了抗日时期可歌可泣的小英雄形象。这类儿童诗有着类似的人物设置，小英雄原本都是普通的纯真善良的少年儿童；有着相似的故事架构，都是偶然发现了敌人的偷袭情况，最后均是以牺牲幼小的生命为代价及时传递给了八路军情报而使八路军免于被偷袭和覆灭；主人公的悲惨结局在八路军战胜敌人的胜利中显得愈发触动人心，那是一种把美好的东西毁灭给众人看的悲痛感受，又是从中凝聚人心同仇敌忾的情绪纽带。事实上，这类小英雄的形象更多的是借助于"儿童力"的推波助澜而掀动民众对敌人的浓烈憎恨，对小英雄的崇敬和学习，对党和国家的进一步忠诚和热爱。

（二）接班人形象

在21世纪50—60年代的儿童诗中还有一类典型的儿童形象，这类儿童的共同特点是还身处幼年就心怀远大，积极并急切地想要接替父辈的社会主义接班人的儿童形象。然而，这种迫切并不是现实中儿童的忧思，而正是那个时代急需储备接班人从而巩固新生政权的需要。臧克家的《你看你这个小姑娘》中层层铺垫，细心描摹，让人心生疑窦，这个小姑娘到底为了什么非急着要出庄呢？"你看你这个小姑娘，/委委屈屈小模样，/小辫像摇货郎鼓，/蹦着跳着要出庄。//眼皮包着两汪泪，/嘴角拴住个小绵羊，/委委屈屈小模样，/你看你这个小姑娘。//是要买糖果没遂心愿？/是看中了什么花衣裳？/是和要好的同学闹翻了脸？/请问你这个小姑娘。"原因出人意料，小姑娘并不是因为糖果和花衣裳，也不是因为与同学闹翻脸，是因为她想要去人工湖挖土而她的妈妈没有同意，妈妈以："镢头的杆儿比你长"为理由拒绝了她去挖人工湖的举动。臧克家把一个人小胆大的儿童急切渴盼通过劳动而成长的形象塑造了出来。金近的《我做了记工员》是写一个五年级的孩子放弃了和小伙伴们玩捉迷藏，而临时代替哥哥替队里记工分的故事。"……刘叔叔让给我一个座位，/他把煤油灯拨得更亮，/屋子里人们的眼光，/都落在我的身上。//我翻开劳动手册，/希望把每个字都写端正，/胸口卜卜地跳个不停，/我做算术也没有这样担心。/我的伙伴在外面到处喊我，/想不到这样来捉迷藏，/他们怎么也找不到我，/想不到我能给社员记账。//等到灯芯结上第三朵灯花，/桌上的劳动手册全都记完，/刘叔叔对大伙儿说：/'这个五年级的学生倒挺能干。'"儿童代替成人做了算工分这项工作使得儿童的自信心和自豪感得到增长，成为接班人的信念也更为坚定。"不要有一瞬间的颤抖啊，/紧抓着电烙铁的小手。/融化了锡，/焊接了线路，/把满腔热情也注在里头//多少回失败了，再来一次;/头被汗湿了,/擦干了再干!//假如让大人背着到目的地,/那还有什么意思?/我们要自己摸出一条路来,/决不怕碰钉子!//电子管亮了——眼睛更亮。/小喇叭响了——欢呼声更响。/静!静……同学们,请听,请听北京的声音。/这声波流过了亲手焊成的线路,/温暖也流遍了全身。//目光啊专注而欢欣,/思想如电子自由飞游。/我们好像已登上月亮,/把无线电波射向地球。"初生牛犊不怕虎,自古英雄出少年,海英的《电波的歌》就塑造了不怕碰钉子,不靠成人帮助,要靠自己摸索出道路的独立意识非常强的儿童接班人形象。这一形象特征的教育导向性寄寓到了诗歌生动的儿童焊接线路过程和内心描写当中。

（三）小干部形象

儿童的群体组织是以组、小队、大队为单位的,无论是成人世界还是儿童世界,只要有组织就会有相应的群团组织负责人,因此,儿童诗中的干部形象应运而生。在此类儿童诗干部形象塑造中,有昂扬向上、品学兼优、团结同学、能力超群的正面小干部形象塑造,例如,葛翠琳的《我们的小队长》中小队长正面形象的塑造,小队长经常帮助顽皮的"落后生"郑毛毛,但郑毛毛却并不领情,小队长没有气馁继续发掘郑毛毛的优点,并力排非议说服大家在军事游戏中让郑毛毛当上了"师长",郑毛毛也在带领大家玩游戏的过程中真正了解到了小队长的品质,被他的真诚友爱所打动,从而他们成了互相帮助、团结友爱的好朋友。

此类诗同样也有对于"问题"小干部的形象揭示,这其中的意味深长。例如,金近的《小队长的苦恼》和郑马的《"咚咚"响的大队长》都是对小干部身上出现的官僚化作风问题进行了揭示和讽刺。"我们的大队长,/走路'咚咚'响。//我们开小队会,/他参加很勉强。……虽然来得迟,/也总是他掌握会场。//……说了足足半小时,/指示还有一大串。//……'不同意我的意见,/就是不服从集体和队长！'//……大家都在忙。/他却背着双手，/来回地摇晃！……"不言而喻，儿童成长中模仿是必经的一个过程，儿童领导干部经验都是仿效成人的领导干部作风而来。这首儿童诗反复出现了六次对大队长走路声响的描绘，把一个趾高气扬、做事高调的少先队大队长形象用走路就描述了出来。接着把大队长爱摆架子、讲话官腔、不讲民主一言堂、不率先垂范不爱劳动、不屑于参加集体活动等都精准的白描了出来，这个被讽刺的大队长形象栩栩如生又发人深省，而这些学生干部身上存在的问题又折射出一部分成人领导干部在人民心目中的官僚形象。

不可否认，诗歌能够对社会产生影响，具有一定的社会功能，自古以来诗歌有了诸多功用，诗以载"道"者有之，诗以言"志"者有之，诗以传"情"者有之，把诗作为道德讲台者有之，把诗作为娱乐游戏者有之，把诗作为革命号角者有之，把诗作为人生呐喊者有之，把诗作为煽情泄欲者有之，不一而足。虽然从根本上来讲，诗歌并不是因为有这些"用"的功能才成为诗歌，但是，诗歌的功用却经常成为文学活动的目的或者出发点，而这种社会功能在一些特殊时期，往往被功利目的极端化和绝对化，进而丧失诗歌的本质，走向反本真和反人性的诗歌反面。在成人化的儿童形象塑造中成人的影子是挥之不去的，无论是小英雄、小干部、小接班人形象，都如成人手中的提线木偶，在缺乏节制的乐观主义和浪漫热情氤氲下，被塑造成为虚幻的伪儿童。诗歌创作者已经在"自觉"或"集体无意识"的不知不觉中把创作导向了与现实生活相背离的方向，生活的严峻和艰辛被淡化甚至被滤去了，而"革命和斗争"却被推到前台并加以无限放大。儿童诗的本体特征受到漠视，结果是产生了大量平庸化和伪儿童化的作品。在极端强调所谓真实反映时代生活的指示下，儿童诗将自身的观念纳入反诗歌反文学的畸形框架之中，这是令人尴尬和痛苦的，由此产生的儿童诗也不可能给诗歌史和文学史中留下有真正价值的形象,同时儿童诗的声誉也因此曾毁失殆尽。

三 天性的解放:反"乖"化的顽童

19世纪后期,在世界儿童文学人物类型长廊中出现了独特而意义深远的"顽童"形象,这标志着世界儿童文学的进一步成熟。从瑞典作家拉格洛芙笔下的尼尔斯勇敢的骑鹅开始奇幻旅行,到英国卡洛尔的爱丽丝幻境奇遇,到意大利儿童作家科洛迪童话中淘气的木偶匹诺曹,到英国作家巴厘童话中家喻户晓的"长不大的男孩"彼得潘,以及瑞典的儿童文学作家林格伦笔下的长袜子皮皮、小飞人卡尔松、疯丫头玛迪琴、淘气包艾米尔等,都充分表达了作家儿童文学创作中的"顽童"美学。而中国当代大陆儿童诗在新时期以后也出现了一批"顽童"的形象。

儿童诗中"顽童"的特质和魅力所在就是不愿做一味顺从听话的"乖孩子",他们是喜欢冒险"野出去"的行动派,金波的《带雨的花》"我是您不听话的孩子,/我偷偷地跑出了家。……我尽情地玩耍。/我忘记了您,/也忘记了家,/请原谅我,妈妈。//……我想起了妈妈最喜欢这带水珠儿的鲜花。/我在雨中,采着野花,/采了一把,又一把。/我那么高兴,/因为我能送给妈妈一束带水珠儿的鲜花!……"真正孩子的世界,是离开妈妈走出家之后的"自我"世界,在那个世界里,每一个儿童都是自己的"王",可以为所欲为,而一旦回归家庭必然受到拘囿,想象的翅膀无法随时打开,孩子就如精灵般穿梭在这样两个世界之间,他们既享受着现实空间里被庇护的温暖和引领。同时,蠢蠢欲动的内心也时常期盼着"自我"世界的自由、美好和无所羁绊。总是闯祸的孩子,柯岩的《妈妈下班回了家》"妈妈下班回了家,/她简直不认识自己的屋子啦,/衣柜上拴着粗粗的麻绳,/枕头被窝全垒上了书架。/爸爸的地球仪泡在脸盆里,/脚底下咯咯响的全是碎碗渣……/亲爱的小儿子站在床上,/大冷的天只穿着一条裤衩。……"诗人在摹写儿童独自在家"大闹天宫"的顽皮举动时,字里行间流露着对孩子丰沛想象力和创造力的赞许和欣赏。他让衣柜长出"长辫子",他给书架穿上"花衣服",他让"地球"在"海洋"里漂移,他让碎碗渣发出脚下"积雪般"的脆响……这一切纯属孩童的世界,他生气勃勃、精神抖擞地沉浸在这个幻想的空间里。善于冒险的孩子,夏鹏远《妈妈,报告我的方位》"小男子汉的精神远航,已漂泊在海上,/高扬着您补缀的帆,/收敛了最初的嬉笑,/现在有些紧张,/妈妈,四周都是大浪//路已经铺在海上,/就祝我一路颠簸,/作为您写了大半生的信,/我愿把我寄向您理想的地方,/既然不喜欢平铺直叙的人生,/那就波折了它交给动荡……妈妈,我的方位是东经希望,/北纬希望。"在诗歌里,作者深刻地洞悉了富有冒险精神的孩童们的内心渴盼,翅膀随时可以打开,姿态时刻准备飞翔,顽童正是勇毅的中国少年的预备人。离经叛道、胆大妄为的孩子,任溶溶的《大王,大王,大王,大王》"他的腰间别个弹弓,/手里握冲锋枪,/在他眼里全是'敌人'……小不点儿碰上了他,/十有十回遭殃,/拉拉辫子,/敲敲脑壳,/枪对准了背梁。//只要他在哪里出现,/哪里就出现魔王。/'大王来了,逃啊逃啊!'/小的哇哇就嚷……只见小的呜呜呜呜,/哭得十分心伤,/只见大王哈哈哈哈,/笑得得意非常。"其中一类顽童形象是具有"转变型"人物性格特征的,这类儿童诗也给人们以这样的信心,我们的社会完全可以给这些有些缺点的孩子以良好而有力的影响,榜样的力量、耐心的教育、集体的温暖等,终能促成这些顽皮孩子的积极转变。李约拿的《自己的路》:"如今我的街坊当中,/已经没有大王,/只有一位少先队员,/对着我家窗。/早晨小的上幼儿园,他把他们带上,/晚上他和小不点儿,/一起游戏歌唱……我最不喜欢,/同奶奶出去走路//奶奶要我走大路,/我偏偏爱走没人走的小路;/奶奶要我桥上走,/我偏偏爱攀着栏杆走。//奶奶您可知道,/我想走出自己的路。"代际过分的呵护和溺爱使得一个成长中的儿童愈发的自我和叛逆,他们渴望着在自我意识的支配下择路前行。自我主张、自以为是的孩子,张鹤的《好妈妈,别生气》:"新鞋穿你脚上,/不是张嘴就是掉帮。/赶明儿找个铁匠师傅,/打双铁鞋给你套上!//好妈妈,别生气,/啥鞋也没有您做的棒。/我穿着它往禁区里闯,/头顶、脚踢,射了那么多次网。//等我再穿破十双,/准能当上足坛名将。/那时候呵,我的好妈妈,/您把铁鞋套到我铁脚板上,/我一手举奖杯,/一手搂着您,/亲亲热热照张相。"充满自信和敢于实践梦想的顽童是有智慧和有勇气的孩子,这类形象是正能量的儿童形象……这些顽童形象,是孩子意识中真正的"我"的形象,他(她)们具有自由独立的自我意识,性格迥异、风采各异而又朝气蓬勃、乐观昂扬,他们是儿童摆脱了被拘囿、被束缚后"本真"的自我,是他们想要成为的"人"的样子。儿童诗中这样的孩子,使得现实生活中的少年儿童在阅读中得到心理的放松和宽慰,得到心情的平衡和安抚,获得了心灵的弥补和调试,这是诗歌的审美阅读性对于儿童心理补偿的明证。"顽童"形象是儿童诗弘扬儿童"游戏精神"不可或缺的存在,它满足着儿童成长的心理和精神的深层需求。

在当代大陆儿童诗的"顽童"形象中,寄寓着儿童诗诗人对儿童心灵以及童年意义的深刻体察之心,这是人类文明前行的表征,是整个人类社会对于童年观不断嬗变的结果。其核心价值是童年游戏精神对于儿童成长过程中深层心理需求的补偿以及压抑的释放,表现在形象塑造上,便是一些敢和家庭分离,敢与教育对立、勇于与社会抗争的"胆大妄为"的孩子,也是一些个性桀骜不驯、我行我素总是一个不小心就"野出去"的孩子。不可否认,当代大陆儿童诗中的"顽童"们并不是通常意义中乖巧懂事听话的乖孩子,但他们的小个性又是被限定在可以被成人宽容的范围内的,他们的小缺点也是可以经温情教化改掉的,实际上,儿童诗中这类顽童形象的塑造同样是充满正能量的儿童群像中的一种。

四 独立的人格：渴望"出走"的孩子

新时期大陆儿童诗的整体风格是儿童诗创作总体上表现出一种抒情特质。正如金波所概括的那样："这一时期的儿童诗，似乎不多见50年代、60年代那种欢快、诙谐、热情和富于戏剧性的作品；诗人们在受到现实生活的启发后，更多的是回到心灵世界中去咀嚼自己的感受，然后以'心灵之歌'的形式表现出来。"[1]而出走意识以及"出走"的儿童形象塑造是一种自我觉醒的表现，这是儿童诗创作者们的诗歌创作理念的觉醒，是他们以儿童心理变化的态势为前提的儿童诗诗歌观念的更新。这是一种积极的、更为健全的诗歌观念。诗人们将社会现实"心灵化"，更多地显示诗人的美学趣味和人格力量，超越故事，探寻"言外之意""题外之旨"，给读者以纯正的阅读趣味。

百蒸的《妈妈放开手吧》代替儿童说出了被母亲无微不至照顾的困扰以及想要自力更生的心声："不管热天还是冷天，/妈妈总睡在我身边。/我真想一个人睡那只小床，/但妈妈说，要再过两年！//……我拿着毛巾去洗脸，/妈妈已经一步抢上前，/她拿过我手上的毛巾，/把我的脸擦左边又擦右边。//……长大了我要当个建筑师，/难道妈妈也要帮我绘图？/我也想当个冶金工程师，/难道妈妈也要抱我上高炉？"新时期以后，正是中国第一代独生子女成长的时期，整个家庭对孩子的珍视和爱护的程度可想而知，但更多家长对于儿童的平等尊重意识远低于对衣食住行和学习成绩的重视，对于成长中儿童的内心需求容易忽视，因而儿童诗中才出现了一批想要"出走"的儿童形象。孙华文的《妈妈，我》是一个孩子对于妈妈的内心独白，

---

[1] 金波：《六十年，为孩子们写诗》，《金波60年儿童诗选》，中国少年儿童新闻出版总社2018年版，第2页。

在我"愿"与"不愿"的内心挣扎中,释义着心灵的诉求:"……我不愿是你,生活中的木偶,/乖乖地任你驱使,/我渴望是你,解缆的小舟,/驶出你编织的,那恬静的码头,/载着理想,载着渴求,/在无垠的蓝色里探索,/在诱人的风浪里搏斗//我不愿是你,放飞的风筝,/由你松紧线绳,/我企盼是你,教练的小鹰,/鼓动勇敢的翼,/振荡自由的风,/追逐着彩云,/奋飞在长空//我不愿是你,拨动的琴弦,/弹奏你的昨天(那无法理解的悲苦心酸)……"这类儿童诗的大量出现,一方面可以抚慰少年儿童那急切想要"出走"的精神和肉体,使他们得以在诗行中找到共鸣;另一方面这样的儿童形象塑造也是一种对于家长和教育工作者的提示,应该更多倾听儿童的内心呼求。否则,在压抑的家庭生活和学校的学习氛围中,他们的"出走"念头会成为现实的行动。朱效文的《我想去流浪》中品学兼优的乖女孩想要去流浪的原因,既有对墨守成规的既往生活的叛逆冲动,也有女孩对外面世界和虚拟网络世界的美好憧憬和幻想,更多的是对于女性独立意识的声张:"做惯了妈妈的乖女儿,/当惯了老师的好学生,/同学的好榜样,/忽然一天女孩说,/我想去流浪//去浩渺的书海里流浪,/自由地寻觅精神的宝藏,/去无边的因特网流浪,/畅游知识与友情的海洋,/去宁静的山野中流浪,/在自然母亲的怀抱里,/撒一回娇,吸一回氧,/去尼罗河莱茵河涅瓦河流浪,/贪婪吸吮人类文明的滋养//流浪是心情无拘束的放松,/流浪是生命无忧虑的歌唱,/流浪是女孩对故乡的寻根,/流浪是女孩对成长的渴望,/女孩在自己的词典里,/把流浪注释成心灵的冲浪,/女孩在自己的脑海中,/把游历与幻想诠释成流浪……"被家庭、学校、世俗的各种条框禁锢束缚了太久的鲜活生命,需要自由和自我的空间,期冀摆脱羁绊而成就自我,需要实践自我的方式和思维,人类的尊严是从一个人的独立自主的情操中产生的。这也是自信心的来源,而女孩的独立意识的建立是既能自我独立也能同行。"不知什么时候,/小女孩,心里多了一只野兔,/总想到野外去走得很远很远//可是眼前出现了一道，/老早老早就守在那里的栅栏//像是一道监护的手臂，/外边——迷宫和风险的世界，/里面——一片宁静温暖的港湾//小女孩喜欢雪花般的衣裙，/她觉得自己是一页白色的风帆//她渴望鼓满风，/像一条活泼的小溪，/像一道勇敢的闪电，/走出栅栏，/走向夏天秋天走向希望的太阳//小女孩执拗地寻找钥匙，/当她打开锈迹斑斑的大锁，/她发现自己长出，/天鹅的羽毛和翅膀。"这首邱易东的《走出栅栏》也同样是塑造了想要突破藩篱"走出去"的儿童形象，以细腻的笔触揭示少年儿童内心的纠结和矛盾，以及"走出去"之前的惴惴不安，也在传递着20世纪80年代中后期开始中国儿童诗诗人的集体诉求，对于儿童精神生态的关注。无论是血性的张扬，还是诗性的传达，诗人都有意凸显少年儿童生命个体的自我意识，表达挣脱束缚、寻求心灵突围的渴望，在艺术手法上力求创新，以提升儿童诗的精神高度和艺术境界。

五 被放逐的生命：尘埃下的"花朵"

苦难儿童依然遍布全球，贫困儿童、流浪儿童、残疾儿童、失学儿童等在激荡全球成人社会的道德良知。"儿童之死"乃是继"上帝之死"（尼采）、"人之死"（福柯）之后，20世纪以来最为严峻的社会之殇。赫然的现实问题摆在了全社会的面前，也自然诉诸儿童诗诗人的笔端。

留守儿童现在已是中国的一个社会问题。2012年公开约辩异地高考的占海特，将流动儿童这一群体问题推至公众面前，同年，毕节垃圾箱五男童取暖死亡事件之后，媒体上越来越多出现留守儿童悲剧。根据中国人民大学社会与人口学院段成荣教授等人根据人口普查数据的推算，"2015年全国流动儿童规模为3426万人，留守儿童为6877万人，受人口流动影响的儿童总数1.03亿人。占全国儿童的38%，也就是说，中国每10名儿童中平均近4名儿童受到人口流动影响"。① 部分儿童诗诗人直面社会现实，把热切的关注目光投向这类儿童群体，对他们的现实遭遇与心灵感受进行呈现。李少白的《我不想你》写出了一名留守儿童内心的思绪流转："阿嚏，阿嚏，／真不好受，／我不停地打喷嚏//奶奶说，／是有人在想你，／那人的想念，／变狗尾巴草，挠你的鼻子哩//哦！是妈妈在想我，／一定是妈妈，是真的//妈妈，／今天快醒来的时候，／我看见你了，／在山那么高的楼房旁边，燕子窝一样的棚子里//不，不想你了，／我再不想你，／一定不想你了//为了不让狗尾巴挠你，／我，我只轻轻地，／轻轻地想你好不好，／我只偷偷地，／偷偷地想你好不好？"孩子想要不想妈妈，担心妈妈也会因为被想念而不停地打喷嚏，但又怎能真正做到不想妈妈呢？诗中的留守儿童形象乖巧懂事，令人动容和心疼，而留守儿童母亲在城里那堪忧的生存状态也在诗中孩童的梦里得以呈现，母子分离的状态何时能结束呢？诗中升腾着渺茫的无望感。徐国志的《陌生的城市》细致地描摹了流动儿童初入城市的内心感受："那一天下着小雨，／我和爸爸戴着草帽，／离开了蛐蛐儿叫醒的，／黄土地//陌生的城市，／红红绿绿的霓虹灯，／翻开我读不懂的故事//听不到燕子的呢喃，／听不到水车的呀呀咿咿，／横着的斑马线，／画出人和人的距离//爸爸叫卖的声音又小又弱，／飞来飞去的目光，／像一只只不能栖息的蝴蝶，／一顶顶草帽戴在太阳头上了，／只留下一串叮叮当当敲响的硬币//我躲在爸爸身后看冷脸的城市，／城市望着爸爸身后的我自己，／也许老师正在课堂寻找一颗，／远飞的星星，／校园的钟声，／轻轻呼唤我的名字//爸爸好累好疲倦，／我好渴好惊奇，／陌生城市的天空下，／夕阳结出一颗熟透的草莓，／城市的高楼没有屋檐，／城市不要草帽遮风挡雨，／我和爸爸是城市匆匆的过客，／山的

---

① 吕利丹、段成荣等：《新世纪以来我国儿童人口变动基本事实和发展挑战》，《人口研究》2018 年第 3 期。

脚边有座茅屋，/淡蓝淡蓝的炊烟，/摇动温馨的手臂。"儿童与城市的疏离感来源于其父母在城市的边缘化的生存处境，从社会学的角度来讲，边缘化的生存包括很多特征，其中最明显的是"在与主流社会的人际互动中处于被排斥的状态"[①]。从诗中儿童的视角可以观察到，城市是冷脸的，外来者被排斥的鲜明特征表现在身份和文化的双重边缘性处境，外来者与城市人之间的互动性几乎是缺失的。

高洪波的《耍蛇的女孩》是城市中流浪儿童的形象代表："斑斓的装饰物，/吐着芯子，盘住你的脖颈，/冷血与热血，/一齐在涌动//你弄一条大蛇，/如系一道蝴蝶结，/当观众的喝彩，/惹怒了大蛇时，/远古的龙种也发了脾气，/小女孩的父亲，/便开始敛钱，/他的手臂如蛇，缠住你的童年，/再不肯放松。//斑斓的饰物累了，/垂体如绳，/你也倦了，/倚着墙角，/寻一个安徒生式的，/童话梦境。"在难以维持生计且又麻木不仁的家庭里，儿童的命运将苦不堪言，很多孤儿或者被拐卖的儿童沦为被贫困挤压下人性扭曲的成人的敛财工具。诗中的小女孩形象如同安徒生童话中卖火柴的小女孩般可怜和让人心痛，谁来救救孩子？这是儿童诗内部传出的呐喊。

失学儿童也是20世纪90年代以后儿童诗中揭示出来的一个问题，而导致失学的原因更多是因为家庭的贫困无力负担儿童的教育经费，或者需要幼小的儿童过早去分担家庭负担。谭清友《你去放羊》写的是一个必须去放羊而不能去读书的孩子："你看着羊吃草/想象着自己坐在教室里算题/羊吃得很饱，你却很饿/多么希望大吃一顿文字算式/音乐故事……/你的脚印叠着羊的脚印/羊的天气很美/你的天气却在下雨/小小的手/一手牵着黎明，一手牵着黄昏/可谁来牵着你。"失学儿童对于知识的渴望被无情的现实碾压粉碎，无奈与无助里溢满悲情。"联合国儿童基金会在2017年9月6日发表声明表示，目前全

---

① 张敦福：《城市农民工的边缘地位》，《青年研究》2000年第9期。

球有 1.23 亿学龄儿童处于失学状态，占全球学龄儿童的 11.5%"[①]。在世界范围内，特别是发展中国家，女童往往面临更多的性别歧视和不平等待遇。"据联合国儿童基金会 10 日公布的《2004 年世界儿童状况报告》，全球 1.2 亿儿童失学，其中女童为 6500 万。"[②] 近年来，我国儿童的生存和发展有了很大改善，但与男童相比，女童的生存与发展仍然面临更多挑战，接受教育的性别平等还远没有实现。女童仍然被视为家庭中的"二等儿童"，在当下社会生活中，女童失学问题越来越受到广泛的关注。"……捣衣的小姑娘，/把十岁的心事，/揉进这圈圈波浪//春风真多情，/轻轻抚摸她稚嫩的脸庞，/晶莹的汗滴不再往下淌，/可这时山上传来琅琅的书声，/吹皱她稚气的心房//春水真多事，/静静地柔柔地摄下，/那山那树那位捣衣的姑娘，/却不该将那不属于她的，/飘着歌声的楼房，/插着队旗的山冈，/存心倒映在她的身旁……一个捣衣小姑娘的故事，/将在泛起春潮的大地上，/忧伤地传唱。"毛有权在《捣衣的小姑娘》中塑造了失学的女童形象，诗人用柔美的景物描写来衬托十岁女孩的美好以及内心对于知识的渴求和集体生活的渴望，但沉重的家庭负担不可能让乡村女孩继续读书，女孩忧伤的心事无人能解。

经济贫困、男女不平等、学校基础设施不足等各种各样的问题造成了教育机会的流失，让儿童面临失学。而接受教育基本上是改变贫困群体命运的唯一途径。"爸爸，你的汗水/从我的眼睛里流出/你用汗水送我上学//每天一大早/你就埋进大地深处/在黑暗中批发汗水/地壳深处煤肚子里的火焰/烧烤你/每天下井/也不知你能否再爬出来//每天晚上回到家中/摸摸已睡着的我/再睡入夜的黑暗中/爸爸你二十四时都在黑暗中/带给我成长的光明/我说要停学外出打工帮你挣

---

① 朱旌、汪璐：《联合国儿基会：全球儿童失学率十年来居高不下》，经济日报—中国经济网纽约 9 月 7 日讯。

② 《全球儿童受教育状况：1.2 亿失学 女童占 6500 万》，新华网 2003 年 12 月 12 日。

钱/你给了我一耳光/我才十二岁/可什么都懂/耳光打痛了你自己。"张绍民的《矿工的孩子》以一个十二岁孩子与父亲的故事,来刻画了两代人的形象,躬身于黑暗地壳深处不惜生命危险也要让孩子读书的隐忍坚毅的父亲形象,以及内心成熟不忍心看到父亲背负艰辛想要替父分担的儿童形象。当现代化的列车伴随着不断攀升的 GDP 指数呼啸向前之时,都市人膨胀的欲望也紧跟现代化生活的脚步,现实中并存着善与恶、美与丑的价值冲突和道德碰撞,混杂着困惑、失衡、挣扎、希望等诸多复杂元素,而始终笼罩在这一切之上的,是交织着生命尊严和忍辱负重复杂情感的贫困生命个体和生命群体所遭受的苦难。当代大陆儿童诗不仅仅是塑造令人心疼的弱势儿童群像,它也是在进一步揭示着贫困儿童群体的父辈群体的生存状况。具有悲剧精神的弱势儿童形象的塑造意义就在于"展示""揭开"以及引起"关注""反思"被现代文明所遮蔽的苦难,被社会和历史忽略了的贫困民众的生存状态以及复杂的人性问题,为贫困儿童群体呐喊和发声。"悲剧精神的觉醒,乃是中国当代文学的觉醒,也是中国历史的觉醒"[①]。悲剧有着净化和崇高苦难的作用,当悲剧中升腾着苦难的内容,读者的心灵会得到净化和升华,从而实现唤醒良知和人性这一悲剧意义上的救赎。同时这种"去遮蔽"的悲剧意义上的苦难,也具有"内部启蒙"的性质。

除了现实苦难中的贫困儿童形象,还有一类精神苦难的儿童形象,这类儿童生长在城市,也有比较优渥的物质生活,但大多是因为学习成绩不好或者不被学校和老师所规训,不是通常意义上的好孩子而被集体所排挤,无人问津,内心苦楚。朱效文的《我不是坏孩子》就是一个精神上饱受不被理解尊重的儿童形象:"我是一棵不起眼的小树,/长在校园寂寞的墙根旁,/高墙和大树的枝叶,/遮蔽了我渴

[①] 曹文轩:《20 世纪末中国文学现象研究》,北京大学出版社 2002 年版,第 16 页。

求的阳光，/月季花和高耸的美人蕉，/挡住了人们温暖的目光，/我只在贴墙而过的冷风中，/百无聊赖地摇荡//我是一只灰黄色的小麻雀，/栖息在灰绿色的树杈上，/没有人爱听我，/叽叽喳喳的鸣唱，/没有人爱看我，/暗暗淡淡的模样……可我不是一个坏孩子//我也有过美丽的梦想，/梦想长成参天的大树，/我也有过灿烂的期望，/期望成为耀眼的歌王……可我不是一个坏孩子//……大自然美妙的生命华光中，/也有我的一束微焰，/亿万束生命之光蓬勃生长，/才汇成生命世界的辉煌，/也许我的光焰，/像萤火虫般微弱，/但只要它不熄灭，/也燃烧着神圣的希望//我不是一个坏孩子。"儿童诗中先后五次出现了"我不是一个坏孩子"的呼喊，反复想要证明自我的叛逆和不走寻常路并不能说明自己就是一个"坏孩子"，在一个教育也日趋功利化的时代，精神的贫瘠正蔓延在每日鏖战在书山题海中的少年儿童群体中。教育体制和教育机构、教师群体、家庭对于学生的精神关爱也正日趋表面化，简单的一个标准衡量各具特色的生命个体，使得本来鲜活蓬勃的生命之花日渐萎靡和凋落，甚至在被随意冠以"坏孩子"的帽子。这类孩子身心俱伤，在被排挤冷落下自暴自弃的离"正途"越来越远，甚至沉沦，这是发人深省的现实问题。

当代大陆儿童诗中的儿童形象具有浓郁的中国特色和鲜明的时代特征，例如，物化的儿童"心灵"群像，充满政治隐喻性的成人化儿童群像，具有先锋意识的"反乖"化顽童群像，寄寓着强烈精神性诉求的"出走"儿童群像，独具现实主义特点和悲情色彩的弱势儿童群像，等等。这些形象卓然独立，蔚成大观，透过儿童而更加关注儿童，同时也通过儿童而体察整个时代。当代儿童并不与时代相隔，儿童群体并不是隔绝于世的真空中的存在，他们以自己特有的精神方式理解、把握现实和人生，以自己特有的方式与时代一起思考和成熟。当代大陆儿童诗也正积极地向他们提供着具有历史感、时代感以及新的审美冲击力的艺术形象，这些形象未必都是可供效法的楷模，但可以给儿童以更强烈而丰富的审美感受，对他们的精神世界发生更深刻而久远的影响。与此同时，它也烛照着成人世界，给人类以更多的理性启迪和人性温暖。

第三节 "镜与灯"：接通"内外宇宙"的形态

文艺作为一种社会生活现象的观照物，具有无可争议的"社会性"。带着鲜明的倾向性对"社会"持批判态度，可以说批判始终是文学的座右铭。儿童诗歌的批判性与成人文学艺术作品中如"匕首"般的批判性相比，更多的是"怀柔"式的温情审视和诗性关怀，也正因如此，"儿童的心灵、儿童的世界、儿童的清纯、儿童所具有的清纯的天然性又对成人的心灵和世界具有反哺的功能"[①]。这种反哺的功能在当代大陆儿童诗中进一步得到彰显，儿童诗的视域和表现域已经不仅局限于儿童场域，而是涵盖着整个宇宙、历史社会和人心。

一 生命的温情：对社会现实的深度观照

儿童诗是一种有生命温度和人性温暖的诗歌，它不回避社会现实的问题，但展开的诗写维度却是更能给读者以信心和希望的"暖心"诗歌，它对于社会现实的观照并不浮泛，而是在痛彻心扉的深度下另辟蹊径，探寻着心灵的救赎方式。

"我曾遇到过一双眼睛，/那是一双女人的眼睛/她说钱丢净了。/她的家在 W 城。/家里在有个两岁的孩子在等。/她的眼睛里好像有泪，/我仿佛听到一个婴儿的哭声，/于是我掏出兜里所有的毛票，/心里想着她平安的归程……//在另外一天的另外一个胡同，我又看见了，/那个女人的那双眼睛！/也是一个少年，/也是我那天经历过

[①] 刘晓东：《儿童文化与儿童教育》，教育科学出版社 2006 年版，第 76 页。

的情景！//为此我像得了一场病。/病好了许久以后，/我仍害怕一类人的眼睛。/我也因此而感到庆幸：/我既有过一次轻信的经历，/又看到了别人与我同样的真诚。"薛卫民的《眼睛》写出了一位少年儿童人生中面对第一次欺骗时的内心波澜，欺骗使真诚的少年心灵受到伤害，但在这次轻信的经历后，少年的辨别力得以提升，内心也更加强大，真善的良知并没有因被骗而失掉，反而看到了人世间更多的真诚存在，从而弥合了心灵的伤痛。面对惨绝人寰的战争和自然灾难，儿童诗并没有回避和远遁，它的诗写勇气证明着它的文体力量。"把教室/搬到/帐篷里/一边听/老师的谆谆教诲/一边听/战争的肆无忌惮//把家园/挪到/墙洞里/一边在/黑暗里摸索/前进的路/一边看/洞外的天空/是否有忧郁的/阴云。"在巴以冲突中，一名巴勒斯坦儿童在加沙地带一所学校的墙洞里往外看，这所学校的学生在学校被毁后只能在帐篷里上课。何腾江用《撞击心灵》记录了这一切，触目惊心的战争还在继续，而人类对于知识的渴望以及和平生活的向往也从来没有停止过。谭旭东的《流泪的课桌》、张品成的《这一张奖状》等大量书写汶川大地震中死难学生的儿童诗读来痛彻心扉，自然灾难往往使人类重新意识到自我的渺小，而黄亚洲的《用我们的人体，连续射击》（组诗）又揭示着人类在大灾大难面前守望相助的人性伟力，"军队用淌血的手掌/托出了一代人/这一代人的书包里/永远有瓦砾、沙土、发黑的雨水，以及士兵的血……"军人的大无畏牺牲精神以及对于"下一代"生命的无限珍视凝构成了最为动人心扉的人间真情。"世界上，/有一种烛光，/永不会熄灭，/靠无畏精神的培植，/这个烛光，/长在人的手心，/一代代，在风里，雨里，/烛光也依然摇曳，/啊，南丁格尔，/是第一个燃烛的人，/她创造了世界上，/一种，特殊的蜡烛，/这种蜡烛，/永远燃在人的心里，/爱，是它永远的能源。"正如商泽军的儿童诗《南丁格尔的烛光——致获南丁格尔奖章的中国战士》中表达的一样，爱是代际传承的能源，爱是

第二章 蕴藉丰富的童心世界

人类更迭繁衍的力量，是世界发展的动因，也是儿童诗观照人类社会现实的情感基调。这种爱是博大的和众生平等的，这种祛魅世俗功利的真纯之爱，是独属于孩童真纯的灵魂和儿童诗的表达的。

"你挂在长安街上，/你不是五星红旗，/你的汗水却把红旗浸染，/没有你的劳动，/长安街不会如此光鲜。"徐德霞的《长安街上的洗楼工》混合着温情的关爱以儿童之口道出了洗楼工的价值所在，并对其劳动给予赞美。姚业涌《致慢班的一位同学》是对现实应试教育的学校分班制度下儿童心理的刻画和抚慰。"凭着一张考卷的成绩，/就把你和我分离/——一个在'快班'，/一个在'慢班'，/同桌的回忆分成两半，/熟悉的话语从此消失//分离就分离，/请你把低垂的头颅抬起//我和你依然生活在，/同一片阳光下面，/站立在同一片土地，/依然在老师身边，/吮吸知识的乳汁//分离就分离，/生活没有把你抛弃，/同一个目标，召唤，/你和我飞翔的双翼，/不要把分数看得太重，/看得太重就不能起飞，/请在自己脚下打好，/奋飞的地基//分离就分离，/成功不喜欢怨叹，/只相信汗水和足迹。"诗中的主人公"我"虽然对被分配到"慢班"的同桌有万般不舍，但更多的是积极的自信心鼓励，夯实学习基础，共同奋飞翱翔。事实上，分快慢班这种对学生的教育机制曾经挫伤过很多少年儿童的自信心和学习热情，儿童诗没有采取控诉的角度来体现这种教育机制的片面性和危险性，而是从儿童正面、阳光的立场角度出发，选用了鼓舞劝慰的诗写角度。但成人读者是能读出对于功利的教育制度的反思的。而对于当下依然存在的贫穷和城乡差异导致的留守儿童现象，儿童诗从儿童的角度给予诗写和自我关注，其间，贫困民众的生活之艰难和骨肉分离的无奈也跃然纸上。"孩子叫做故乡，/父母叫做异乡，/父母变成一张车票，/父母变成一趟火车，/父母变成一座工厂，/异乡在父母身上流汗，/流出的汗都叫做泪，/汗水其实想，/浇灌成长，/孩子想学变魔术，/把车票变成父母，/把火车变成父母，/

把工厂变成父母,/把异乡变成父母,/把父母变回自己身边。"张绍民的《把异乡变成故乡》写出了转型变革时期孩子们的现实疼痛,诗中九个"变"字传递出了孩子渴盼父母陪伴的急切心情,等待遥不可及,"变"才立竿见影,诗人把儿童的幻想和父辈艰辛讨生活的现实结合了起来,彻底的改"变"也成为在异乡工厂打拼,想要努力改变子辈命运的心音。

当代大陆儿童诗对于社会现实的观照不同于成人诗的直指当下,它更多的是温暖人心,以柔克刚,以真纯荡涤丑陋甚至卑劣,它的方式是委婉而动人的,它的情感宣泄是有节制而内敛的,"向光性"仍然是它的主要诗学特征,而它本身也是温情的自发热体。相较于成人诗歌对社会现实的显"危"镜功能,它在某种程度上与成人诗歌构成了一种互补和互动,丰盈着整个的诗学体系建构,使其更加张弛有度,磁力场平衡和谐。

二 对历史文化的"轻盈"审视

儿童天然就存在着一种不同于成人的待物态度,也存在着一种与成人对历史文化迥异的思考和审视方式。在当代大陆儿童诗中关于历史文化的内容出现之时,往往是诗思出人意表,四两拨千斤的"轻盈"表达使得既定的成人观念下的历史文化面目全非,从而也拨开既有的历史文化烟云,呈现出儿童视角下独特的历史文化风景。

一类是在对古典文学、民间故事传说的"轻盈"审视中创造性的诗思诉诸笔端。王立春的《老秋翁》就是重新演绎了冯梦龙"三言二拍"中的《灌园叟晚逢仙女》,而王立春的《七月七》是在"牛郎织女"传说原有寓意基础上从儿童的视角出发,把牛郎织女的相思之情作了淡化和弱化处理,延展强化出的是孩子对母亲的想念之情。"这是一年中/唯一的一次相会/你看那两个孩子/就要/见到自己的妈妈了"。而诗人笔锋突转穿越回到当下现实,末尾一节中将儿童对远在城里工作的父亲的想念也寄寓在了七夕之夜中："这七月七的夜晚/妈妈/在我们睡着之后/你会/带着我们的梦/去和城里的爸爸相会么",如此精心的构思把传说故事与现实相勾连,更具历史传说的现代意义。高洪波的《都江堰的二郎神》是以儿童视角来为神话传说中的二郎神重塑形象："你拿着铁锹劳动,/比握三尖两刃枪更威风!/你制伏了江水,/还驯服了凶龙,……你是凡人,/也是英雄。/像齐天大圣一样,/屹立在我的心中。"敢于大胆质疑经典的勇气是儿童独具的思维习性和思想魅力,他们的思想还暂时没有受到拘囿,是发散型并自成体系的,也因此有别于成人的思维套路,而使儿童诗的主题思想呈现别有洞天。

一类是在对西方经典童话借鉴与创造转化时,当代大陆儿童诗不为原作所束缚,给西方童话经典赋予了崭新的生命面貌。例如,圣野的《竹林奇遇》中故事的发生是接续着著名的西方童话《皇帝的新衣》,第二天,那个说了"皇帝根本什么也没穿"的孩子,被皇帝依然信任的两个骗子追踪,他逃跑到了密密的竹林里,就再也找不到了。"他的妈妈很担心,/到竹林里找他,/一遍又一遍地叫:/'孩子,出来吧,出来吧,/骗子已经回城了!'忽然,妈妈听到,/一根竹子里有声音。//妈妈连忙请篾匠来,/破开那根竹子,这个说真话的小孩,/果然从竹节里跳出来了!妈妈惊奇地问他:/'你躲在这里干什么?'/孩子认真地回答:/'这里叫虚心国,/安全地住着,/不说谎的公民。'"这首儿童诗虽是西方童话故事的延伸,但更多寄寓的是中华民族的文化智慧,从竹子这一中国典型的"君子"风范代表物,到虚心国的营构,匠心独运,在奇思妙想中对说谎的国家及大部分说谎或用缄默变相维护了说谎的这种错误行为进行了辛辣的讽刺。再比如,王立春充满异国情调的"欧洲童话"系列中的《真孩子匹诺曹》和《小美人鱼》等儿童诗,都注重将西方童话与中国审美文化传统相融合,诗思轻盈跳跃,与儿童读者的想象力和趣味性相投合，使读者有种穿越了中西童话王国的时空之感。

　　一类是对历史文化人物的大胆审视及反思。例如，高洪波的《致鲁迅》："……鲁迅爷爷，/你真了不起！/你这当年'教育部'的官员，/却诅咒那老中国的教育/——扼杀儿童的天性，/禁锢孩子的生机。/你希望中国儿童，/坦率、真诚，充满活力，/像躲避瘟疫一样，/躲开虚伪和俗气！……//当然，你不是神，/你有你的偏激，/你恨猫，恨得十分彻底；/你讨厌京戏，/讨厌得不可思议；/你轻信，过后又追悔莫及；/你又那么喜爱香烟，/全不顾烟雾，/污染着空气！……"伟大的文学巨匠，民族精神之魂的鲁迅先生就这样出现在了儿童的视野里，被儿童视作一个普通人来进行点评优点和不足。儿童的真诚和可爱、坦率和勇敢使鲁迅走下被众生膜拜的神坛，褪去被历史文化传统所塑造的完美形象，回归自我，但这形象反倒更加可亲可敬充满活气。儿童诗在坚守儿童性和文学性的同时，始终关注中国精神、民族性格和文化精华，从中华民族历史文化和外国优秀文化精粹中汲取营养，化作当代大陆儿童诗的创作精髓，形成鲜明的中国特色和民族风格，这也成为当代大陆儿童诗的一个特色。

　　当代大陆儿童诗对历史文化的"轻盈"性来自于其特有的"儿童性"和要弘扬的"儿童精神"，而穿越中外历史文化的"审视"中更多折射着现实主义文学性的光芒，儿童性的天马行空造就了独到的审美眼光，这也成就了另一种维度的对历史文化洞察的视野，使当代汉语新诗的表现力更加丰富而多元。

三 "直达本质"的"简体"哲思

　　周国平在《女儿四岁了，我们开始聊哲学》中曾说："儿童是天生的诗人和哲学家。他们对这个世界，甚至对自己，总是充满着好奇；他们有问不完的问题，他们在不断地探索着。"[1] 这正道出了诗性哲思的儿童属性，儿童态与原生态的宇宙万物特征相类，因此，儿童诗诗人寻着这一质朴真纯的样态诗写着宇宙万物，这是一条不用弯弯绕绕却可以直达事物本质的便捷之路。古语说大道至简，儿童诗化繁为简的哲思同样具有穿透真理和人心的力量。

　　诗是什么？这不仅是一个文学命题，同时也是一个哲学思考题，一千个人心中可能会有超出一千种答案。何鲤的《诗是什么》："诗是什么/一个盲孩子/用心中温暖而明亮的阳光/雕塑出/想象中的/花朵的微笑。"然而，儿童诗的回答却是这般出其不意而又充满爱的温度和感人的力量，诗就是心中的希望之光。儿童诗中的哲思不是故作高深的玄妙，而是大道至简和真的美好。当然，其中也有自然语境下对生命真谛的思考。刘丙钧的《陨石》："昨天，/当你还属于天空，/你是夜色中闪光的星星。//走上一条坠落的路，/坠落中耗去了光和热情。//于是，/你死了——成为陨石，/成为一块冰冷的石头。//于是，/我懂了，/一旦背离了天空，/星星就不再是星星。"通过自然物的消殒而生发出了如何正确选择人生道路的启示，明照《编织花环》："在草地上，花儿自由舒展。/你采摘花儿编织花环；/花儿用一生的美丽，/装点你一时的心愿。"对于人类以自我为中心的喜好需求，却以其他物种的美好生命为代价的行径进行反思。大和小是看似最简单但又最复杂的充满思辨关系的哲学问题，儿童诗对其进行了有趣又生动的呈现。庞敏的《大和小》："我问妈妈，/世界有多大，/妈妈拿出一个小球，/说，这么大//我对妈妈说，/奶奶家种的西瓜，/比小球大得多，/那到底是西瓜大，/还是世界大//妈妈反而说，/这么小的孩子，/胆子真大。"从具象到抽象的思维转换过程中，虽然母亲没有揭示出明确的答案，但辩证的哲思已经存在于孩童脑海

---

[1] 周国平：《岁月与性情》，长江文艺出版社2004年版，第248页。

中的。哲学不在于去观察人们尚未见到过的东西,而是去思索人人可见却无人深思过的东西。王宜振的《春天很大又很小》是把哲思在美妙的童话般语境中具象化:"春天到底有多小,/问问小花朵,/也许会知道,/花朵说:它常站在我的花瓣上跳舞,/跳完舞,又钻进小小的花苞里睡觉//春天到底有多小,/问问小燕子,/也许会知道,/燕子说:我衔着它从南方飞到北方,/它嘛,同一粒小豌豆差不了多少//春天到底有多大,/问问那棵树,/也许会知道,/大树说:/春天是一只大鸟,/一棵树只是它的一根羽毛//春天到底有多大,/问问小朋友,/也许会知道,/小朋友说:/我们都被春天含在嘴里,/远山和草地也陷进春天的怀抱……"春天已不再是一个抽象的季节,而是一个有了大小形状的具体物,物态的变化多端也证明着儿童诗的世界里想象力的奇妙和思辨性的生动。逍遥的《岁月》"下雪了,下雪了,/奶奶带我到郊外赏雪。/她的头上落满了雪花,/我的头上也落满了雪花。/回到家中,/奶奶给我拂扫着/我的头上雪花没有了,/奶奶的却留在头发里,/那是好多冬天留下的雪花吗?"经年岁月的雪花浸染了奶奶的头发,因而由黑变白,这岁月更迭、生命演进的人生哲学就蕴藏在了简短的诗行当中,看似清浅和不经意的表述却昭示出了生命的轨迹。顾城的《小花的信念》是一首充满象喻性和童话意味的儿童诗,"在山石组成的路上,/浮起一片小花/它们用金黄的微笑,/来回报石头的冷遇/它们相信,/最后,石头也会发芽,/也会粗糙地微笑,/在阳光和树影间,/露出善良的牙齿。"美善的人性有着最坚定的信念力量,终究能营造出美好的人间。诗人顾城正是借助于小花的信念力量来寓指和鼓励世人,在充满清逸之美的事物中浸淫着人类与自然"万物归一"的存在,这种直达"本质"的哲思是简单和纯粹的,也是明丽而充满生趣的存在。它既符合小读者的具象感官体悟体点,同时也给潜在的成人读者以诗写哲思的另一种启示。

第二章　蕴藉丰富的童心世界

"儿童文学的价值在于它不是一种简易的文学，而是要用单纯有趣的形式讲述本民族甚至全人类的深奥的道义、情感、审美、良知"①。如果说诗歌是灯，那么儿童诗就是灯的开关，按下开关，整个世界就会灯火通明。儿童诗的优秀作品，以思想的力量穿透童年经验，突破生活原貌，获得人类共通的儿童性、人性、社会历史的思索，打动不同时代的读者。儿童"并不只是想从中看到自己，而是文学中的未知因素激发了他的阅读兴趣，他把文学阅读当成一次愉快的探险、旅行，他希望从作品中读到新鲜的，他在现实中力所不能及的事物，这从童话比儿童生活故事更能吸引儿童这一事实便可见出……因此，儿童对于文学的基本要求从本质上说，应该是一种'体验生活'的要求"②。这就给儿童诗的成人创作者带来更大的难度和挑战，优秀的诗人是不能造就的，而是天生的，在无比深刻的层次上，这与在难以接近的灵魂幽深处形成的诗性直觉有关，这种带有诗性直觉的不可遏止的力量和自由的创造性天真，正是天才诗人最深刻的方面。王国维在《人间词话》中说："诗人对宇宙人生，须入乎其内，又须出乎其外。入乎其内，故能写之。出乎其外，故能观之。入乎其内，故有生气。出乎其外，故有高致。"③ 如果说，成年诗人对儿童天性的彰显是一种自觉的回归，那么，儿童诗诗人对于正处于当下的童心感受则是一种自发的启程。相比之下，他们更多地具备不事雕琢的朴质和圆润，即使是那些深含哲学意味的言语，也是属于内心自然喷涌的原始智慧，难以复制。

"诗是精神的食粮。但它却不能充饥。相反，它只能使人更加饥渴。然而这正是它的崇高之处"④。儿童诗是一个具有特异性的诗学宇宙空间，它的儿童性与成人性的二维交互存在又使得这个宇宙空间

---

① 秦文君：《漫谈儿童文学的价值》，《南方文坛》2007 年第 1 期。
② 汤锐：《现代儿童文学本体论》，江苏少年儿童出版社 1995 年版，第 56 页。
③ 王国维：《人间词话》，人民文学出版社 1992 年版，第 220 页。
④ [法] 雅克·马利坦：《艺术与诗中的创造性直觉》，刘有元、罗选民等译，生活·读书·新知三联书店 1991 年版，第 108 页。

的涵养度和能量释放愈发的充满生机，受众群体的精神给养日益充盈。但在看到当代大陆儿童诗的内容十分丰富多彩的同时，儿童诗生态失衡状况也同样存在。在大量的当代大陆儿童诗中，"城市性"已成为主流，更多的是倾向于诗写"城市属性"的儿童诗作品，描摹城市儿童的喜怒哀乐的心情故事以及城市背景下的世态人生，当下的乡村儿童及其生活被遮蔽。"乡村属性"的儿童诗歌中大量涉及农村题材的除了在特定的历史时期外，只有在20世纪90年代中后期城乡差距进一步扩大，留守儿童等社会现象的被发觉而少量出现，当代大陆儿童诗的总体属性仍是"城市性"的，诗写乡村儿童生活、学习、内心情感状貌的具有"乡村性"特征的儿童诗还是凤毛麟角，乡村城镇儿童更是一个需要诗歌给养和育化的庞大群体。以儿童诗的生态失衡状况投射整个儿童文学和审美教育的生态发展状况令人忧心，这也是文学和教育资源的一种失衡状况的写照。而以民族性、地域性为彰显特色的儿童诗也还刚刚起步。

第三章 "真纯"与"活气"：情趣诗学的审美形态

儿童诗是最具情趣诗学特征的诗歌类型，它的情感充满着"人之初"的真纯之气，这是人类种族源头的宝贵元气，而它的趣味性中又升腾着无尽的活力和活气，这是人类得以发展前行的动力，正是具备着这种"真纯"与"活气"构建起儿童诗情趣诗学的审美形态，深入开掘当代大陆儿童诗的审美内质又会发现，儿童诗是通过多元而立体的艺术建构维度以及契合儿童情趣的意象营造和独特的语言特色来凸显情趣诗学的主体特质。

第一节 儿童诗的艺术建构维度

当代大陆儿童诗并不是平面化的艺术表达方式，而是充满着特异性的艺术建构维度的诗歌样式。多维视角的启用把儿童视角、成人视角、物化视角、儿童与成人对话的代际视角、儿童与自然万物交流的族群视角等并置于儿童诗当中，这极大地丰富了情趣诗学的多元表述方式；过去、现在、未来的三重时间向度为情趣诗学空间延伸和扩大提供了无限的可能。而儿童诗的诗写复杂性又使得儿童诗成为代际传承的鲜活"互文"载体，情与趣交融的共生体，立体而全方位地呈现着当代大陆儿童诗的艺术建构努力和诚意。

一　多维视角的启用

儿童视角、成人视角、物化视角（动植物、物体）、儿童与成人对话的代际视角、儿童与自然万物交流的族群视角等五维视角构建起了丰富的儿童诗学艺术空间，在"看"与"被看"、"交流"与"对话"中，深度而丰满地呈现着儿童的诗意世界。

儿童视角是儿童诗的一种"本我"视角，它彰显着儿童的"本真"生命纯度，它的趣味性最强也最贴合儿童自在的生命状态，它以"儿童眼"去审视自我和生活以及宇宙万物。儿童诗中的儿童视角分外视点和内视点，例如，高帆的《小河与小桥》就是一首外视点儿童视角的儿童诗："草地是一块/漂亮的绿绸缎，/可惜被小河/分成两半。/小桥，/紧扯着两半绿绸，/要把它们/重新缝在一起，/便让小鱼儿/做它的银针，/一闪一闪，/从这岸连到那岸……"儿童视角看万物都是有情的，而且这种纯真的毫不矫揉造作的感情特质是浸润在儿童无尽的想象空间之中的，这就营构出一个充满儿童情谊的诗歌世界。在儿童视角的内视点中，更多的是儿童对自我的关注和想象以及心灵的活动镜像，例如，王宜振的《血液的鱼》："一群小小的鱼，/游进我的血液，/我等待着，/血液和身体的变化//由于鱼，我的血管变得蔚蓝，/我的皮肤，/也变成大海的颜色//一个体内藏着鱼，/藏着大海的人，/心灵，/也变得像大海无边无际//我仿佛感到眼睛深不可测，/睫毛上，/栖息着一群海鸥。"这是一首想象力奇绝的儿童诗，在鱼游进孩子的血液后，孩子的整个身心发生了巨变。儿童最为生动和神奇的想象正是自我想象，妙趣横生自由自在地驰骋在自我的生命世界之中，有着与世界万物合一的梦想和渴望，向往着拥有自然宇宙的超能力。可以说，内视点更加深入地刻画出了儿童内心的哲思深度和想象力高度，以及蕴藏在儿童基因中与人类原始生命紧密联系的神秘性。儿童的内宇宙是无限丰富的，这个宇宙丝毫不逊色于成人的心灵空间，它的绵密复杂和奇幻生动是成人望尘莫及的，而它深蕴着本真的生命发端的"活气"更是儿童诗诗人所颂扬的。

　　成人视角是以成人的旁观者角度来诗写与儿童相关的生活世界和事物、人物，这种视角下的情感表达充满成人对于儿童的喜爱和希冀，同时从另一个侧面展示着儿童单纯可爱、无忧无虑的生活状貌。"小二班的功课就是，/给春天的花朵涂上红色，/给夏天的牧场涂上绿色，/给秋天的果园涂上金色，/给冬天的雪原涂上报春的鸟儿//儿子，/你生活在美好的核心而浑然不觉，/因为爸爸暂时替你对付余下的一切——风沙，干旱，悲凉，酷寒。"苟天晓的《功课》以父亲的视角描摹出了儿童置身美好之中而不自知，在对比中也隐晦地道出了父辈为了成就子辈的美好幸福生活正在默默付出的艰辛。成人视角的儿童诗更多具有潜在的教育性，会通过"成人眼"来观照儿童的言行，以婉曲的方式揭示出儿童的不当行为，儿童成为"被看"的主体，在张扬他者视域下的儿童性的同时，社会性得以渗透。儿童的生命成长进程中主要包括两种过程，一种是身心发育的本能化过程，一种是接受人类社会文化生活方式的社会化过程。成人视角的儿童诗更多地在担负着儿童成长社会化过程的引导者责任，因而成人视角下的纯粹儿童世界抑或成人与儿童的共生世界，除了对于纯真可爱的孩童的纯然的喜爱之情，也存在着俯视的姿态和教导的情感，同时也有通过"看"孩子而洞见真谛从而自我反思的诗歌作品。例如，蓝蓝的《孩子的眼睛》："你爱看窗外，/在风中神秘颤动的树叶，/炉膛里闪闪跳跃的火苗，/你被画着青蛙的插图吸引，/你的眼睛里有一只鹭鸟//久久地，/你盯着一只蚂蚁，/把春天从地洞里拖出，/你的目光追逐着花丛中，/一只蝴蝶的身影//此刻，你用注视过它们的眼睛，/注视着我——亲爱的孩子，/这使我快乐，/又猝然感到，/惊恐"。不可否认，这一视角是儿童诗多维视角中展示儿童与社会、儿童与生活、儿童与历史等公共空间的一个必要的切入角度。

物化视角是儿童诗中最富有趣味性的一种视角，也是儿童特别是幼童最喜闻乐见的视角，动植物的世界以及里面发生的有趣故事在儿童读来就如同是他们的小伙伴的趣事一般让他们开怀抑或得到启示。张秋生的《青蛙写诗》："下雨天，/雨点儿淅沥沥，沙啦啦！//青蛙说：/'我来写一首诗！'//小蝌蚪游过来说：/'我来给你当个小逗号。'//池塘里的水泡泡说：/'我来给你当个小句号。'//荷叶上的一串水珠说：/'我们可以当省略号。'//青蛙的诗写成了，/'咯咯，咯咯，咯咯咯。咯咯，咯咯，咯咯咯……'"小动物们的单纯可爱正如孩童一般，也因此儿童才会对它们的故事感同身受，充满着同理心和共情性。儿童诗是孩童心灵感知世界的方式，它是儿童内心世界葆有童年梦想的容器，儿童诗中动植物身上鲜活的个性和自由自在的特质，也容易使儿童体验到世间万物和生命的美好，身心获得极大的自由，能够使儿童在成长过程中不失掉美好的心灵状态。物化视角的儿童诗也是儿童世界的一面镜子，确切说是一面心灵之镜，折射出儿童的自由心境。

儿童与成人对话的代际视角也是儿童诗中比较常见的一种视角，并且具有人类学的意义。例如，高洪波的《月牙儿》："月牙儿像什么？/妈妈说：/像收割秋天的镰刀。//爸爸不同意，/说是引人发馋的香蕉。//月牙儿像什么？/我说：像夜妈妈，/微微翘起的嘴角。//夜妈妈一笑，/眨眼的小星星们，/就哼起了歌谣……"在一家三口两代人的各自回答中，看到了想象力的差异，而母亲对孩子的爱给他插上了丰盈的想象力的翅膀，"夜妈妈，微微翘起的嘴角"正是母亲现实生活中对孩子爱的投射。社会这一人群共同体的存在基础是"代"，"代"的特征决定着人类社会及其文化传承的特征，代际传承在不断变化发展的社会中有着举足轻重的作用。可以说，代际传承是责任和义务，也是人类社会发展所需要的精神薪火相传的主要方式之一，而随着时代的发展，代际关系中产生的文化反哺现象也在儿童诗中得到显现。

还有一种儿童诗视角是儿童与自然万物交流的族群视角，这一视角与自然万物的生态和谐紧密相关。雪兵的《小灯笼》"我捉住一只萤火虫，/问它为啥成为一盏小灯笼？/它亲昵地对我说：/'我每晚都做着透明的梦……'"诗歌中"我"和萤火虫是那般亲昵，不仅能互通言语，而且萤火虫还说出了自己的秘密，原来它是因为梦游而夜晚发光，这充满奇趣想象力的说法令人忍俊不禁。族群视角中摒弃了颟顸的"人类中心主义"也没有"自然中心主义"的顶礼膜拜，而生发出的只有相互的信任和友好的交流，以及相亲相爱、休戚与共的生命共同体精神。

五个维度的儿童诗视角架构成了一个全方位表现儿童内在与外部世界的开放诗艺空间，这其中充满真纯的童真和盎然的活气，斑斓的儿童生命情态葳蕤生长，多维视角的启用极大丰富了当代大陆儿童诗的创作宽广度和纵深度，以儿童为主体的多维视角观照也充分体现了儿童诗诗人对于儿童的重视和尊重。

二 三重时间向度

儿童诗具有三重时间诗学向度，"过去""现在"和"未来"，向度侧重于趋势方向，儿童诗的与众不同之处就在于这个时间向度始终是朝向未来的。可以说，它的向度总属性是"未来性"的，而"未来性"的恒在表达是真、善、美和爱。大多数儿童诗的诗学时间向度是单向度的，也有时间向度的复杂性的诗歌呈现。在儿童诗诗写其交互作用中，饱满的诗歌情感浸润其间，润滑着三个时间向度的隔膜，儿童诗也因此而跳跃灵动起来。

儿童诗是不能脱离社会历史语境和文化语境而单独存在的，在当代大陆儿童诗"过去时态"的时间向度中，诗歌的历史性、文化性、教育性、革命性、反思性等都蕴藏在了诗句当中，并对于历史因果规律进行反思和评价。20世纪50—60年代曾比较集中的出现过一类回溯革命历史的艰辛与光荣,教育少年儿童珍惜当下的幸福生活,努力学习成为社会主义接班人的儿童诗,例如《儿童节我们在地洞里庆祝》《两代红领巾》等,儿童诗中的忆苦思甜的教育性味道浓郁,政治意识形态的渗透还比较明显。新时期以后,这类"忆苦思甜"的儿童诗淡出了儿童的视线,"过去时态"的儿童诗出现了以文化古迹或者神话、历史人物为题材,充满抚今追昔情感动向的儿童诗,例如《鲁迅爷爷》《敦煌》《都江堰》《鸽子树传奇》《定海神针》《飞龙传说》等,诗歌追溯文化根源,抒发思古之幽情,但更多的是对于看似已盖棺定论的历史进行了反思甚至否定,并给予儿童视角下的全新评价,令人耳目一新。更为难得的是一种充满哲思的"过去"时间向度的儿童诗表达。例如,李少白《记住鲜花》:"每个老奶奶都曾是一个妈妈/每个妈妈都曾是一朵鲜花/每一朵鲜花都曾是一棵小苗/每一棵小苗都曾是一粒种子娃//种子把生命/给了小苗/小苗把美丽/给了鲜花/鲜花为了果实/自己凋谢了//看着老奶奶的皱纹/请记住曾经的鲜花。"整首诗歌讲述了生命的衍生和轮回,四个"曾"的时间指向性是"过去"时态的,然而这种"过去"时态又始终在生生不息的生命更迭和守护之中,对于伟大母性无私的爱与付出进行了充满思辨性的赞美。

"现在"的时间向度是儿童诗中最常见的时间态势,在此种时间态势下的儿童诗题材最为丰富多样,儿童诗的"当下性"使它与儿童的家庭生活、校园生活乃至社会生活都距离更近,对于儿童个性的彰显和形象的塑造也更为生动可感,对于现实人生百态的观察更为细致、思考也更为深入,从而字里行间也生发出了更多的现实性和社会性、文学性和教育性以及儿童自我性和启迪性等复杂的表现因子,这诸多因子交互丛生在"现在"时态的儿童诗当中,构成了儿童诗异常阔达的诗歌表现疆域。例如,韩志亮的《微笑》是一首充满立足

"现在"时态而又充满永恒性时间指向的儿童诗,"微笑是花朵/开在妈妈脸上,家温暖了/开在老师脸上,学校温暖了/开在行人脸上,整条大街/温暖了"。微笑是人类最美好和最温暖的情绪表达,它具有着化腐朽为神奇的力量,当"现在进行时"的微笑分别开放在妈妈、老师和行人脸上时,现在的时态又凝固成了永恒的"温暖",寥寥39字营造的时空既有当下性,又滋生出了希望性和恒久性。相较于成人诗歌中日渐缺失和消逝的"未来性"诗歌向度,儿童诗的这种立足"现在",眺望、期冀未来的姿态是显而易见的,这种指向性实际上是儿童勃发的生命特质和自我成长的态势使然,诗歌时间向度中流淌的是生命的河流。张绍民的《打工父母留守孩子》中的时间"现在性"直指当下的社会现实问题,"怕让孩子知道又要离开,/让童年的泪哭成大海"揭示出打工父母的无奈和对孩子的不舍,而其中孩子偷偷藏到父母的背包中想要跟随父母一起走,心中向往着回到母亲的"肚子"里的对"过去"的无限追忆的举动,一方面凸显了儿童对父母的深深依恋;另一方面背离了儿童诗中常态的面向"未来"的时间向度,而渴望回到"过去"时态的腹中胎儿状态的选择,表征着儿童内心幸福所在的方向。在立足当下,而时间向度的走向"未来"还是返归"过去"成为一种时间意义上的行为象征,其中的深意值得读者思考,而儿童诗诗人正是运用了"现在"时间向度具有的"双向性"态势来营构诗思,凸显儿童诗的现实揭示性和潜藏的批判性。儿童诗中具有"现在"时间向度的作品是数量最多的,其中有一类是针对儿童身上存在的不足或应该具备的品质进行教育和鼓励的儿童诗,这类诗歌通常借用儿童自我成长的视角展示成长的勇气和力量,儿童诗借此来鞭策和启迪现实生活中的儿童。例如,牧也《跌倒》:"风,跌倒了/才有了美丽的落叶/云,跌倒了/才有了滋润大地的雨水/太阳,跌倒了/才有了静谧的/夜晚//所以/让我们不再害怕跌倒/让我们在跌倒时/用最美丽的姿态/站起来。"一连五个"跌倒"

都是为最美的姿态——"站起来"进行铺垫,跌倒在这里并不意味着失败,反而是走向成功的必由之路,"站起来"的姿态意味战胜自我的勇气的回归和自信心的坚定,简短的儿童诗给了儿童读者以深刻的思想启迪。

　　儿童诗中的时间向度仍然是具有线性连续流的特征,在永恒的连续性中进行一切美好精神的赓续传承,儿童诗中"未来"的时间向度的超越性、希望性、精神性等孕育其中又发散开来,这是与人类进步观中的未来视野相一致的,这种未来视野相信现实经验和不断自我更新的、在开放的未来中可以实现的期望之间的差距会不断得到改善。喻德荣的《明天,爸爸要去远航》是一首无论是诗歌时间向度还是精神向度都指向"未来"的充满"希望"的正能量儿童诗。"爸爸是一个海员,/明天要去远航。/心灵的引擎已经飞旋,/搅动我胸中猛涨的热望。/我真想变条小鱼一头扎进海的怀抱,/去大海和蓝天的交接处拥抱曙光。……从小,我生长在温暖的摇篮,/没见过惊涛骇浪的模样。/在那些颠簸动荡的日子里,/一定能磨炼珍珠般的理想。/我那把小小的六弦琴,/还没有真正演奏过生活的乐章。/总有一天它的情思,会把大海的心声叩响。"儿童精神上的成长是指引切身成长的先决条件,爸爸即将远航使得儿子在万般不舍爸爸的同时,对于爸爸的远航充满了艳羡,对于磨炼意志锻炼成长充满了渴望,一个以爸爸为人生榜样的勇敢、乐观、自信、昂扬的小男子汉的形象跃然纸上。在这里,未来的时间向度与诗歌中孩子精神成长的急切渴望相辅相成,也成为激励孩子去为"明天"而积极努力的动力和方向。殊途同归,汤锐的这首讽喻意味的儿童诗《等我也长了胡子》也是讲了儿子与爸爸的故事。"等我也长了胡子,/我就是一个爸爸,/我会有一个小小的儿子,/他就像我现在这么大。//我要跟他一起去探险,/看小蜘蛛怎样织网,/看小蚂蚁怎样搬家。/我一定不打着他的屁股喊://'喂,别往地上爬!'//我要给他讲最有趣的故事,/告诉他大公鸡为什么不会下蛋，/告诉他小蝌蚪为什么不像妈妈。/我一定不对他吹胡子瞪眼：/'去去！我忙着哪！'//我要带他去动物园，/先教大狗熊敬个礼，/再教小八哥说句话。/我一定不老是骗他说：/'等等，下次再去吧！'//哎呀，我真想真想/，快点长出胡子，/到时候，不骗你，/一定做个这样的爸爸。"这首充满幻想性的儿童诗的时间指向是"未来"的，小主人公自信满满地畅想着他成为爸爸的时候要怎样对待自己的儿子，通过换位思考借以缓解现在身处"儿子"地位的自己的身心压力与不满。儿童诗通过"未来"的诗歌时间向度反观的却是"现在"孩子的真实处境和内心感受，这种时间向度的反向作用力使得儿童诗充满了对作为孩子人生中第一个榜样的父母群体的看似温和下有力的讽喻和提醒。

还有一类直接从"梦想"眺望"未来"的儿童诗，如顾城这首优美的《梦想》："种子在冻土里/梦想着春天/它梦见——/自己舒展着颤动的腰身/长睫旁闪耀着露滴的金钻/它梦见——蝴蝶轻轻地吻它/春蚕张开了新房的金幔/它梦见——/无数花朵睁开了稚气的眼睛/就像月亮身边的万千星点……/种子呵/在冻土里梦想春天……"首尾呼应，借物抒情，未来即将发生的一切在"梦"中提前预演和实现了，这似真实幻的梦中春天场景美好异常，使得对"未来"的憧憬之情油然而生。著名教育家、评论家王富仁曾说："哪个时代的人淡漠了儿童的梦想，哪个时代的人就一定会堕落，会丧失自己的精神家园；哪个时代的人更多地保留着儿童的梦想，哪个时代的人就是更为崇高的、真诚的、纯洁的，即使在比较艰苦的条件下也能够充满生命的活力和生活的情趣。"[①] 在这里"未来"的美好，在"现在"的梦中得到了延伸和扩张，"未来"时间向度给儿童诗一个由现实到未来

---

① 王宜振：《现代诗歌教育普及读本》，西安电子科技大学出版社2016年版，第4—5页。

的时空延展空间,这又与儿童未来具有无限可能的成长空间相应和,儿童诗充满"未来性"的特点也是区别于成人汉语新诗属性的一个明显的标志。开放的未来视野能够使既有经验与期望视野之间永久维系的差异得以稳固,"未来"向度的期望视野在运动和发展,历史才动态地得以创造,"未来"的瑰丽多彩和无限美好,才能激发出此在"现实"时态的进取精神的重要意义。

"时间呈现出一种宇宙维度的特性,它不是别的什么东西,而恰是对经验的符号表达,所有存在的事物都是事件的连续序列的组成部分。时间是对于人们想要确定位置、间隔的长度、变化的速度,并且采取与这一时间流平行的视角来看待他们自己的方位这一事实的表达"[1]。人类社会的时间现象繁复多样,如何面对令人惶惑不安,甚至绝望的"逝者如斯夫"的时间之流,儿童诗有着不同的选择,那就是以积极向上的态度,用真善美的姿态去迎接"未来",在儿童诗的世界里,"未来"并不遥远而仿佛触手可及,其中隐含着一种乐观的现实观和理想性的乌托邦幻想,这一态势与"儿童"作为人类共同体的"希望"象征的想象有关,也同儿童诗守护儿童性灵的意义相连。

三 代际传承的"互文"载体

有评论家认为,儿童诗是"一种优美精致的、擅长抒发儿童情感的文学样式。它对于儿童陶冶情操、净化心灵、丰富想象力、培养美感,对于塑造新世纪的民族魂,提高未来一代的思想道德素质,具有独特的、潜移默化的作用"[2]。这是一种当下具有普遍代表性和指向性的对于儿童诗内涵外延的概况和理解。但在某种程度上讲,这种理

---

[1] [奥]赫尔嘉·诺沃特尼:《时间:现代与后现代经验》,金梦兰、张网成译,北京师范大学出版社2011年版,第39页。

[2] 束沛德:《中国当代儿童诗丛》,湖北少年儿童出版社1997年版,第1页。

第三章 "真纯"与"活气"：情趣诗学的审美形态

解是比较表面和单向度的，并没有深入到儿童诗的深层肌理去更为全面地理解儿童诗。事实上，儿童诗还是一种有明确指向性和投射性的代际传承的"互文"载体，在儿童诗诗人的身份意识、儿童诗读者的"潜在"使命、儿童诗创作的不纯粹性（模仿和人类的自我指涉）、终极意义的无限希望性等几个方面揭示出儿童诗深奥和复杂的内蕴。

儿童诗诗人作为上一辈的代言人，儿童作为下一代的继承者，二者的关系在主创者的主观想象中应该是传与承的关系。可以说，大多数儿童诗诗人都是首先带着一种强烈的责任感和长辈身份意识进入儿童诗的创作的，而与此同时诗人又要唤回"童心"来进入儿童的世界。当代大陆儿童诗诗人复杂的创作心理机制正应和了马斯洛提出的"第二次天真"以及"健康的儿童性"的心理学理论内涵。"在创造（包括文艺的创造）的那一刻，出现了二级过程和原初过程的综合，二级过程处理的是意识到的现实世界的问题，如逻辑、科学、常识、文化适应、原则、规则、责任心、理性等，原初过程则是处理无意识、前意识问题，如非逻辑、非理性、不合规则、反常识等，却又有意想不到的独特的创造"[1]。这就揭示出一首优秀的儿童诗的创作过程必然不是单向度的，也不是简单的二级过程，而是一个融合着原初过程和二级过程，杂糅着成人的理性成熟和儿童的天真的非理性的复杂的创作心理动态。它的创作视角也因其自身的"互文"性而呈现双重视角，儿童诗诗人一方面是以审视的理性视角揭示生活，一方面又以儿童般纯真的视角打量世界。"所以作家的真正的创作，总是有一种'健康的倒退（复归）'，即从二级过程推回原初过程，从意识推回到无意识，从现实原则退回到快乐原则，或者说这是一种'融

---

[1] ［美］A.H.马斯洛：《存在心理学探索》，李文湉译，云南人民出版社1987年版，第87页。

合',正是这种'倒退'或'融合'消除了上述的悖论,从而进入了创造的境界。"① 儿童诗这种创作的复杂性就决定着它的诗写内部必然纷呈着诸多的价值因素和情感动向,而作为主要读者的儿童也必然要从中进行承袭,另一部分成人读者进行思考和自省。

儿童诗作为代际传承"互文"载体强调的是把儿童置于一个人类和国族的坐标体系中予以观照,从横向上看,它将儿童置身于儿童生活与社会生活中进行文学性呈现;从纵向上看,它注重前辈成人的影响,从而使儿童读者获得对经典文学和精粹文化传统的系统体认,进而得到品性的飞升。但对于始终被观照下的儿童读者来说,也自带了被想象的使命,这就是承继之后的继续传递和创造,延续民族的精魂和气脉。在代际传承的儿童诗"互文"空间里,儿童诗诗人的成人属性与儿童特性的各种陈述相互交叉、相互中和,儿童诗中的儿童性并不是孤立存在的,而是与成人性交互存在的。某种意义上说,儿童诗是对儿童世界的一种想象、模仿、创造和杂糅,是对成人世界的一种重读、浓缩、移位和简化,价值正是体现在它对成人性与儿童性的整合和纯粹性的摧毁之中,以及对于人类自我指涉的开始。这种互文性不仅存在于儿童诗之中,更存在于儿童诗诗人与儿童诗读者产生的文化话语空间。

可以说,正是因为儿童诗创作过程中多元视角、多元话语和多元文化的交互作用和写作难度,使其文本间涉的"互文性"凸显出来,同时也由于"互文性"的存在,真正优秀的儿童诗才能呈现出其独到的对于人类社会以及历史文化等内涵认识的深广性和丰富性。而在代际传承的无限流动中,希望的无限性指向也就必然成为儿童诗主导的精神方向。儿童诗本身起源于代际之间的交流活动,无论最初的目的是教育规训还是品行塑造,儿童诗面临的起支配作用关系的还是创

---

① 童庆炳:《从审美诗学到文化诗学》,首都师范大学出版社2014年版,第387页。

作主体的成人与接受主体的儿童之间的交流互动的关系，并不是反映与被反映的简单关系，而是共同参与和共同创造的关系。这种关系的性质强调双向能动和相互作用，在相互校正和调节中不断达成主体间的意义生成。真正的儿童诗是成人作者天然诗性智慧的实现，是儿童纯真本性自由的诗意表达。这就意味着儿童诗诗人要自觉摒除自我身份束缚，与儿童坦诚相待，心灵主动回归"人之初"，重新获得"第二次天真"成为一个童真与深刻兼具的人，既保有人类的诗性智慧又能秉持社会责任的人，只有这样的儿童诗诗人创作出的儿童诗才真正具有代际精神传承的意义和价值，而不只是简单的说教工具。

第二节　契合儿童情趣的意象营造

意象，不仅是外在现实的一种反映，而且是对外在现实的一种突破。意象营造的核心是意与象的融合，诗人将外在现实化为主观情思后再把主观情思化为意象。朱光潜认为"诗是心感于物的结果。有见于物为意象，有感于心为情趣。……意象是个别事物在心中所印下的图影"[①]。现代新诗的常见意象有两种：一种是描述性意象，即"镜中形"，以心观物，以物为中心，是现实的心灵化；一种是虚拟性意象，即"灯中影"，化心为物，以心为中心，是心灵的现实化。抽象的情思只有转化为意象才能构成诗的艺术。诗的艺术是抽象的情思与具体的意象的统一，这也正是诗之所以能够成为人类艺术发展高峰的重要美学原因。当代大陆儿童诗的意象在新诗意象的基础特征之上具有自身独特的意象类型和特征，这就是充满"儿童性"的"统觉"化的意象类型和"提纯"化的意象特征。当代大陆儿童诗中的意象

---

① 朱光潜：《诗的意象与情趣》，《朱光潜全集》（第9卷），安徽教育出版社1993年版，第369页。

与成人诗中的"浓丽而又繁密的意象"相比并不复杂，是以意象的"简化"而达到意象内涵的强化，它是以凸显"儿童性"的"真纯"与"活气"为标志和特色。

一 万物合一："统觉"化的意象类型

皮亚杰主张的发生认识论研究了人类（从婴儿期到青春期）的发展顺序与阶段的认知形成和发展的动因、过程、内在结构和机制，他认为，在儿童阶段存在着"我向思维"或"自我中心"，即儿童认为别人的思考和运作方式应该与自己的思考完全一致。[①] 儿童在婴幼儿时期的特点是意识处于"主客体"不分或"主客体互渗"的思维混沌状态，这种状态被称为统觉。意象的使用，使儿童的情绪和情趣有了准确具体的"对应物"，因此，儿童诗中就出现了诸多符合儿童认知和心理感受特点的意象类型。其中，自然类意象、场景类意象、动物昆虫类意象、情绪类意象、对比类意象以及图像类意象鲜明地彰显了儿童情趣，营造了张扬丰沛生命活力的儿童诗歌艺术和情感空间。

（一）主体化的自然类意象

人类所面对的一切美的形式，都是源自大自然，色彩、线条、变幻、音响、体块等都是大自然对人类感官的奉献，自然无限丰富的形式，成就了人类对美的撷取是取之不尽用之不竭。自然类意象是儿童诗中最为常见的一种意象类型，春夏秋冬、花草树木、星星月亮太阳等都是儿童诗中经常出现的，这些自然景物意象大多带着本体的自然属性，同时又是具有"天地与我共生，万物与我为一"的人与自然和谐共生的意象情感指向性。在儿童诗的意象表达里，自然类意象所生发的就是人类初始阶段和儿童最初感知"美"的方式和途径。王立春的《花纽扣》："这些野花，/这遍地黄的红的蓝的野花，/是

[①] 彭聃龄：《普通心理学》，北京师范大学出版社2001年版，第502页。

草甸子的纽扣呢//这些花朵纽扣,/系住了草地上的绿草衣衫,/再没有哪一片草甸子,/离开地面乱跑//没有扣子怎么行呢,/草也要系扣子,/你看那敞着怀的干草,/跑得到处都是//草甸子上系了一朵一朵的,/花纽扣,/真好看。"草甸子上的和谐之美就在于绿草"衣衫"上那缤纷多姿的花"纽扣",纽扣意象的串联感把自然中整体和局部总是息息相关的道理具象地表现出来,美也不是独立的,而是相互映衬和共生的,更是充满活泼泼的生机和情趣的。儿童诗的自然类意象永远是"此在"和"当下"的,它总是与自然之子——儿童的生命存在和生命精神相一致,可以说自然类意象是儿童情感的符号,它始终是以情感尺度和标识进入儿童诗中。"由灵魂出发的直觉意象是自然的潜意识的直接突起,是浪漫蒂克的主观感情的高涌"[1]。儿童诗中的自然类意象更多的属于直觉意象,春天就意味着万物复苏,而秋季就意味着收获,自然万物本真的属性在儿童诗中成为了意象的内涵,而对于意象的情态具有一种天然的亲近感。从严格意义上说,人类认识自身是从认识自然、了解周遭环境开始的,自然是人类永远的认识对象和审美对象,也是认识自我的方式和渠道。儿童诗中自然类意象完全是得到尊重的独立主体,是主体化的自然意象,这也表现出儿童对自然的态度与成人的不同,成人在对自然的部分驱唤中达到精神的升华和审美提升,而儿童是把自然纳入自我的精神范畴之中的,是在解放自然中与自然进行着生命精神的共同进步。

(二)儿童生活场域内的场景类意象

儿童诗中表现儿童生活场域内的场景类意象也是儿童诗中比较有特点的意象类型,比如,家、学校、游乐园和动物园等场景类意象。相较于成人现实世界的多变错杂和成人场域的功利性,儿童诗则是超越现实,以主体的充分自由自在的精神驰骋在儿童生活的场域之内,

---

[1] 唐湜:《新意度集》,生活·读书·新知三联书店1990年版,第13页。

进而创造意象之美。张牧笛《家》:"我的家/是一棵春天的花树/爸爸妈妈是干和枝/我和妹妹是花朵/在款款地盛开//我的家/是一株夏天的小草/爸爸妈妈是茎和叶/我和妹妹是露珠/在亮亮地闪耀。"家作为儿童生活场域内最为重要的场景,它对于未成年的儿童来说意义非凡,是生命的来源之地。家庭成员是这一场域中必不可少的核心部分,是维系这一空间场域的生命根系,花树、小草这些生机无限的自然物成了家这个抽象空间概念的具象物,而干、枝以及茎、叶和花朵、露珠成了家庭成员的物化形态,他们相依相生、互爱共荣,而父母的血脉传承和无私付出才有了孩子们幸福的"款款地盛开"和"亮亮地闪耀"。在儿童诗中,家的意象已经跳出了成人常规的家的概念,而是成了具有丰沛生命活力的情感空间,呈现出亲情与主体精神以及内外世界水乳交融的最佳境界,是超越了既往"一屋一瓦"之家的物态空间之上的一种"心理情感空间"。儿童生活场域内的场景意象与儿童生命的成长息息相关,意象的呈现往往就是儿童生命场力的折射,正如家庭意象之于儿童的生命是家族共享空间,学校意象之于儿童的成长是初涉的社会空间,动物园意象之于儿童游戏空间的想象和缺失,等等。空间意象与时间的流逝相连,但是以场域内相关的人为中心,因此,儿童诗中的场景类意象是串联起儿童生命成长过程中珠链上的珍珠。与此同时,场景类意象的内质更与儿童的情感相连,它营构出的是一个情感空间,这一"情感空间是诗歌意象中的一种高级表现形态,是主客体相对应又超越的意象关系场,是意象结构与情感的深度、广度、与力度所产生的综合艺术效应"[①]。儿童场域是自成一体的场域范畴,因其自身的独特性,它是去功利性和物质性的,而更多以审美艺术性和文化教育性为内核,以人性之美展开富有儿童情趣和生命内蕴的场景意象建构。

---

① 吴晓:《意象符号与情感空间》,中国社会科学出版社1990年版,第182—183页。

（三）拟人化的动物昆虫类意象

动物昆虫类意象在儿童寓言诗中应用广泛，它除了采用了中华民族传统文学文化中对于动物昆虫类固化的意象意义的取向外，例如，陆章健《牛》："一生的步履，/在田间劳碌，/一生的奔波，/在田间打拼//跋涉的足迹，被一轮又一轮的新绿覆盖，/或深或浅的足印，/无法在田间留下，/生命，/在农人的收割中苍老。"通过儿童诗把牛的任劳任怨、踏实勤劳、朴实忠诚等意象特质呈现给读者，使这类牛、马、蜜蜂、蚂蚁等动物昆虫类意象进一步在文学的文化传承中固性化其意象特质，还从科学人文视角的《吃石头的鳄鱼》《大象法官》《河马写诗》《琵琶甲虫》等，生态伦理视角的《小海狸伐木》《植树鸟的心》等。儿童心理学家认为"三至七岁的儿童这一发展阶段的特征是一种特别活跃的幻想，把自己融入周围的人与物之中，把所有周围的事物都按照人类生活方式赋予心灵"[①]。拟人化是其对于动植物昆虫类意象塑造都必须采用的手段，高昌的《棉花戴着瓜皮小青帽》："棉花戴着瓜皮小青帽，/躲在阔叶子底下，/悄悄想温暖的故事//秋风走过来，/不由分说，撕走它的那些金黄的梦//怎么不知不觉，就秋了呢//棉花的眉头，皱了皱，/就又舒展开了，/轻轻地，露出一个洁白的微笑//在田野里，/生活了那么久，/对风雨，/毕竟，也有过一些见识//棉花戴着瓜皮小青帽，/躲在阔叶子底下，/继续想温暖的故事。"那童话的意境中正升腾着童趣的雾霭，可爱可亲可近的那戴着瓜皮小青帽的棉花细腻的内心感受也正是美好的童真来源之处。因此，当代大陆儿童诗中许多的动物昆虫类意象所指内涵与以往的传统文学文化意象视角下的动物昆虫本质发生了改变，拟人化的动物昆虫世界大有乾坤，成了另类化的人类世界的投射地和人性百态的展览场。儿童诗中动物昆虫类意象的新质丰富了儿童寓言诗的内蕴，

---

① 詹栋梁：《儿童哲学》，广东教育出版社2005年版，第59页。

活化了儿童诗的审美情趣表达方式，深化了儿童诗的教育与自我审视的现实主旨，它从全新的立场和角度为读者呈现了更为丰富立体而全面的社会人生状貌。

（四）"向阳"的情绪类意象

人类的情绪是复杂的，大的社会历史环境和个体境遇等都可能对人的情绪造成影响，儿童的情绪也不例外，因其更为幽眇神秘而不能把它纳入纯粹的自然科学之中。儿童的情绪表达总体上呈现一种外倾性的主观状态，它是儿童自我意识的确认和宣泄。儿童诗中单纯性的积极情绪表达，如欢乐、幸福、爱等情绪类意象特点使其区别于成人诗歌中的情绪表现。例如，涂彪的儿童诗《笑的种子》："妈妈，天天/哈哈哈/哈哈哈//笑，也是种子/播在日子里/日子，便泛绿/日子，便飘香。"笑是欢乐的副产品，它是人在兴致高或者心情好的时候自然而然流露出来的元素。在儿童诗中，"笑"作为欢乐情绪的意象并不是布洛赫所说的"肤浅的快乐"，而是儿童阶段所能进入和体会的真实的具有深度的喜悦状态，它是明亮、温暖的儿童内心的色调。母亲每日的笑带给了孩子以心灵的抚慰和幸福感，而这种豁达乐观的人生态度是具有传染和传播功能的，它能在孩子的内心生根、发芽、开花、结果，整个家庭生活乃至儿童成长的整个过程都洋溢在母亲幸福的笑声中。心理学家认为，在所有的事情中，是儿童控制情绪的技能使他们得以真正地成长。而儿童诗诗人正是利用儿童成长中这一阶段的认同、共情、投射等心理特点，把积极情绪类型意象运用到儿童诗当中，使其成为儿童内在体验的载体而成为导引儿童行动的正向动力。当然，狭义阶段的儿童诗中也会偶尔出现悲伤情绪意象，但这类沮丧、痛苦、失落等消极情绪意象和自我意识、自我反思等复合情绪意象还是较多漂浮在处于青春期的少年诗中。

（五）思辨中的对比类意象

对比是文学艺术中常用的表现手法。对比可以显出特征，找出差距,形成情感的落差,并能使情绪在两极之间反弹,给读者以更为深刻的审美印象。儿童诗中的对比类意象的含义是较为明显外露的,但与此同时,哲思的深度也蕴含在举重若轻的意象内蕴之中。譬如,儿童诗中"大"与"小"的意象,大物象与小物象本是自在之物,儿童诗诗人将二者进行组接,在对比中显出反差。往往"大"是作为对照物而存在,更多的是通过与"小"的对比而揭示出看似渺小的"小"的不平凡和伟大之处,从而使小读者认识到"小"的美好之处和力量所在。"小草说:我很小,/大地说:你不小,/是你把荒原绿遍了//水滴说:我很小,/大海说:你不小,/是你把江河湖海盛满了//种子说:我很小,/土壤说:你不小,/是你把生命延续了//小的宝贵,/小的美好,/小的无限,/小的奇妙,/小的是希望所在,/小的是世界的细胞"。李少白的儿童诗《小的美好》通过置身于"大"事物背景下而自惭形秽的"小"事物之间的相互对话,既传达出了有容乃大的真理,更多的是强调和表现出了积少成多、由小变大的规律问题,进而高扬了"小"的无比珍贵和美好、无限可能性和成长性以及希望性等哲思特质,这里的"小"不是纯物理性的,更多的是生命和精神性的,从而侧面肯定和赞美了作为儿童诗主要读者的"小朋友"们的生长力和生命活气的真纯美好。再比如李少白的儿童诗《远·近》:"太阳离我很远/阳光却钻进我心间//月亮离我很远/月光就铺在我窗前//爸爸离我很远/声音还时时响在耳边//妈妈离我很远/晚上常在梦里和我见面。"这种时空的"远"和"近"的相对性在诗中用以传达出了孩子对父母的想念之情,身"远"是客观,而情"近"是主观,在远近的比照中,突出的是远的无奈和近在内心的孩童的真纯之爱。当代大陆儿童诗中的对比类意象正是在对比中凸显出所要强调的难能可贵之处,同时,也在比照中辨明了是非,增加了儿童诗的思辨性和诗性活力,也符合儿童读者所处成长阶段需要通过具象比较来体悟辩证性的心理特征。

(六)"活灵活现"的图像类意象

当代儿童诗中有一类很奇特的儿童诗类型是图像诗,图像诗中的图像类意像来源于儿童诗诗人对于儿童诗"游戏性"的理性认识和儿童游戏精神的高扬。儿童的童心可爱且无拘无束,儿童诗中通过诗句排列成特殊的图像,用图像来进一步释义诗句,相互补充、相互升华,使所要传达的观念表现得更形象、更完整,充满着趣味性和灵气,使儿童读者在"看"中印象更为深刻并获得心灵的快感。图像类意象的儿童诗为儿童阅读提供了更为广阔的想象驰骋空间,并满足了儿童读者自由创造的欲望。例如,周禄源的《伞》。

伞

目光里

五颜六色的雨伞,

是那来来往往的梭子,

在密密的雨丝中忙忙碌碌的织锦

赤

橙

黄

绿

青

蓝

紫

这首儿童诗的整体形状就如同一把"伞",诗形与诗题统一,诗句的排列和伞柄处七彩文字的运用更加具象化了儿童诗"伞"的主题形象。这一类型儿童诗使儿童在对儿童诗中文字、数字、标点符号等的运用和支配中,感受到了文字和图像意象的双重表达,外在视而可见的图像与内在感知的诗的意象相叠合,从而获得游戏般的审美欢愉和精神快乐。传统诗歌的意象造型是由一个个词语组成,它们相互关联,其指向、意蕴和表现力都服从于一个整体结构,以产生整体美和效应。儿童图像诗具有如绘画般的直观视觉形象,数字、字母、标点、诗行等是儿童诗中图像意象的"绘画颜料",这种诗艺整体性的具象造型有着直观形象、鲜明醒目的特点,给人带来感官刺激和妙趣横生的内心感受。造型美与诗的情感内涵达到较高程度的融合,是儿童诗集审美价值和游戏精神相融汇的完美体现,这也对于儿童诗的传播具有积极的意义。

具有儿童诗特点的意象类型是要符合儿童的感官力量,并使儿童情趣的向度与自然生态的基础完美的融合,思想突破直觉的平面后向更高处飞升与更深处沉潜,它是儿童诗最灵动的直觉与真纯的心性和谐共鸣的体现。这类"物我合一"的"统觉"类意象是儿童诗中特有的,也是最高级的,更是主客观完全融汇的产物。儿童诗中的儿童情趣与"意象"是相互生发而不能孤立存在的,只有把儿童情趣附于具体的意象上,儿童诗才能充满童真的活气和高妙的诗意。朱光潜说:"吾人时时在情趣里过活,却很少能将情趣化为诗,因为情趣是可比喻而不可直接描绘的实感,如果不附丽到具体的意象上去,就根本没有可见的形象。"[1] 同时意象也不能离开儿童情趣而独立存在,因为"纷至沓来的意象零乱破碎,不成章法不具生命,必须有情趣来融化它们,贯注它们,才内有生命、外有完整的形象"[2]。所以,一首儿童诗中儿童情趣的丰盈离不开具有"儿童性"特点的意象,充满儿童真纯和活气的意象必然对于营造儿童诗中的儿童情趣大有裨益。

---

[1] 朱光潜:《诗论》,安徽教育出版社2003年版,第45页。
[2] 朱光潜:《诗论》,安徽教育出版社2003年版,第45页。

二 "提纯"的意象特征

明确、明快、明亮是儿童诗应该具备的重要元素，孩子的世界是一个看似单纯但又深蕴意义堂奥的时空，童心、童真、童趣、童言、童思、童情等的传达和表述，都必须注意要用鲜活和生动的"浅语"来进行，必须符合"纯净的奶油"的总则。儿童诗中应该没有繁缛，因此，它的意象特征必然远离成人意象特征的混杂和晦涩等状态，而呈现出童话化、本真化、色彩化、单纯化等儿童诗意象特征。

（一）"童话化"的意象特征

童话化是一种具有浓郁幻想色彩的儿童诗意象类型，它是通过丰富的想象、幻想、夸张、象征、拟人等手法塑造艺术形象，反映现实生活。事实上，儿童的世界中举凡花草树木、鸟兽虫鱼，整个大自然以及器物、玩具等都被其认为是有生命的，而且把万物的生命特征都以人类自身的生命特征为模板进行想象。因此，儿童诗通过"童话化"的意象为其注入人类的生命特征和思想感情，使它们人格化。例如，圣野的《春娃娃组诗》中春、夏、秋、冬四季的意象是春娃娃、夏弟弟、秋姑姑和冬爷爷："春娃娃啊/披着鹅黄褂儿/背着绿书包/把大自然/当作一个/大学校"；"悄悄地，悄悄地/一个活泼泼的/爱爬竿子的绿孩子/伸着小腿儿到处爬/爬呵，爬呵/给树，/添上绿叶"；"秋姑姑呵/披着露珠来到/踩着霜花/悄悄地走了/她给我们留下了/又一个丰收的喜悦"；"冬爷爷来了/把北国/变成了一个/宽广的/运动场/小娃娃们/欢天喜地/拿着撑棍/坐着雪橇"。这四种"童话化"的意象惟妙惟肖，以"童话化"的季节形象和内容诗写出了四季的特征。这是儿童读者乐于接受和特别喜爱的，甚至这些"童话化"的季节意象已经成为常态化的季节和自然现象的形象代言人，如太阳公公、春姑娘等。这种拟人化的形象塑造和童话般的诗歌意境营造共同彰显着儿童诗独特的感染力和艺术魅力，是最富有儿童情趣的意象特征，并且在"童话化"诗歌意象的基础上,出现了儿童童话诗的儿童诗类型。

(二)"本真化"的意象特征

儿童诗另一种意象特征就是"本真化",这也是儿童诗之所以能为儿童所接受成为"浅语的艺术"的一个原因,同时它又能在此基础上使儿童读者受到启示。这里的"本真化"是指意象与其对应物的关系存在一个还原"本真"到"本真"二次升华的过程。例如,陆章健的《我的飞翔》中的"飞翔"意象:"小鸟的飞翔,/靠的是,/一双矫健的翅膀//飞机的飞翔,/靠的是,强大的机器动力//风筝的飞翔,/靠的是,别人手中的一根线//我的飞翔,/靠的,不单单是梦想,/还有,坚强与执着和努力的付出。"在这首儿童诗中,飞翔的意象在动物、器物和人物"我"的不同类主体的相近意识态势"飞翔"的类比中,凸显出了由本真到本真升华的全过程,这种由浅入深的意象主旨深化方式既贴合儿童的类比心理特征,又符合儿童的循序渐进的领悟方式。再譬如,李少白的儿童诗《脚印》中的意象:"深深的/是挑担者的/浅浅的/是散步者的/径直朝前的/是勇敢者的/弯曲零乱的/是徘徊者的//脚印/是一个人的图章/印在大地。"这首寄寓深沉哲思的儿童诗意象落脚于常见的"脚印"以及与脚印相关的各种形态的所指,在同类型而表现形态不一的脚印中生发出了脚印主体各种人的个性特征和精神特质。"本真化"的意象特征是以儿童读者的认知程度为"本",以儿童读者的审美接受能力为"真",见心见性的化育整个诗艺的意象呈现方法,这种方法对于建构儿童诗中的哲思意蕴具有积极的作用。

(三)"色彩化"的意象特征

当代大陆儿童诗中的意象还具有"色彩化"的特征,"十七年"时期的"红太阳、红领巾、红缨枪、红星、红旗"等红色意象在儿童诗中大行其道,鲜艳夺目的红色成为革命意象的专用色彩。新时期以后的儿童诗中，充满政治色彩的红色褪去了意识形态的外衣，丰富多彩的颜色加入到儿童诗的意象表达之中，成了儿童诗一种独特的"色彩化"的意象特征。而随着21世纪生态问题的出现，"绿色"意象的表达诉求更加频繁地在儿童诗中出现。"我走进树林，/小鸟就来为我唱歌，/小溪就来为我弹琴。//歌声是绿色的，/琴声是绿色的。/种树就是种音乐，/种树就是种歌声。//种一片树，造一个音乐厅。"韦苇的儿童诗《我走进树林》，随神赋彩，以绿色的自由铺设来表现渴盼生态和谐的主观意念。在当代人们多向思维的大背景下，儿童诗中意象的"色彩化"特征体现了儿童性与社会性的铰链和互动。"色彩化"思维的生命力是勃发于儿童多姿多彩的生命底色上的，赋予色彩以精神含义是儿童诗彰显儿童天真烂漫气质的途径之一，是营造儿童生存和精神双向空间丰富性的有益方式。

（四）"单纯化"的意象特征

单纯是儿童阶段主要的心性特点之一，儿童诗中"单纯化"的意象特征是儿童诗之所以成为儿童诗的突出特征。诗人艾青曾说："单纯是诗人对于事物的态度的肯定、观察的正确，与在事象全体能取得统一的表现。它能引导读者对于诗得到饱满的感受和集中的理解"[1]。区别于成人诗中繁密而复杂的意象特征，"单纯化"凸显了儿童诗的审美旨趣，但单纯并不是单薄而是生命质地的纯粹、纯真，这种"单纯化"意象特质往往表现为一种整体的诗歌语境的单纯化，每一意象和诗句都为同一语境效果服务，并相互依存成为统一体，是儿童诗彰显儿童独特情趣的主要途径。例如，李少白的儿童诗《月亮变小了》："过了十五/我就常常担心/月亮变小了/嫦娥阿姨能住下吗/还有那只小白兔/不小心掉下来/会落到我家的院子里吗"。短短几句就把一个天真的孩子在月亮变小后，对于嫦娥和小白兔的惦念之情白描了

---

[1] 艾青：《诗论》，人民文学出版社1983年版，第177页。

出来，孩子看似多余的乱操心正是童心的真纯可贵之处。儿童的单纯是善良可爱；成人的单纯是历经千帆也能葆有纯粹之心，他们都不是一张白纸和无知，而是对生活和世界本质的爱的全然信任，"单纯化"的意象特征营造的诗歌语境凸显了儿童心灵的本真质地。白冰《蒲公英》："你打着一把小伞，/要飞向哪座山岗？//要为娇嫩的小草，/遮住发烫的阳光？/还是要在雨天，/撑在小蚂蚁头上？//你悄悄告诉我吧，/我不会和别人去讲……"在对蒲公英一连串的疑问中深印着孩子的天真善良和美好。"单纯化"是最为本真的儿童诗表达方式，大多以摹写儿童情思和稚语为特征，诗思贴合儿童的思维方式和心灵感受，这成了儿童诗营造儿童情趣的一个高效但又具有难度的创作机制，就是儿童诗诗人想要把儿童的真纯直接袒露给世人看到的途径。

  诗歌是既具有时间性又具有空间性的时空综合艺术，诗歌的意象在延伸性组合的情况下体现历时性特点，而意象在并置组合排列时体现出的是空间性特征。意象在经过了感官和智性的高度浓缩以及诗人生命体验的浸染后，在时空世界里发挥着积极的作用，这共同构建出充满生命热力和斑斓幻想特性的时空共享空间。诗歌的时空性艺术特征使它所提供给读者的是一个现实、历史、情感、意识复合而成的动态结构，这一结构即为诗境。宗白华说："艺术意境不是一个单层的平面的自然的再现，而是一个境界层深的创构"[1]。因此，儿童诗诗意的捕捉、儿童诗诗章的结撰、儿童诗诗趣的表达都必须另辟蹊径，采取有别于成人诗歌创作的路数，儿童诗中的意象自身构成完整的、独立自足的情感传达系统，具有儿童性的意象类型和意象特征以及营造的具有儿童情趣的儿童诗意境展示出了一个奇幻曼妙的情趣空间，一种生生不息的灵动不拘的旺盛的儿童生命状态。此外，儿童诗诗人

---

[1] 宗白华：《美学散步》，上海人民出版社1981年版，第63页。

应该注意营造动态的情感空间，处理好意象的密度和提升意象的纯度，使童心既浸润意象之中又超越意象之上，从而建构当代大陆儿童诗高扬儿童精神和价值旨归的诗学宇宙。

第三节　语言特色：不浅的"浅语"

诗歌语言是一种与科学语言或理性语言相对而言的情感语言、非逻辑或反逻辑的变异语言。正如宗白华所说："诗的形式的凭借是文字，而文字能具有两种作用：（1）音乐的作用，文字可以听出音乐式的节奏与协和；（2）绘画的作用，文字中可以表写出空间的形相与色彩。所以优美的诗中都含有音乐、含有图画。他是借着极简单的物质材料——纸上的字迹——表现出空间、时间中极复杂繁富的'美'。"① 儿童诗是汉语新诗的一支，它的诗歌语言具有独立性品质及单纯性、视觉性及音乐性等特征，儿童诗诗人遵循儿童的情感和想象的逻辑行事，诗歌语言总是指向充满纯真幻想的儿童心象世界，也因此儿童诗的诗歌语言具有自足性和不可替换性。

一　"浅白"背后的甘醇

儿童诗的语言具有一种生命的张力，这种张力是儿童诗诗人审美心理结构中审美意识与审美活动的对象化的结果。儿童性灵空间的灵慧与神秘，使得诗歌语言在单纯的外衣下鼓动着强大的表现张力，以此弥补成长时空的经验性局限，超越个体心灵而彰显出儿童诗在审美精神上的丰富性、能动性和创造性。例如，金波的儿童诗《笑的花朵》："冬天，我把笑播撒在山野，/寒风扬起尘土把它淹埋，/又有白雪把它覆盖。//当春天到来，/雪融化了，/还有小雨滋润着，/我

---

① 宗白华：《艺境》，北京大学出版社1999年版，第19页。

的笑就会发芽开花。//它开放的是野菊花,/金灿灿的,/像笑的颜色,/仰望着太阳。//它开放的是风铃花,/叮铃铃的,/像笑的声音,/呼唤着鸽哨。//它开放的是九里香,/香喷喷的,/像笑的芬芳,/引来了蜜蜂。/我希望有许多许多人,/来采撷这山野的花,/把快乐带回家。"孩童冬日播种笑于山野,希望世人春季能收获他漫山遍野"笑"的似锦繁花,从而得到快乐和幸福。这正是王国维所说的"以我观物,故物皆著我之色彩"的"有我之境",实际就是由物我两忘而至物我同一的"同物之境"。诗思妙绝而深邃,但诗歌语言却异常的清洌甘醇,"浅白"的语言之流如儿童美善的心象,澄澈晶莹,在流经之处芳菲尽现,美好常存。古人诗歌境界中的心为物宰的至理,冥忘物我的真纯,和气周流的妙谛,在儿童诗里呈现出的是孩童灵心迸发的纯然天机,是心灵深处的童真、童趣酝酿成语言的自然流露。可以说,儿童诗语言的"浅白"是儿童诗的标志之一,它的表述方式的单纯率真是仿效儿童表达时的特征而确立于儿童诗中的,它并不同于日常口语,而是萃取了儿童日常语言的精华并进一步诗化和纯粹化,进而呈现出儿童诗语言充满生命活力的真纯之美。

二 语言的视觉性"盛宴"

儿童诗的语言是富有动态的、充满性灵和自由跳动色彩的艺术语言,读者要带着全部感官去体认它,它创造的是一个流光溢彩的梦幻般的心灵化世界。例如,管用和的儿童诗《小玲玲的诗·帆》:"拄着长长的拐杖,/穿着洁白的衣裳,/一个老人踩着波浪,/慢悠悠地走向远方。"在孩子小玲玲眼中,水上行进之帆成了一幅白衫长者拄杖远行的画面。儿童诗通过语言所展现的视觉形象是物质的形状、色彩、高低、远近等,现实中高高的桅杆相类似于儿童眼中的长长的拐杖,色彩上都是白色,被风鼓满的帆船与老人的背影相似,方向上同是走向远方，并采用化静为动的演绎方式，呈现出了"诗中有画"的动态性视觉美感。再譬如，"太阳打翻了／金红霞流满西天／月亮打翻了／白水银一直淌到我床前／春天打翻了／滚得漫山遍野的花／花儿打翻了／滴得到处都是清香／清香打翻了／散成一队队的风／风儿打翻了／飘入我小小沉沉的梦"。张晓风的儿童诗《打翻了》为读者呈现出了一幅充满色彩性和动态感的"打翻后"的奇幻景象。那金色的流霞和银色的月光，以及姹紫嫣红的春天的花朵，与那满世界扑鼻的芬芳都随温柔的春风飘进了孩童甜美的梦乡。这种春天的美景图是可见可感可听可闻的，是活生生的，在一众动词如打翻、流满、淌到、滚得、滴得、散成、飘入的搭配运用中，把春天的生机和活力展现得一览无余。"月亮惊讶地看着健壮的太阳，／一顿足跃向了深深的海洋／／溅起满天星斗的感叹，／丢下遍地葵花的梦想，／彤云挥洒一片片悲壮，／清风收拾一缕缕苍茫／／月亮张大嘴巴，／却不敢喊出声音，／只在心里画上金色的船舱。"高昌的《黄昏的月亮》洋溢着动态的美感和丰盈的想象力，是美情美景融汇的一首儿童诗，诗思奇绝，诗句唯美，诗韵跳荡，诗美的特质留驻笔端。儿童诗语言的表现遵循的是以内在情绪为宣泄方式的儿童情感性逻辑，这突破了惯常的线状事理的逻辑结构，融会贯通了心理时空和物理时空、时序生活和价值生活，以时间上的承续暗示空间中的绵延，并造成空间形象直接渗透到读者的内心。

三 "童声合唱"的天籁

著名的儿童诗诗人金波曾指出："越是给年龄小的孩子写的诗，越要注意音韵响亮谐和、节奏的铿锵有致，同时还要注意'声音的美'——音响的模拟。它以语言传达出生活的音响，把视觉的真实性变成了听觉的真实性，大大加强了诗的音乐性"[1]。儿童诗是最富于

---

[1] 金波：《儿童诗的写作》，《儿童文学研究》1981年第7辑。

音乐性的诗歌形式，其儿童性特点决定着儿童诗要朗朗上口且充满活泼跳跃的韵律，诗歌性质又决定其必然是内蕴着儿童情绪波澜的节奏感，音乐性看似无形于具象的诗歌表现，但其音乐性的艺术表现正如情感流动的纽带，触发阅读者的感官，接通诗情与读者内心。表现和加强儿童诗的外在节奏的手段是韵式和段式，韵式是儿童诗诗歌节奏的听觉化表现方式，段式则是儿童诗节奏的视觉化呈现方法，它们的灵活运用使读者对儿童诗产生了精神上的审美愉悦和审美期待。例如，高洪波的儿童诗《我喜欢你，狐狸》中充满儿童情趣的音乐美表现："你是一只小狐狸，/聪明有心计，/从乌鸦嘴里骗肉吃，/多么可爱的主意！//活该，谁叫乌鸦爱唱歌，/'呱呱呱'自我吹嘘！/再说肉是他偷的，/你吃他吃都可以。//也许你吃了这块肉，会变得漂亮无比！尾巴像红红的火苗，/风一样掠过绿草地。//我崇拜你，狐狸，/你的狡猾是机智，/你的欺骗是才气。/不管大人怎么说，/我，喜欢你。"这首《我喜欢你，狐狸》就是一首具有音长简短、轻快、停顿有序、节奏规律的儿童诗，每句字数为5—8字，每句间的重音和非重音交替更迭，形成鲜明的节内节奏；在交替运用不同的高调赞美狐狸和低调贬抑乌鸦的高低升降音强变化对比中，形成抑扬有致的节间节奏；而音色构成的节奏，主要表现在儿童诗四部分之间的尾句韵母 i 的押韵上，以及第一节与第四节的节内和节间 i 的押韵上，包括句间声调通过对立来有规律的组合，给人一种回环往复、跳动悦耳的节奏感，儿童机智可爱不落窠臼的形象跳荡在诗行行进的节奏中，宛如一曲诙谐幽默的童谣。儿童诗是兼具内在音乐性和外在音乐性的诗歌形式，音乐性的核心要素就是韵律和节奏，儿童诗的诗句是有节奏的语言，语言是有节奏的诗句，内在的音乐性是儿童个性和情绪特征，外在的音乐性是儿童诗押韵、复沓等诗歌表现方式的演绎。

著名的儿童诗诗人圣野说："儿童诗，是天国的诗，是用朝霞一般的色彩织成的，因为，它说的是一种天蓝色的，水晶一般的明净的语言"①。这种语言是透明的语言，蒙着一层天蓝色的幻想，这就道出了儿童诗语言的真谛，单纯性、绘画美以及音乐性。儿童诗的语言自成法度，它把语句铸造的意象自在活泼，在具有弹性和张力的变异化语言中展示出腾挪跌宕的节奏美、交替叠变的层次美和荡气回肠的深度意蕴美。正如朱光潜在《诗论》中指出："声音是在时间上纵直地绵延着，要它生节奏，有一个基本条件，就是时间上的段落。有段落才可以有起伏，有起伏才可以见节奏"②。诗的节奏是宇宙中的自然节奏的诗化，儿童诗是充满生命力创造的诗歌语言，诗歌运用力的节奏、时的节奏来表现儿童感情的起伏、变化、中断、持续，表现感情的强弱与速度。儿童诗学复杂多变的美感价值既体现为内质性的情绪、想象和意识流动等心理机制，也洋溢着外质性的节奏、色彩和图像等形式因素，这些共同诗写着儿童生命的活力。

中国当代大陆儿童诗是一种形象思维属性的诗歌，它是"个性化"的儿童诗意象和真纯的感性情感表达与"本质化"的儿童生命活气和理性哲思的统一；它的诗歌审美形态从"悦耳悦目"的认知感知，到"悦心悦意"的情感体会，再到"悦志悦神"的情感升华，儿童情趣始终浸润其中。而儿童诗的主体性审美价值营构也从自由直观的以美启真，到以美储善的自由意志生发，再到审美快乐的自由感受，大美和大爱始终贯穿于儿童诗的创作和接受全过程，性灵的涵养与守护始终是儿童诗的旨归。

---

① 圣野：《圣野诗论》，重庆出版社 2009 年版，第 569 页。
② 朱光潜：《诗论》，安徽教育出版社 2003 年版，第 139 页。

第四章 当代大陆儿童诗的传播与价值

1949—2018年的中国当代大陆儿童诗呈现一种正在进行时的流动的历史形态，在七十年的流变过程中，每一次儿童诗诗观的嬗变和儿童诗诗潮的涌动，都会催生出一批新的儿童诗诗人和优秀的儿童诗作品，同时也会沉淀出经典的儿童诗文本和沉潜出历经几代但仍宝刀不老的儿童诗诗人，这些都为儿童诗的诗学建构提供了丰富、鲜活的资源。与此同时，儿童诗的数次被工具化甚至武器化，儿童诗自身发展的诸多自设和他设的瓶颈和局限，儿童诗诗学建设的日渐边缘化等诸多问题的存在也必须得到重视。因此，对于当代大陆儿童诗客观的、总体性的价值估衡，其外显与内蕴的意义和价值的探究与评判，无疑成为当代大陆儿童诗研究的一个十分重要的课题。而在中国几千年诗教传统的大背景下，当代大陆儿童诗与当代的诗教又有着千丝万缕的必然联系，当代大陆儿童诗的自我转向以及传播问题也必须进行辨析。

第一节 当代大陆儿童诗诗教传统的自我转向与传播

中国的诗教传统历史悠久，儿童诗的诗教传统是裹挟着古代诗教的"载道"与儿童诗的发轫伴生形成。我们探究儿童诗的成立是应该建立一种历史维度的视角,而历史上的儿童诗萌蘖恰恰是以教育的目的为开端。关于诗歌的教育功能,丘科夫斯基说:"教育者应该利用年幼的孩子们在生活中的这一'诗的阶段'。不要忘记,在这个阶段,诗歌作用于儿童的思考和感情,成为强有力的一种教育的手段。不用赘言,诗歌能帮助孩子感知周围的世界,有效地促进孩子语言的形成。"[①] 当代的诗歌教育是一种技艺的传承,它是对诗歌这种技艺进行传授和启蒙的途径,它对于提升学习者的理解和想象力以及开启性灵都大有裨益。中国的诗教传统古已有之,通过教授诗歌,一方面传递着古老而常新的诗艺;另一方面又传递着共同体和个体的经验。诗歌所提供的正确经验模式(古代)或新的经验方式(现代),正是人性完善或自由的示范性体现。诗歌由此激发着个体努力摆脱自身所受的偶然性的限制,成为一位卓越的人或者一位自由的人,这也正是儿童诗的旨归所在。

一 审美主导:诗教功能的当代辨析

新诗自五四新文学诞生以来就一直与政治紧密关联。新文学之初原是以反对"载道"为主要目的之一,但是又在自觉不自觉中承担起思想启蒙的任务,陷入另外一种"载道",即一方面决绝地与封建传统思想断裂,一方面参与到诉求建立一个西方模式的现代民族国家的进程之中。而从20世纪20年代后近三十年间,新文学都与政党政治以及党派之争有着密切联系,都被其纳入意识形态之中并成为重要组成部分。正如毛泽东所强调和要求的:"文艺是从属于政治的,……革命文艺是整个革命事业的一部分。"[②] 因此,新文学史上大量与政治形势紧密联系的新诗(包括儿童诗)构成了文学史文本

---

① 朱自强:《儿童文学概论》,高等教育出版社2009年版,第174页。
② 毛泽东:《在延安文艺座谈会上的讲话》,《毛泽东选集》(第三卷),人民出版社1990年版,第823页。

第四章　当代大陆儿童诗的传播与价值

中不可或缺的部分,先后成为文学教育的主要素材。而在 1949 年直至"文化大革命"结束这一时期的中国大陆地区,延续了在延安时期实施的文艺政策并逐渐加以强化。因此,当代新诗也包括当代大陆儿童诗都一直参与到中国当代政治史的进程之中。

著名的评论家谢冕先生在回首中国新诗百年的历史经验时发现,在多方因素的促使下,处在特殊的环境中,功利性的考虑总占着有利的位置,"……诗歌不堪重负,倡导者把这种诗歌叫做'武器'。我们只看到苍白而空洞的思想和意识,唯独没有看见作为艺术的'武器'是如何地被诗化的过程"。而"不断鞭挞'个人主义'的结果,便使新诗失去了生发其灵气与智慧的'通灵玉'。'个人'在诗中的消泯,其实就是诗人生命在诗中的萎缩与流逝"。[①] 诗人的真实自我被放逐。这种局势,几乎贯穿了新诗历史的大部分时间,这就是中国新诗史的事实。儿童诗作为新诗的分支,由于其简短性、抒情性等因素而受到政治的影响更甚。政治对于新诗教育则更多通过教育规划中的教学计划、课程标准或教学大纲等实施具体政策上的影响。这就直接导致了儿童诗的教育工具性几乎成了儿童诗的唯一属性和本质功能。1976 年之后随着政治环境的逐渐宽松,儿童诗创作包括诗歌教育也逐渐从极左政治规范的严密束缚中解脱出来。1978 年 3 月,教育部颁布了《全日制十年制学校中学语文教学大纲(试行草案)》(第一版),这部大纲被称为继 1963 年对"大跃进"时期的语文教育进行大调整之后的又一次"拨乱反正"。但是,这部大纲在行文以及大纲内容的制定上,仍然保留着大量的"文化大革命"时期的一些特征。而在语文教材的内容和编排上这样叙述:"课文的选取要遵照毛主席的指导'以政治标准放在第一位,以艺术标准放在第二位'

[①] 谢冕:《回望百年——论中国新诗的历史经验》,《北京大学学报》(哲学社会科学版) 2005 年第 6 期。

要求'政治和艺术的统一，内容和形式的统一，革命的政治内容和尽可能完美的艺术形式的统一'"①。之后各版本的中小学语文教学大纲对内容的要求在表述上有所变化，但新诗篇目却变化甚微。1990年语文教学大纲的新诗篇目再次减少，只有毛泽东、陈毅、贺敬之、臧克家、艾青的九首新诗。1991年8月颁布的《中小学语文学科思想政治教育纲要》，文学教育和新诗教育在一定时期内继续保持着"保守"的姿态。该纲要指示"要对小学生（甚至幼儿园的孩子）、中学生一直到大学生，由浅入深坚持不懈地进行中国近代史、现代史及国情的教育"②。它的要求对新诗教育的影响不可避免。改革开放以来儿童诗创作和儿童诗教育与此前相比较，最大的变化就是开始了缓慢的去政治化的过程，逐渐回归儿童生命本位和诗学本体，审美开始重新受到重视，儿童诗的多元性功能得到广泛的认可。儿童诗的功能是多元性和丰富性的，除了审美功能之外，还有教育、娱乐、认知和语言等功能。这也是儿童诗区别于成人诗的特点之一。

中国的诗教传统已有几千年，但可以说是历久弥新，教化是对心灵的培育，按心灵的内在本性对心灵品质的提升。这一传统在不同的时代和历史发展时期都发挥着不同的旨归和作用，而对于当代这个汉语新诗日渐边缘的时期，诗教传统的作用也发生了新变，诗教的"载道"中的"载"的形式愈发多元和现代，而"道"则被"美"所扬弃，当代儿童诗身处边缘的边缘，诗教传统的"诗歌本位"自我救赎成为当代诗教的新特征。

二 诗与教育的和解：当代诗教的自我转向

"诗教"的古典含义是通过诗歌的讲授和传播来进行教化，使某

---

① 何慧君编：《20世纪中国中小学课程标准教学大纲汇编》，人民教育出版社2001年版，第438页。
② 何慧君编：《20世纪中国中小学课程标准教学大纲汇编》，人民教育出版社2001年版，第438页。

种教育理念整体通过诗歌逐渐地渗透到受教育者的心灵之中。古典诗教看重的正是这种经验的共通性或共同体经验,而现代诗歌则更注重经验的不可通约或纯个体性的部分。诗与政治之间关联的古今变迁端系于此。古诗对于塑造成政治共同体有重要意义,"兴于诗"就是这种政治性的兴发,而现代诗则与现代民主政体相关。诗歌和教育都是历史性的存在,它们各自的形态在不同民族的不同时代中都经过了深刻的变化,因此对诗歌和教育之间的历史性关联的考察是必要的。

在古代,作诗和诗教本身就是"载道"的政治活动,它规定了一个民族共同体的生活方式和生活边界,诗教作为对一个民族中的成员的情感伦理教化,直接塑造着民族共同体的集体意识,使他们凝聚为一个整体,也使他们的情感被导正。孔子曰:"兴于诗,立于礼,成于乐"。美德教育的初始正是诉诸诗的兴发之力。到了近代,特别是清朝末期,诗教的"载道"对象发生了变异,启蒙下一代的特征尤为明显,可以说,古代时期的"载道"的对象是全民性的,不只是儿童,而近代的诗教启蒙对象直指少年儿童。到了新诗发轫的五四时期,诗教的"载道"本质被周作人、鲁迅等人扬弃,诗教的对象更加具体而微,"无意思的意思"的诗教理念彻底颠覆了"载道"的既往,归旨于儿童的性灵本身,给诗教传统带来了崭新的气象。诗教传统传承到了现代,现代诗的私人化性质使得诗与政治的关系在一定程度上疏远了,但就新诗的内容来看,诗所关注的现代世界的经验又被政治的微观权力所渗透。20世纪30—40年代的战争风云使诗教复归于"载道"传统,以夯实民族共同体,而诗教的对象也成为借诗教儿童而实质上全民受教。进入当代后,诗教传统的"载道"工具性曾一度被招回,但审美指向性和自由性灵的生发正在成为当下的诗教主导,"绿色"的健康诗教理念正在形成。

中国的诗教强调诗歌对道德本身的直接承载,也就是文以载道,而西方的诗教更强调美作为一种善之象征的间接引导。从现代以来纯正诗歌在教育中日益边缘化的位置不难看出，现代性带来的基本变化是社会的多元分化导致人的情感和认知方式的多样化，能够使你感动的诗歌未必能使我感动，情志的共通性早已瓦解。当代大陆诗歌教育的旨归应该是使学生读者理解当下世界中所发生的经验，进而理解人类和超越自我。诗歌教育不是使人故步自封的教育，而是给予学子主动进入世界的勇气和智慧，与同类交流，积极参与到健康的政治活动之中，与他者共同行动，抵制和反抗微观权力对人类的控制与塑造。诗歌教育的初衷是为了使人们在公正和友爱的氛围下，共同生活得更美好。

新诗与教育均是现代性的产物，教育由于受到现代性的冲击，一方面越来越意识形态化、体制化；另一方面又越来越专业化、操作化。自由精神是新诗汲取的现代性精华，而工具理性和意识形态则是当代教育从现代性中承继的部分。诗与教育的当代纷争其实是现代性自身分裂的表现。作为新诗的分支，一类载入语文课本充满"语文性"的当代大陆儿童诗是以教育性为宗旨的，以人格自我完善、增进文化知识、获得道德认同为旨归，在教育的价值坐标上，延伸出部分审美、娱乐、游戏、抚慰等功能。教育是统摄性质的，为了这个目标，一切文学手段都可以驱使、为我所用，这也成了此类当代大陆儿童诗无法摆脱的价值宿命。同时，一首诗的写作本身就是一种自我教育的过程，这是一个具有个体主义特征的、在写作内部完成的自我教育。当中国从事教育的人们都意识到，新诗绝非无教养、反教养的任性妄为之物时，一种新的、更加健全的诗歌教育才有可能在中国展开。事实上，新诗教育是一种开放度极高的自由教育，是试图摆脱固形化的诗学经验，通过越轨而呈现全新的可能性经验来培育学生的心智和灵魂。

新诗在中国当代诗人们的创作实践中，正愈发变得清晰、成熟和自觉。一方面，诗人们始终将新诗作为面向新经验的探索、开放和准备；另一方面，诗人们又努力地返回中西方的伟大传统，从中学习对历史文化和人性的洞察，新诗身处过去与未来之间的裂隙位置之上。如果说，20世纪中国新诗的努力主要是在确认这种断裂的必要性，那么，从21世纪初开始，新诗试图重新弥合、沟通这一裂隙，而儿童诗正是这一探索尝试的最佳"先行者"。当代大陆儿童诗新的诗教理念是在文明形式与元初生命力、古典与现代之间的平衡，毫无疑问，中国古诗中的杰出作品仍然是我们教养的一个基本源泉，是不可替代的，正如新诗中的杰作也是不可替代的那样，两种经验方式和诗歌形态对于新的诗教来说同样重要。儿童诗是一颗以自由精神为内核，以美和爱为光环的星星，无论当代儿童诗的诗教是意味着通过想象力和观察力而进行的自由教育，还是一种追求灵性和审美性的自我教育，诗与教育的重新和解都是一种福音。这种和解意味着儿童诗开始逐渐地确立自身的标准和法度，摆脱对"教化"功能的戾气和偏见，进而赋予"教化"以全新的内涵和定位，对于当代儿童诗的传播与接受来讲，诗教的当代性教化或者说育化必不可少。

三 当代大陆儿童诗的多渠道传播

诗歌自身难以转述的"美质性"文体特征，决定着它在传播过程中必须由接受者面对文本亲自体验的特点。诗歌的文体难度所造成的诗歌受众的有限性和差异性，又使人们从接受角度看到诗歌传播的困难程度。当代大陆儿童诗的传播正是在这样有难度的传播背景下展开。诗歌传播类型从范围的广狭来看依次分为：大众传播、组织传播、群体传播、人际传播和自我传播。当代大陆儿童诗的传播分为三个阶段：新中国成立初期的国家主导阶段，新时期以后逐渐自觉阶段，以及21世纪以来的电子媒介传播介入阶段。

"现代社会是高度组织化的社会，也是组织传播高度发达的社会"①。在以国家主导的儿童诗传播阶段，政府相关部门积极发挥正规官方组织机构的组织传播功能，通过组织这个复杂的系统，以组织形式进行儿童诗信息的传递与交流。例如，先后组织召开多次大型会议，积极倡议诗人们为儿童写诗，组织翻译了一批苏联的优秀儿童诗作为学习借鉴，等等。因此，大批著名诗人开始为儿童创作儿童诗，同时，也培养了一批青年的儿童诗诗人，这也为当代大陆儿童诗的起步发展奠定了比较坚实的基础。在传播的媒介途径上，第一阶段主要是纸质的报刊、书籍，而官方的组织传播和民间社团的群体传播相映成趣，突出特点就是集体活动中的儿童诗朗诵，例如，少先队、共青团的集会上或者营火晚会、社团活动等学校实践活动。在朗诵传播方面，儿童朗诵诗明显占据着自己的优势。在形式多样的文学类型中，诗歌是最具有声韵属性和抒情性的文体，也是最适宜朗诵和最具有感染力的。当儿童诗歌"朗诵者与受众同处于一个空间，这样就形成一种共同的心理场，充盈着一种共同的艺术交流的氛围。……单个的受众在巨大的艺术感召下汇合起来，会打破每一个人精神世界的孤立和闭锁，从而形成心灵的共振"②。儿童朗诵诗的传播形式是当时所喜闻乐见的，一方面优秀的儿童诗得以传播和感染广大少年儿童；另一方面具有浓重政治色彩和教育意味的儿童朗诵诗也在发挥着规训少年儿童的作用。

第二阶段的传播途径更加丰富，儿童诗的创作与发展到了一个自觉阶段，各种传播类型也杂陈其间。儿童诗诗人大量涌现和儿童诗集大量出版，为了儿童诗的繁荣发展，许多报刊和出版社做了许多有益的工作。为倡导和鼓励儿童诗的创作，部分成人文学刊物率先发表

---

① 郭庆光：《传播学教程》，中国人民大学出版社2002年版，第99页。
② 吴思敬：《走向哲学的诗》，学苑出版社2002年版，第173页。

儿童诗,如《诗刊》还开辟了《唱给孩子们的歌》专栏;《星星》诗刊在倡导儿童诗的同时也开辟了《大朋友唱给小朋友的歌》专栏。《儿童诗》刊由少年儿童出版社创办,当时全国26家少儿出版社都基本出版了儿童诗读物,百余家儿童报刊也经常发表儿童诗歌,刊发儿童诗的园地迅速扩大。除了纸质的报刊、书籍和教科书等传播途径,多种儿童文学奖项的设立、儿童诗学术研讨会的成立,以及两岸的儿童诗创作交流等也极大促进了优秀儿童诗的推广。《少年报》《小朋友》《为了孩子》《儿童时代》《少年文艺》《好儿童》6家单位在1983年发起"十月儿童诗歌会",《拼拼读读画报》《娃娃画报》《儿童歌声》《看图说话》4家单位加入联合举办了活动。它们相约每年在自己的刊物上开辟《十月儿童诗歌会》专栏,这一活动是上海儿童文学出版界的一次集体行为,以专栏形式促进儿童诗的长期发展,影响深远。北京的《儿童文学》刊发的儿童诗在数量和质量上都首屈一指;上海的《少年文艺》尤其重视诗歌园地建设,长期开设固定的儿童诗栏目;陕西的《少年》月刊在诗人主编王宜振的影响下对儿童诗给予关注和厚爱;江苏的《少年文艺》《小溪流》《文学少年》等刊物在设有诗歌专栏同时,还注意培养小诗人;《小朋友》《娃娃画报》《好儿童画报》等低幼儿童文学刊物,也是发表儿歌和幼儿诗的重要平台。除去综合性的儿童刊物,上海的《儿童诗》和重庆的《中国儿童诗》这两份专门的儿童诗杂志尤其值得关注。少年儿童出版社的《儿童诗》创刊于1978年,但很快停办,1995年复刊后不定期出版,直到2003年以季刊的形式发行,后由于各种原因于2007年年底停刊。该丛刊在周基亭、黄亦波、潘与庆等主编以及圣野、任溶溶、常福生等上海诗人的共同努力下,为推动中国儿童诗的创作和培养新人作出了不小的贡献。《儿童文学》编辑部于1982年6月召开了儿童诗歌创作座谈会,交流创作经验。1987年2月,《诗刊》编辑部举办了"儿童诗座谈会",探讨儿童诗突破发展问题。

第三阶段除了常态的纸质传播媒介，还加入了便捷高效的电子媒介，如博客、微博、微信等公共媒体或自媒体。儿童诗诗人们也更加活跃，线上建立个人的诗歌推广博客、微信公众号，线下积极走进中小学校和社团组织致力于推广儿童诗的各项活动中。依托多个高等教育机构，儿童文学的研究院所陆续建立，例如，北京师范大学的儿童文学研究所、中国海洋大学的儿童文学研究所、浙江师范大学的儿童文化研究院、上海师范大学的儿童文学研究所、东北师范大学儿童文学研究中心；等等，为儿童文学理论建设和良性发展培育了一大批研究人才。国际间的儿童文学交流也日益频繁，各类会议和国际的儿童文学奖都积极参与其中，2016年的国际安徒生奖由儿童文学作家曹文轩斩获，这极大提升了整个中国儿童文学界的士气和信心。各地儿童图书馆和社区儿童阅览室的增多，为儿童们接触到更多儿童诗提供了途径。在中国当代文学研究会的支持下，2010年在浙江金华师范附小建成了"春苗——中国童诗博物馆"，这对于儿童诗的发展具有里程碑的意义。相较于以往成人的各类儿童诗比赛，21世纪以后各类少儿的诗歌大赛也如火如荼开展，学校和教师对于儿童诗阅读欣赏和创作引导越发重视，特别是江浙、粤广、陕西等地区，中小学成立了众多诗社，儿童创作诗歌的热情很高，创作的优秀儿童诗作品也有多部被结集出版。

1954年，传播学家施拉姆在《传播是怎样运行的》文章中指出，"传播至少有三个要素：信源、讯息和信宿"。这三者是缺一不可并紧密联系的派生关系，构成诗歌传播活动的最基本元素。诗歌传播者就是以自己的行为和方式传播诗歌信息的人。这是传播诗歌信息的源头与起点，它以诗歌接受者作为信息的终结点，形成诗歌传播的两极，进而演绎出诗歌传播的全过程。除了诗人，诗歌朗诵者、诗歌编辑和诗歌评论家以及其他组成了浩荡的诗歌传播者队伍，促进了诗歌作品的传播。社会上，更多具有责任感和担当意识的群团组织和有识之士加入到儿童诗的推广之中来，例如，2017年由著名当代诗人刘海星、子夏、耿占春、树才、朵渔、张曙光、沈苇联合倡议的《读诗吧，孩子》，携手深圳市关爱行动公益基金会，发起成立了"深圳市关爱行动公益基金·阅读馆公益基金"，招募志愿者诗歌辅导员，在全国中小学生中开展现代诗歌普及教育公益活动。公益的大型阅读推广组织"点灯人"等的积极推动和广泛影响力，极大地促进了儿童诗在学校阅读和家庭亲子阅读的进一步深化和优化。2004年，张继楼、彭斯远、蒲华清、柯愈勋等人以"重庆作家协会儿童文学委员会"的名义，通过自费印制、内部发行的方式推出了《中国儿童诗》创刊号，这本刊物成了中国儿童诗的一个窗口。创刊于2010年，而在2014年改版成杂志的《小不点儿童诗歌》是一份由广东打工诗人池沫树在东莞自费创办的公益儿童诗歌刊物，创办人致力于儿童阅读的推广，倡导关爱留守儿童该杂志发行的方式不是出售，而是面向全国免费寄赠公益传播，已有2万多家庭或学校受到捐赠刊物。

不可否认，面对信息时代的来临，传播新技术的飞速发展和消费文化大潮的冲击，积极的审美生成和价值取向，以及消极的心理影响甚至精神断裂，是电子媒体对童年生态和儿童文学进行全面渗透的结果表征，正因如此，儿童诗的传播和推广才更有价值和意义。儿童诗的传播者和推广人也成为举足轻重的存在。1947年传播学者库尔特·卢因提出了"把关人"或称"守门人"的理论。他指出："信息总是沿着包含有'门区'的某些渠道流动，在那里，或是根据公正无私的规定，或是根据'守门人'的个人意见，对信息或是商品是否被允许进入渠道或是继续在渠道里流动作出决定。"[1] 因此，信息能否进入传播渠道的关键所在是"守门"，而"守门人"就是这类掌

---

[1] ［英］丹尼斯·麦奎尔、［瑞典］斯文·温德尔：《大众传播模式论》，祝建华、武伟译，上海译文出版社1987年版，第134页。

握选择权的人。在当代儿童诗的传播中就存在着类似的情况，对于还没有经济实力和较多文化知识储备的儿童群体来说，阅读到优秀儿童诗的关键就是这个"把关人"，而这个"把关人"主要是由家长和语文教师担当，一部分对于儿童诗和儿童文学热爱的群团组织或者个人，也在担任起这个职责。对于学校这个儿童诗传播的主要途径来说，具有比较强的"语文性"的儿童诗更容易入选语文教材和语文教学读物，也就更容易被教师纳入所讲授和推广的范围，而对儿童诗的重视程度和传播推广效果又与教师个人的文学文化素养息息相关。家庭也是儿童诗传播的重要渠道，当下的家庭，特别是城市的家庭，更加重视儿童的文学熏陶，儿童诗逐渐受到家长的认可和推广。自称为"点灯人"的社会群团公益组织也是儿童诗的传播途径之一，这样的群体主要由儿童文学作家、儿童文学资深研究者、教学名师以及热爱儿童事业的有识之士组成，他们的受众不仅有儿童，也有学校教师和父母。其采取现场讲座和微信公众平台等信息媒介授课等灵活多样的传播方式，受众面更广，传播影响力较大。是光诗歌是国内首家且规模最大的乡村诗歌教育公益组织。从2016年10月开始服务于乡村儿童，通过为三至八年级当地教师提供诗歌课程包和培训解决乡村孩子缺乏情感表达渠道和心灵关系的问题。在新媒介时代，人的主体性没有丧失，这三类儿童诗传播过程中的"守门人"也正是在对童年诗意的守护。优秀的儿童诗是引领儿童走出虚幻的网络世界，走进驰骋想象力的精神世界的神奇钥匙。同时，也不可否认影视媒介对于儿童诗传播的缺位，《电视诗歌散文》《诗行天下·山水雅集》《中华好诗词》等诗歌电视节目火热登场，但至今还没有儿童诗相关的电视节目出现。

　　从童年现实的拓展到儿童观念的革新，再到儿童诗观的确立和强调，当代大陆儿童诗正在抵抗商业时代儿童文学经验的某种模式化、平庸化进程，抵御网络时代儿童文学经验的某种虚拟化、空虚化演变。在诗教传统的当代新变中,当代大陆儿童诗的艺术发展和价值功能正面临新的契机,这个机遇与当代中国社会急遽变迁而空前多元的文化现实密切相关,又与人类命运共同体对未来美好的想象相连。面对复杂的现实人类的认知从各个方面溢出传统儿童观的边界,不断冲击、重塑着对"儿童文学观"的基本内涵与可能面貌的理解,也翻新着人们对于儿童诗诗性意义和诗教价值的再认识。

第二节 被忽略的"诗意":当代大陆儿童诗的独特贡献

当代大陆儿童诗之所以能持续发展七十年,是因为在很大程度上当代大陆儿童诗对诗学元价值的特异性彰显,以及对当代诗学的钻探。但是,近年来当代大陆儿童诗诗人的青黄不接、优秀文本的日渐稀少和发展势头的渐趋消颓也是不争的事实,进而出现了对当代大陆儿童诗的价值一再质疑的情况,儿童诗在整个当代汉语新诗中的诗学地位也受到动摇。当下对于当代大陆儿童诗的文本透视、现象扫描、文化解析等学理性思考和探究,增强了当代大陆儿童诗的深度和广度,并对当代大陆儿童诗诗学精神的弘扬、诗歌技艺的提升、诗学建设的完善,乃至于儿童诗的接受和传播都大有裨益。可以断定,当代大陆儿童诗是当代大陆新诗不可或缺的一翼,是当代大陆儿童文学中艺术成就较高的文体和重要组成部分。

一 诗学宇宙的能量源:当代大陆儿童诗的价值体认

儿童诗中儿童心灵和儿童视角所呈现的经验与感觉作为一种文学表现的对象与方式,其性质实际是一种诗性的意识与诗性的想象,儿童诗是具有元价值的诗歌,甚至其如人类鸿蒙之初的"混沌"形态,也呈现出世界的芜杂形象与经验的分离状态被整合于人的意识之中的浑然、朦胧的美感。儿童诗的诗性根源勃发自人类生命源头的儿童生命原力，诗学宇宙的葳蕤不息及赓续不绝之动力都来自于表达和呵护"元初之人"的儿童诗性生命的儿童诗。当代大陆儿童诗在七十年的渐进发展中，逐渐确立了超越于"儿童本位"的以"生命本位"为元价值的诗歌精神立场，并建立起了"互促性"的双向生命价值取向和以审美价值为中心的多元价值承载的当代大陆儿童诗价值体系。正如儿童文学理论家朱自强所说："它将超越成人与儿童之间的鸿沟，成为立于儿童的生命空间的文学，淋漓尽致地表现具有高度人生价值的儿童的存在感觉、价值观和人生态度，从而成为儿童的知音。"[①]

（一）以"生命本位"为元价值的诗歌精神立场

成人都有过对于儿时天真的童年愉快的怀想，虽然童年永不再来，但都会对于曾经自我虽稚拙又纯真美好的天性感到精神上的审美愉悦。这种人类精神向度的基本前提，是人类存在着可以共通的、亘古不变的人性特质，那就是人人对于童真的向往，后代与先辈有着心理的相通性因素存在。这也印证着诗学基本价值保持恒定性的原因之一是人类的共同人性基础。也就是说，追求真善美是人类整体上的共性天性，这也是人类文明得以萌生和发展的根本动力。因此，共同的永恒的人性乃是诗学基本价值保持稳定性的最深层根源。

儿童以人类的重要组成部分置身于整体的社会关系之中，儿童本质的精神力量是整体性的向外在世界敞开的。人类对于精神产品的需求是多元性的，由于人类文化心理结构是一个多层次多侧面的复合有机系统，其中各种历史政治、文学艺术等影响下的文化心理互相渗透交叠。正因如此，人类对于精神产品的欲求必然呈现出多角度与全方位的重叠交错。这也印证出当代大陆儿童诗价值的多元性，以及"儿童"这一"元初生命"体被命名化和被塑造的过程。而其中的元价值"生命本位"超越了五四时代的"儿童本位"的元价值。这里的

[①] 朱自强：《儿童文学的本质》，少年儿童出版社1997年版，第18页。

"儿童"也不再是被启蒙下的"儿童"生命体,迥异于20世纪50—60年代被教育的"儿童"本体特征,也不同于被革命的"儿童"工具本质,更不同于被塑造的"儿童"主体,而是逐渐去除了对"儿童"这一被成人命名的"儿童"概念中的诸多想象和塑造,是真正从最具象的儿童"生命本位"的生命情状和最真实的生活状态出发,并以其完整的精神生发和生命价值实现为最终的归宿。

诗歌文本是一种精神产物,人类对于诗歌文本的主体需求不是物质性的,而是表现为一种满足自身精神生活需求的精神价值的追寻。当代大陆儿童诗的总体诗歌精神发展轨迹是从借助构筑纯真童年世界的乌托邦歌咏儿童的立场,而发展取向为既注重孩童美好人性精神的共性,又抒发复杂多样的儿童心声的立场。这种精神立场的逐渐确立是历经了儿童诗发展百年而仍然在路上,直至当下才渐显雏形。

儿童诗诗人们从儿童的"生命本体"中深刻领悟到,人类应该是审美的存在,人类的认知的建立、理性的生发、身体的康健、精神的高扬,乃至幸福感的获得都属于审美之维的范畴。"美"是儿童的姓名,也是儿童本真生命的自由舒展与完满实现的必要精神基底。它使得儿童美妙的生命充满丰富性和生动性。这正如儿童文学理论家朱自强所认为的儿童文学创作者的创作精神立场:"作家既不能做君临儿童之上的教训者,也不能做与儿童相向而踞的教育者……它将不是把儿童的心灵看作一张白纸,而是一颗饱满的种子……必须考虑到要激活这颗种子的潜在生命力所必须的合适的土壤、阳光和养料。"[1] 儿童诗是儿童生命体精神性的养料,它的元价值所在就深蕴于每个儿童生命体之中。儿童"生命本位"的元价值取向凸显了当代大陆儿童诗对于既往儿童诉求和表达的诗性超越与人性尊重,以"生命本位"为元价值的儿童诗歌精神立场更是突破了以往成人为自我和儿童群体

---

[1] 朱自强:《儿童文学的本质》,少年儿童出版社1997年版,第17页。

构筑"一元"的童话乌托邦书写，呈现出充满生命感知性和可信度的"生命主体性"的诗歌精神立场和向度。儿童诗表现出更为真诚的诗学态度，以及更为成熟和有深度的诗歌样态。

（二）"互促性"的双向生命价值取向

弗朗兹·海伦斯在《秘密文件》一书中写道："'童年'并不是在完成它的周期后即在我们身心中死去并干枯的东西。它不是回忆，而是最具活力的宝藏，它在不知不觉中滋养丰富我们不能回忆童年的人。不能在自我身心中重新体会童年的人是痛苦的，童年就像他身体中的身体，是在陈腐血液中的新鲜血液。"① 在这里，海伦斯不仅道出了"童年"在人类整个生命过程中的独立性，更凸显其独特而不可取代的价值。与此同时，儿童作为"童年"的生命主体以及儿童诗的本质属性，既囊括了儿童的生命欲求、精神成长以及价值观的确立，又涵盖着儿童诗诗人复杂的人生阅历和生命体悟，是儿童与成人两种生命状态的精神性"叠交"。因此，儿童诗中的"儿童"主体的本质属性中就必然蕴含着一定程度上的成人属性，这种出现在儿童文学各类文本中的双重属性，也必然决定着儿童诗中蕴含着双向生命价值取向。

儿童诗是儿童诗诗人审美精神物化的产物。成人诗歌审美价值的实现，是以成人诗人为一方的审美精神形成标尺，成人读者为另一方的审美精神形成另一条标尺，双方对话的结果是同类或相近水准的审美精神的碰撞、交流、融合和提升。儿童诗则不然。狭义的儿童诗是"大人写给小孩看的文学"，有其特殊性。就儿童诗创作者而言，既要秉持成人的审美精神，又要自觉地从接受主体那里汲取审美精神因子；就儿童诗的接受者而言，他们一方面兴高采烈地玩味文本中熟悉

---

① ［法］加斯东·巴什拉：《梦想的诗学》，刘自强译，生活·读书·新知三联书店1996年版，第171页。

的审美精神形态；另一方面又潜移默化地体验和接受着文本传递出的成人审美精神的影响。成人审美精神高度是文本的艺术质量和价值尺度赖以实现的根本保证，而对于儿童主体生命审美精神的尊重是诗歌文本具有真正生命活气的根源。如果用儿童审美精神来取代成人审美精神，那么儿童审美精神就只能永远地停留在原初的审美意识形态阶段，无法走向发展中的现代审美精神。同样，成人审美精神也不能取代儿童审美精神，因为儿童审美精神的存在是儿童诗之所以成为儿童诗的美学前提，否则就取消了儿童诗歌与成人诗歌的区别，有可能使文本变成标签式"儿童诗"。而标签式"儿童诗"是孩子们不喜看、成年人不屑看的毫无美学意义的文学怪胎。因此，成人审美精神与儿童审美精神是构成儿童诗诗学审美精神系统的基本要素。这两种审美精神的互补调适与交融提升是儿童诗创作取得成功的关键所在，也是理解与实现儿童诗诗学审美本质的基点。正如儿童文学评论家朱自强所认为的："现代形态的儿童本位的儿童文学并不会导致作家主体性的丧失和'自我表现'的消解，成为'作家不在'的文学。它承认儿童生命有很强的自然属性，成人作家的生命具有很强的社会属性，两者并非是完全等同的。但是两者在儿童文学中的关系在本质上不是对立而是统一的，是两个大小有别的同心圆。成人作家的生命观大于儿童的生命观，作家作为葆有儿童心性的成熟的'儿童'，其价值观在认同儿童价值观的基础上以儿童的生命为内核为根基，向外扩展。扩展的部分是作家丰富的生活阅历和对人生的真知灼见，因而能够引导着儿童进行生命的自我扩充和超越，以期创造出丰富而健全的人生。"[①] 儿童诗中这种"互促性"的双向生命价值取向其中包含了贯穿诸如人类哲学史、美学史、文学史等的理性和感性在人的完整存在与自我实现中的各自地位，两者之间复杂又深入的互相交缠，以及二

---

① 朱自强：《儿童文学的本质》，少年儿童出版社1997年版，第18—19页。

者互动协作过程中理性与感性之间恰到好处的交汇融合，使寻求人类的精神性充分发展的更高可能性成了儿童诗乃至整个儿童文学各种类型文体所要积极探究的课题。创作中这种双向生命维度价值取向之复杂，尺度把握之艰难，同时，也是其存在的重要价值和深远意义所在。

（三）以审美价值为中心的多元价值承载

儿童文学评论家刘绪源认为，儿童文学是"供儿童审美的文学"，"文学的审美作用与教育作用、认识作用，其实并不处在同一个平面上，三者决不是并列的。文学的作用，首先必然是审美作用（甚至可以说，文学的作用只能是审美的作用）。只有以审美作用为中介，文学的教育作用与认识作用才有可能实现……只有从文学审美这座'独木桥'上走来的认识与教育，才是真正属于文学的，可以区别于一般的认识与教育的"[1]。一种事物可能是多功能性的，但只有与其本质联系最紧密的功能才是最为重要的。从儿童诗的本质出发，审美性在儿童性与诗性相叠合下成为核心功能，它以审美化的情感结构重造童年人生，以无所拘囿的审美化想象力去体验全新的人生童年，因此，成人与儿童以诗歌为中介寻觅到了一条相互交流沟通的最佳途径。儿童诗不应只是寓教于乐，或是教乐并重，而应是"乐中有教"。"乐"是主目的，"教"是次目的，在"乐"中，"教"水到渠成、自然而然地实现。儿童诗以诗学的审美价值为中心，并不是把诗学的其他功能降低为手段，而孤立地唯一地突出审美价值，而是遵从诗学自身的规律，遵从诗学在整个精神文化中的独特地位。儿童诗要求诗人把审美追求放到首位，并非要他放弃思想、道德的教化责任，而是要他把后者放在第二位，引导读者在审美中自然而然地受到教益，促进以审美为中心的诗学的多元价值的实现。

---

[1] 刘绪源：《对一种传统的儿童文学观的批评》，《儿童文学研究》1988年第5期。

1. 游戏精神的贯穿和灵魂的自我给养

在审美的视域中,审美愉悦能使人从中获得建构主体内在美的价值尺度。当审美主体指向人类时,美育在现实中展开一种道德维度,其主旨就是全面发展的人。席勒认为美育应使人格中的自然人与理性人结合为完全意义上的人。他认为人有两种冲动,即感性冲动与形式冲动,前者代表着感官天性,后者代表着理性天性,其中的任何一种都是片面的,只有在"游戏冲动"这个"集合体"的联通下,"才会使人性的概念完满实现",而"美是两个冲动的共同对象,也就是游戏冲动的对象","实际存在的美同实际存在的游戏冲动是相称的"。[①]

在我国,"游戏"在童年人生中的功能和定位一直是修饰性和边缘化的存在,从古代社会"童蒙教育"理念下对于"游戏"的绝对排斥,到五四运动后对于"游戏"观念的冰融和嬗变,再到新中国成立后教育功能的"政治化""实用化"等,其间始终贯穿着生生不息的"寓教于乐"社会旨趣。而直到21世纪当代大陆儿童诗审美属性中的游戏精神才愈发凸显,这也是儿童诗进一步回归儿童"生命本位"的表征。真正的游戏精神是超越于游戏之内的自由,是人类自由精神在阔达的宇宙万物背景下的自在生命状态的高扬,游戏主体间内孕着轻松自得而又富有尊严的创造性关系。在人们眼中,儿童游戏精神的常态表现仅仅是"玩闹",而事实上,游戏精神的本质所在是蕴含于游戏之中和背后的儿童情感的自我调控和超越,是无限想象力和勃发的创造力的童年生命形态的尽情释放,是昂扬乐观精神的建构与弘扬。黄进认为,游戏精神的核心正在于"是对规则的建设和尊重,是对眼前功利的超越,是对'强制性的'真理的摧毁,是与自然、他者和自我生态式的对话,是对任何分裂和对立所带来的边界的消

[①] [德]席勒:《审美教育书简》,冯至、范大灿译,北京大学出版社1985年版,第78页。

解，是一种充满爱的情感的、富有智慧的创造性生活。在对现代社会的转化和改造中，游戏为我们创造出一种更为美好的境界"①。儿童生命重要的存在方式之一就是"游戏"，它是人类童年时期不可或缺的生命发展本体活动。它既是儿童现实性生活的重要组成部分，也是儿童想象性和未来性生命活动的准备途径。它的未来属性和精神向度证明"游戏"对于人类精神自由的助动力量，人类的价值观念和行为准则在意义多元而丰饶的"游戏"中得以逐渐建立。儿童游戏就其本质来说是无功利的，它是儿童自发地开启自身潜能的活动。

在儿童诗中，"无意思之意思"和"有意思之意思"是游戏精神的两种状态。前一个"意思"是现实价值、意义的实指，后一个则是语言、意象、情境等审美创作环节的指称。充满着游戏精神的儿童诗创作讲求想象力对现实的夸张和变形，它是超越于现实逻辑和成人的思维定式而氤氲着天马行空的幻想。但事实上，它的想象和意象选择、情节设计又是有迹可循，有着某种合理性，这正是游戏精神在儿童诗审美范畴中的典型表现，暗合着儿童的想象逻辑和心理现实。儿童诗中的荒诞感与滑稽感是通过语言的非逻辑性组合和变形而形成的，它是一种富于趣味的"语言游戏"。儿歌里的绕口令、"连锁调"、颠倒歌等，这是游戏性形式层面的表现。任溶溶和高洪波是儿童诗审美特色中儿童的游戏精神和幽默快乐本质表现得最出色的两位当代儿童诗诗人。任溶溶《我"妈妈"的故事——布娃娃讲的》："妈妈给我讲故事/我怎么也听不懂/龟兔赛跑才开始/狗熊突然牙齿痛/请啄木鸟来拔牙/来的却是孙悟空/孙悟空拔萝卜/拔来拔去拔不动……/妈妈讲得真起劲/我直听得瞪眼睛。"作者运用了反差大、富有动感的不协调情节组合，来表现诗中小主人公布娃娃对妈妈"我"乱编故事的不满，同时也让儿童在阅读中专心于不协调事物，从而感

---

① 黄进：《游戏精神与幼儿教育》，江苏教育出版社 2006 年版，第 34 页。

受到童真的可爱,体味到一种可笑又快乐的精神愉悦。这也符合儿童期幽默的表现主要是:"一种对物体、词语、概念进行不协调组合"①的幻想的特点。高洪波《妈妈和小狗》也是一首妙趣横生的儿童诗:"一天/爸爸给我读一首/外国小朋友的诗/——真逗!你猜,小朋友/向妈妈提出什么要求?/他要妈妈为他/生一只小狗!/我笑了/笑得眼泪直流/真的,在我的心里/也藏着这样的念头……"在童诗中,读者渐次由趣味的外观,想要妈妈替他生小狗这件滑稽可笑的事情,通过"笑"的程度的加深,进入到产生共鸣的小朋友内心体验的深层,诗人最终将整首儿童诗活泼、动感、幽默、滑稽的游戏气息和盘托出。这是精神层面的游戏性表现,通过情节的连绵组接与情感的跳跃式闪现置换了语言形式性的新奇感,同样产生出了异于生活逻辑的悖谬感。诺德曼认为,"诗歌通常以文字本身变得有趣的方式来释放快乐,对于儿童来说,诗歌文字发出的声音是有趣的,足以吸引他们的注意力,同时又是那么令人愉快,足以安抚他们的情绪"②。

儿童诗是以语言为媒介映照生活、表达内心、抒发情感的。语言的开放性、创造性、生成性、思辨性是儿童诗建构"第二宇宙"的物质条件和审美依托。当代大陆儿童诗在逐渐超越"儿童本位"形成"生命本位"的创作实践中,对于游戏精神的表现是其与外国优秀儿童诗审美特质进一步接轨和契合的鲜明表现,更是对于儿童生命本真的尊重和儿童生命热力的张扬,这也是中国百年儿童诗审美发展历程中可喜的质变。

2."诗用"的教育性:自我教育、教育成人

毋庸置疑,当代优秀的新诗具有促进人格教育的巨大潜力的。这

---

① [美]保罗·麦吉:《幽默的起源和发展》,阎广林等译,南京大学出版社1992年版,第37页。
② [加]佩里·诺德曼、[加]梅维丝·雷默:《儿童文学的乐趣》,陈中美译,少年儿童出版社2008年版,第417—418页。

种教育力主要表现在加深儿童对语言的认知和观察方式的改变,促进儿童想象力的开掘与理解力的深化等。因此,儿童诗的诗教属性中是不可能完全抹杀教育性的,而当代儿童诗的诗教属性中除了内质性的自我教育功能,还生发出了另一副外向性的"诗教"面孔,那就是当代的大陆儿童诗,特别是21世纪以来的大陆儿童诗中对于成人的教育性的凸显,这也是儿童诗诗教的当代功能特性所在。

最早提出"文化反哺"概念的是美国著名人类学家米德,她将人类社会由古及今的文化分为三种基本形式:前喻文化、并喻文化和后喻文化。"前喻文化是指晚辈主要向长辈学习;并喻文化,是指晚辈和长辈的学习都发生在同辈人之间;而后喻文化则是指长辈反过来向晚辈学习"①。米德在书中论述出了一个成人群体并不愿全然承认的必然性问题,在急剧变革的人类社会文化中,已然出现了曾经扮演被教化者角色的晚辈反客为主的成为教化者身份的后喻文化。儿童文学理论家朱自强把儿童文学作为衡量社会文明的试金石,"中国社会的不成熟的重要表现之一,是没有学会向儿童学习,没有通过思考'儿童'来获取富于生气与活力的思想资源。儿童文学界在谈到儿童时,也是习惯于只把儿童看作受教育者,说到儿童文学的教育性,则只把教育看作是教育儿童,而忽略了用儿童文学教育成人自身。儿童文学并不只属于儿童,而是属于全人类。表现儿童的儿童文学常常于不动声色之中,深刻揭示整个人类生活的本质,成为开启时代心性的一把钥匙"②。教育的真正使命是要帮助儿童摆脱压抑其天性的重荷,获得健康自由的人性,使他们在张扬天性的快乐中发展自己、完善自己,最终达到超越自己。

---

① [美]玛格丽特·米德:《文化与承诺:一项有关代沟问题的研究》,周晓虹、周怡译,河北人民出版社1987年版,第85页。
② 朱自强:《中国原创儿童文学的困境和出路——用眼睛看不清的困境》,《文艺报》2004年7月24日。

著名社会学家周晓虹在《文化反哺：变迁社会中的亲子传承》一文中认为，中国"文化反哺"现象主要出现在1979年改革开放之后，其存在是广泛的、全方位的。[①]"文化反哺"的出现，一定程度上动摇了"长者为尊"的传统社会模式和家庭模式，未成年子女在家庭生活中的地位得到重视，发言权得到尊重，参与家庭决策的权力得以提升。但这并不意味着父母的人生经验在儿童的世界中丧失了意义，而是逐渐产生了一种成人与儿童的全新互动模式，在对话、沟通、交流中促进两代人各自对自身的思考。双方在思考中建立相互了解和理解的桥梁，进而在一定程度上达成某些共识与情感的平衡，实现人类本质性共同愿望的一致。

"诗用"和"诗美"的融合，是儿童诗创作的艺术追求，"诗用"只要不是作为政治的工具，就能与"诗美"一起创造诗的高境界，这就如同儿童诗的"教育性"不再成为苍白说教的注脚，便同样可以在儿童诗的园地里获得生存的权利。但是，"诗美"是儿童诗创作的核心，儿童诗的审美性是儿童诗的中心属性，它与教育性的区别在于游戏精神和儿童情趣在其审美性中具有本质的价值，它依托各种文学艺术手段来激发儿童读者的想象力和陶冶其性情，为审美接受主体创造一个异于现实世界的美丽新世界。

当下，汉语新诗在淡化集体主义、张扬个体主义的过程中，获得了审美空间的最大解放。然而物极必反，新诗创作又在自我拘囿与排斥道德担当的道路上渐行渐远，诗变得非常自私，诗人们沉溺于自己的悲欢离合与一地鸡毛，满足于臆想和絮叨的私语，抑或故作高深不知所云，用似是而非的"哲理"把诗歌玄出了天际，也因而脱离了广大读者的视线。而在儿童诗园，因为考虑读者的特殊需求，我们不能放弃"诗用"的"职务"，而只让"诗美"踽踽独行。对于少年儿

---

① 周晓虹：《文化反哺：变迁社会中的亲子传承》，《社会学研究》2000年第2期。

童的成长，儿童诗诗人需要投入更多的现实关怀和人性温情。这也就决定着"诗用"和"诗美"这两种儿童诗必不可少的诗歌属性的融合，是儿童诗创作的艺术追求。事实也证明，新时期以来的儿童诗创作在倡导个体精神的同时，也融入了时代主题和国际视野。除了诗人们乐于写作的自然、童年等传统题材，还越来越多触及生态环保、留守儿童、现实灾难等问题，还对伊拉克战争、汶川大地震等国内外大事件给予关注，旨在通过具体可感的形象和丰沛真挚的情感，向儿童呈现关于这个世界的丰富性和复杂性，并用诗意的方式传递爱与关怀的意义和价值。"诗用"的教育性只要不被意识形态所掌控，不再成为规训、拘囿儿童天性的工具，就能与"诗美"一起创造出儿童诗的新境界，就可以在儿童诗的园地里获得生存的权利。当然，"诗美"的审美性核心地位是不可动摇的，儿童诗给予儿童精神上的美学享受是其他文体所无法取代的。

二 从生命本真出发：当代大陆儿童诗的新突破

儿童诗是有生命的，会生长的，能回应的。生命性、生长性、生态性正是儿童生命本真状态的根本特征，论及当代大陆儿童诗的新突破就有必要将其纳入与中国现代大陆儿童诗、当代大陆成人新诗以及外国儿童诗的比较视域来审视，从中也更容易辨析出其向丰富多元与融通性的诗学领地拓展的"进行式"脚步，儿童鲜活张扬的诗思情感给予深沉抑制情绪表达的成人诗思空间的"向光性"投射，以及"古典"意蕴与现代童趣浸淫的童诗文本中民族文学精粹的诗情传承。当代大陆儿童诗正在有意识摆脱成人集体"想象"或深受成人意识形态影响的"理想的儿童"审美诗学建构，进一步扩大儿童诗诗学"审美"内涵的完全性、融通性和变动性，在互补互促的诗学创作与接受主体间达成最大的和谐，进而形成更为丰沛与鲜明的当代大陆儿童诗诗学特色。

(一) 向丰富多元与融通性的诗学领地拓展

中国的儿童文学发端于那场启蒙民智的新文化运动，现代儿童诗也应运而生，虽然周作人一再强调儿童诗的"无意思之意思"，但现代的儿童诗产生之初便具有了相当浓厚的启蒙加教化意味。曾在现代儿童诗发展阶段一度被禁止的精灵、仙子等神怪类题材的写作，在当代焕发出蓬勃的生机，例如，阮章竞的儿童诗《金色的海螺》、熊塞声的儿童诗《马莲花》、高洪波的儿童诗《鸽子树传说》《飞龙记》等。此类题材的儿童诗进入当代儿童读者的视野之中，当代大陆儿童诗诗人注重从神话传说和民间文学的题材以及表现形式中汲取丰富的艺术营养，使儿童诗中的童话类型诗中增添了民族特色和中国气派。曾在20世纪30年代的"鸟言兽语"儿童诗创作禁忌，在当代大陆儿童诗创作中也完全成为常态，这也使得当代大陆儿童诗的表达更加丰富和多姿多彩。而战争时期，儿童诗更进一步被政治意识形态"工具化"，儿童诗中经常出现的儿童的贫穷、苦难，但这种披着维护儿童权益的使人生发仇恨的外衣下主导的是意识形态，展现的是成人的斗争和权力欲望，这使得儿童诗的价值旨归发生了偏移，儿童诗一度成了工具和武器。虽然进入当代以后，在一些特殊历史时期，儿童诗的命运也与现代战争时期出现了相类似的波折，但总体上当代儿童诗的发展脚步并没有停滞，特别是在题材的丰富和多元上有了进一步的拓展。例如，死亡的人生主题与人性丑恶面的呈现，少年儿童的青春期心理波动和朦胧情爱的描摹，贫困儿童的生活和心理状况，残障儿童的内心情感渴望等一些突出的社会问题和教育问题的揭示，乃至于世界各国之间的战争等内容都随着时代的发展和社会生活的变迁已经进入当代大陆儿童诗的书写领域之中。"当风暴甩着鞭子抽打她时/当雨点攥着拳头欺负她时/她怎么也不反抗/还摆着那么副笑脸呀//她怕得罪它们吗/她想讨好它们吗//妈妈我想问/是不是见了什么都笑的花/就是个好孩子呢？"毕东海的儿童诗《我不喜欢花，妈妈》是一首以物观物进而及人的构思精深的儿童诗,诗中展现出孩子面对暴力和欺凌应该如何表现的思考和疑问等方面折射出了成人儿童诗作者的思想深度和诗学表达勇气,儿童诗也一样可以通过自己独特的方式来使儿童认识到人类世界的多面性和复杂性。蒲华清的儿童诗《校长又喊练鼓掌》描摹了放学后老校长带领全体学生练鼓掌的令人啼笑皆非又满含心酸眼泪的情景:"……局长到,掌声起,/局长讲话莫冷场!/掌声要像暴风雨,局长心里才舒畅。……啪啪啪,不整齐!/啪啪啪,不要抢!/啪啪啪,笑一笑!/啪啪啪,不理想……校长呃,您看看,/我们手都红肿了,/明天怎么拍得响?/老校长,泪汪汪:/明天局长心欢畅,/他才拨款修危房。"在老校长强调鼓掌要求的细节处理中表现出这一人物性格的真实性,既为师生的生命安全忧心忡忡,又必须无可奈何的违心带领全体学生逢迎上级领导,以换得拨款修缮危房。这首儿童诗被作者收录在一本名为《幽默童诗100首》当中,儿童诗诗人充分发挥"含泪的笑"的美学功能是介于悲喜剧之间的特点,通过情绪的起伏对读者产生精神上的震动,使儿童和成人读者看到现实的丑恶和荒谬,从而把喜剧所特有的矫正作用有效地发挥出来。儿童诗也可以成为反映特定社会生活的一面镜子,在与现代儿童诗相比之下,当代大陆儿童诗更具有当下性和现实性特征。针砭时弊的讽喻功能不仅只出现在既往儿童寓言诗这种类型诗中,而且更多成了儿童借以观照现实世界丰富性和多义性的"显微镜"。

因此,当代大陆儿童诗的诗学表现疆域正在摆脱现代儿童诗阶段的诗学观念拘囿,逐渐形成了空前的开阔场景,一改仅仅局限于表现"真善美"的儿童诗主导的传统审美诗学理念,而勇于呈现出"非真非善非美"的儿童诗诗学性存在,进而使当代大陆儿童诗诗学宇宙更为整体化和完满化,也帮助儿童读者摒弃片面甚至偏执的成人幻想建构的理想审美诗园,从而建立认识这个真实世界和人性的更为全面性和融通性的审美精神视域。

(二) 鲜活的情感折射：诗思空间的"补光"

如果我们抛弃那种主观臆断的"二元对立"式的成人立场的逻辑与思维，来重新考察和评估儿童诗的话，事实上，想当然的成人诗与儿童诗的对立关系并不存在，两者的交融与叠印才是常态化的。这是两种审美意识的互补调适与交融提升，二者都是新诗不可分割的部分，它们在诗歌品质的追求上有许多相同或相通之处，共同构成了繁花似锦的百年新诗样态。

诗歌被誉为"文学中的贵族"，是最见形式难度的一门文学艺术。好的诗歌要"在文字之少和内涵之大这两者之间造成中间地带"[①]。育人始于立美，立美始于儿童。真正优秀的儿童诗必定是儿童生命和成年生命可以共享的精神家园，儿童诗中儿童情感的"鲜活"的外向性与成人诗中情感的"沉郁"的内倾性并置成两道诗学宇宙的情思风景，它最终将透过生理意义层面的儿童呈现人性意义的儿童。以更为宽广的胸怀和视野来考察与评价，儿童诗与成人诗在精神价值和艺术价值方面是各有所长的，天马行空的想象力和诗性的纯粹是由儿童珍贵的天性所决定的，这为儿童诗创作注入最为纯然的诗性因子，并为其带来独特的诗歌艺术魅力。李德民的儿童诗《秋千》："爸爸是一棵大树/妈妈是一棵大树/他们牵在一起的手/是世界上最美的/秋千/我坐在上面/荡过来，荡过去/撒下一串咯咯的笑声。"人为物设、爱架秋千，父母亲搭建起的是每个孩子最美最幸福的秋千，具象可感的爱甚至是可以通过"咯咯的笑声"听到的。这相较于一直刻意追求意象的奇绝难解和诗意晦涩诗歌，儿童诗在童年生命的具体展开中始终执着于寻找和表现其中"向光性"的可见可感，甚至是可听可嗅，通过这种立体的"向光性"的开掘，儿童诗实践着一种对人性

[①] 谢冕、杨匡汉主编：《中国新诗萃：50—80年代》，人民文学出版社1985年版，第3页。

的宽容和对世界的爱的现实关怀与信念。儿童诗通过想象发现了一个经由无数现实中的微小存在物通向广阔艺术世界的途径，由此使自身这个受到某种形式限制的文学体裁存在展现出特有的艺术优势，并获得了一个有着无限可能的审美世界。

同时，21世纪以来，越来越多的优秀儿童诗被选入小学教材和课外读物，素质教育被提上日程，重视审美特质的诗教的当代转向正在发生，儿童在欣赏诗歌作品的同时，也开始诗歌的写作，儿童诗成为新诗的蒙启之诗的特征愈发明显。2017年由果麦选编的《孩子们的诗》、雪野主编的《读孩子的诗》等儿童自创的儿童诗歌集热销，同时在微信等社交媒体上广为流传并引起热议，儿童的诗以其童趣无边的想象力和真纯美好的情感力以及充满生命直觉的语感力着实给了成人以耳目一新的震撼。著名的"童话诗人"顾城在十二岁的时候就曾写下："树枝想去撕裂天空，/但却只戳了几个微小的窟窿，/它透出天外的光亮，/人们把它叫做月亮和星星。"童年诗人用直觉和印象式的语句、梦幻的情绪来咏唱童话般的生活。而七岁姜二嫚的《灯》只有两句："灯把黑夜/烫了一个洞"。跳脱俗常的想象力中深蕴着儿童的哲思。佚名的《我想变》："我想变成一棵树，/我开心时，/开花，/我不开心时，/落叶。"儿童的诗到处呈现生命的纯真质朴、灵性的晶莹剔透、语象的清净美好以及流动感。正如刘小枫所说："真正的诗也是童话的诗，它和真实的世界完全相反，而又十分相似。它既是预言的表现，理想的表现，又是绝对必然的表现。真正的童话作家与诗人是先知。"① 儿童本真的童心，使其作品散发着真挚、善良、慈悲、美好等生命光彩，本真的童心愈纯粹，爱的光亮度愈强。对一切事物以善的伦理眼光去感知和审度，予以优美灵性的拂照，并把它泛化，这绝不是矫揉造作，而是沸扬了人性中大爱至爱这一万古不竭的诗心。只有从童稚时期就开始雨菁

---

① 刘小枫：《诗人哲学家》，上海人民出版社1987年版，第84—85页。

育化的诗心，对于诗歌的热爱才能渗入血液，融入生命。儿童文学评论家刘绪源曾提出审美具有整合性和统摄力："美感一经产生，总是包含着极其丰富的内容，包含着近乎无限的转化的可能性。凡美感，总是积极的，向上的，总能净化人的心灵，潜移默化地将你引入一种新的境界。"① 而当下儿童诗人创作的诗歌作品也成了曾经只有成人生命体验为核心的人类生命诗学的重要组成部分，进而把童真之光照射进当代深郁的成人诗学空间。

广义的儿童诗是包括儿童诗诗人和儿童自己创作的诗歌，虽然它们在诗艺、诗思等方面存在差异性，但从总体上说，儿童诗的语感质地和特征成了与成人新诗"陌生化"遥相呼应又对峙的另一种语言向度和尺度，有其独特的美学价值和相当广阔的包容性。儿童诗诗人体悟世界的方式是充满童真式的感受方式、童真式的传达方式、童真式的表达方式，童心即诗心，诗心即童心，具有相当透明度的儿童诗童真境地的营造成了借以反观复杂世界的独特"阵地"。儿童生命流程中诸多堂奥的揭示，儿童生命与成人生命符码的交互转换，都将在这里发生。

（三）"古典"意蕴与童趣的融汇：民族文学精粹的诗情传承

当代儿童诗与外国儿童诗相比，那种汪洋恣肆的儿童趣味不尽相同。当代儿童诗是根脉于中国民族文学和民间文学土壤之中的奇葩，中华民族的历史文化是其攫取诗学创作养分和丰盈诗学精神的源头。因而，大量带有鲜明民族印记的儿童诗成了其特异性标志。

大量以中国神话传说和成语故事为题材的儿童诗，赓续着文化传统和丰富着儿童读者的文化想象。高洪波的《都江堰的二郎神》是以儿童视角来为神话传说中曾经的反面人物二郎神重塑形象："你拿着铁锹劳动，/比握三尖两刃枪更威风！/你制服了江水，/还驯服了凶龙，……你是凡人，/也是英雄。/像齐天大圣一样，/屹立在我的

---

① 方卫平、王昆建：《儿童文学教程》，高等教育出版社2004年版，第26页。

心中。"敢于大胆质疑经典的勇气是儿童独具的思维习性和思想魅力，他们的思想还暂时没有受到拘囿，是发散型并自成体系的，也因此有别于成人的思维套路，而使儿童诗的主题思想呈现别有洞天。王立春的儿童诗诗集《跟在李白身后》具典型的当代儿童诗诗艺探索精神和传承民族文学文化精华的使命感。整本诗集"以儿童诗写古诗"，重新演绎古诗经典，创新性地将写景咏物、思乡别离、爱国哲理等题材的经典古诗进行了"当代"演绎。诗作并未被古诗经典所湮没，在艺术特色和思想意蕴上生发出崭新的诗歌光辉。例如，在"重写"韩愈的《早春呈水部张十八员外》的《草精灵》一诗中，诗人赋予小草以灵性。在充满了顽皮淘气的童趣中寄予着童真的想象，进而使古诗经典故事化和童话化。与此同时，诗人还注重古典与现代有机交融，给古诗的意象和意境中注入儿童诗元素，既避免了古代诗歌与现代诗歌时空的"间隔"感，又使得古体诗与儿童诗元素有机整合，激活古诗经典的意象，赋予了儿童诗古典与现代的双重气质与韵味，使其焕发出鲜活的生命气息。《草精灵》的最后两节颇有深意："春风给草精灵，/一节一节上课。草精灵不再满地乱跑。/他们由浅入深地变绿，//还互相模仿，/开一模一样的花。//懂了规矩的草呀，/长了学问的草呀，/再也没有草精灵的灵气，/和从前相比，/显得有点傻。"儿童诗把当代少年儿童在模式化的教育方式规训下，丧失了宝贵灵性的弊端通过草精灵的成长经历深入浅出地揭示了出来，促使读者对当下儿童教育理念的深层次问题进行反思，从而使儿童诗的思想内涵更显张力与意义的丰富性。

　　在对西方经典童话借鉴与创造性的进行民族性本土转化时，当代儿童诗另辟蹊径不为原作所束缚，给西方童话经典赋予了崭新的生命面貌。例如，圣野的《竹林奇遇》中故事的发生是接续着著名的西方童话《皇帝的新衣》，第二天，那个说了"皇帝根本什么也没穿"的孩子，被皇帝依然信任的两个骗子追踪，他逃跑到了密密的竹林里，就再也找不到了。"他的妈妈很担心，／到竹林里找他，／一遍又一遍地叫：／'孩子，出来吧，出来吧，／骗子已经回城了！'忽然，妈妈听到，／一根竹子里有声音。／／妈妈连忙请篾匠来，／破开那根竹子，这个说真话的小孩，／果然从竹节里跳出来了！／妈妈惊奇地问他：／'你躲在这里干什么？'／孩子认真地回答：／'这里叫虚心国，／安全地住着，／不说谎的公民。'"这首儿童诗虽是西方童话故事的延伸，但更多寄寓的是中国的民族文化智慧，从竹子这一中国典型的"君子"风范代表物，到虚心国的营构，匠心独运，在奇思妙想中对说谎的国家及大部分说谎或用缄默变相维护了说谎的这种错误行为进行了辛辣的讽刺。再如王立春充满异国情调的"欧洲童话"系列中的《真孩子匹诺曹》和《小美人鱼》等儿童诗，都注重将西方童话与中国审美文化传统相融合，诗思轻盈跳跃，与儿童读者的想象力与趣味性相投合，使读者有种穿越了中西童话王国的时空之感。

在当下的文化语境中，如何开启儿童诗与古诗等古代经典文学对话以及外国儿童文学沟通交流的多维空间，传承优秀文化血脉于儿童诗中，与当下儿童的情感、心理、审美观念等有机融汇衔接，使其呈现出更为丰富的、具有现代气息的内涵。圣野、高洪波、王立春等儿童诗诗人进行了带有实验性、先锋性的"探险"，这不仅为儿童诗的创作拓展了一片更为广阔的空间，而且在弘扬民族传统文化精粹与建构审美意识、化育儿童人文情怀也探寻到了一条有益的路径。

新中国成立以来，儿童诗博采众长、吐故纳新，在续接优秀古典诗学的文化命脉，批判地承继现代儿童诗学的价值立场，借鉴外国儿童诗学的多元表现方式以及吸收成人新诗百年的发展成果前提下，它正在改变既往的二元对立式或替代式、教育式、给予式等的儿童诗诗写方式，逐渐建构起以尊重"生命本位"为中心，以审美化育为主导，以成人和儿童"互促性"的平等心灵交流方式为途径的儿童诗诗学体系。

第三节　自设、他设的发展障碍：
　　　　被"忽视"的原因探究

中国的新诗已有百年历史，作为新诗的组成部分，儿童诗与新诗共同成长了近百年。但实际上，在新诗史的视域下，儿童诗是被缺席和被忽视的。儿童诗本来是属于新诗范畴，可新诗成了"成人诗"，儿童诗被排除在外，把持新诗话语权的诗人和评论家理所当然地进入了文学史和诗歌史，而百年儿童诗至今没有儿童诗歌史，文学史、诗歌史中更没有其立锥之地。究其原因，当代大陆儿童诗在七十年的发展嬗变过程中，"儿童化"的弊端始终存在于部分儿童诗的创作表现中，那种诗学乌托邦建构出的"理想的儿童"遮蔽了现实中儿童各色样貌的复杂性存在，而儿童诗"成人化"的窠臼中还潜藏着成人社会历史文化对于儿童诗性精神的殖民。"碎片化"的当代大陆儿童诗理论建设，也使得儿童诗诗学体系建构指导缺失，儿童诗诗学观念模糊不清，儿童诗诗学精神难以高扬。

一　"儿童化"："理想的儿童"诗学乌托邦想象

儿童概念的形成，是众多价值系统发生作用的场所：作为一个永远处于"正在形成"状态中的存在，"儿童"可以成为对成人世界的一种反省或再创造。用克劳迪娅·卡斯塔涅达自己的话说，"儿童是正在形成过程中的成人"，还没完成却有潜力成为"成人"，正是这种中间性、可变性和潜力性，成为"儿童"这个概念的文化价值来源。①儿童是被成人建构的一个场域，当代大陆儿童诗在建构诗学体

---

① 徐兰君：《儿童与战争——国族、教育及大众文化》，北京大学出版社2015年版，第3页。

系过程中存在着一个"理想的儿童"诗学乌托邦。这个乌托邦的构建一方面有充满"共性"的儿童性情特征的因素；另一方面是诗人在面对复杂的甚至充斥着假恶丑的现实世界，渴望疏离逃遁而把儿童和儿童世界想象成与之相反的真善美的本然存在并加以进一步纯化和美化。也因此，部分儿童诗才会出现"儿童化"的弊端。

这个"儿童化"是把儿童模式化和固形化，儿童诗中的大多数儿童形象性格都是天真烂漫加善良美好的、话语都是纯真稚拙的、行为举止是彬彬有礼的"天使"样态，即使不够完美也是知错必改的小天使，性情、举止在整体上呈现出一种城市型儿童指向和城市中产阶级家庭教育规训下儿童的个性特征，而儿童本真生命状态中的本能野性、破坏性、混乱性等特点被部分成人作者所压抑和遮蔽。"不论这些诗有没有道理，诗的幽默显然源自混乱，那些诗一再碰触那些大人好不容易说服孩子信为丑陋或无礼的事，换句话说，诗打破规矩，允许儿童测试规矩，并想象对规矩的挑战……大人很可能反对这类的诗，因为诗中暗示孩子可以在想象层次脱离大人威权的压迫——并因此赋予孩子获得权力的乐趣（无稽诗）"[1]。儿童自己创作的诗是"本真的诗"，由成人为儿童创作的儿童诗是"纯真的诗"，而这个纯真在部分儿童诗诗人那里表现出一种"伪纯真"的迹象。许多说是为孩子写的诗，虽然采用孩子般的叙事声音，却让读者能看穿说话者，使阅读的人感到比说话者的纯真略高一等。这种技巧显然具有俯视或不自知的贬低儿童的意味，或表达出成人本位的对孩童施惠的态度，然而，诗人对此还常常振振有词。这些诗人其实是采取童年假设，想要捕捉一种他们认为儿童独有而大人不再有的态度。他们认为成人是因为懂得太多而不再快乐纯真，因此只能遥赏那种纯真。例如儿童诗

---

[1] ［加］培利·诺德曼、［加］梅维丝·莱莫：《阅读儿童文学的乐趣》，刘凤芯译、吴宜洁（增译），台湾天卫文化图书股份有限公司2014年版，第322页。

《婚纱照》："在家翻看照片，/突然我看到了。/爸爸妈妈的婚纱照！/……爸爸妈妈真漂亮呀！/我有些急了，/拿着照片找姥姥：/姥姥，姥姥/他们照这么好的照片，/怎么不带我呀？/怎么不带我呀？/他们把我忘了！"这首儿童诗把儿童表现得好像是刚接触世界没多久的人。但即使有这样堂而皇之的理由，我们还是认为这首诗带有贬抑的意味。读者似乎必须比诗中小主人公要懂得更多——起码对为什么父母的婚纱照中没有自己这件事有足够的认识，能了解说话者的想法究竟错得多"可爱"，才能欣赏这首诗。换言之，这首诗似乎是要读者在孩子相对的无知感到有趣。这首诗成人读来或许有点兴味，但很难想象和诗中小主人公一样对此时还懵懂无知的儿童读者会有何反应。这首诗主要的乐趣在于，诗中"小主人公"不知道自己认知的局限，因而带出一种天真的人无法体会的幽默。听到这首诗的儿童读者很有可能已不像"小主人公"那么无知，因而有种高人一等的乐趣。

"当我们的历史意识置身于各种历史视域中，这并不意味着走进了一个与我们自身世界毫无关系的异己世界，而是说这些视域共同地形成了一个自内而运动的大视域，这个大视域超出现在的界限而包容着我们自我意识的历史深度"[①]。在当代大陆儿童诗中，儿童被建构成"真善美"的化身，儿童的世界也被营筑成"真善美的世界"，而事实上，战乱地区的儿童、贫困地区的儿童、被拐卖的儿童、受虐的儿童、残障的和患病的儿童等触目惊心的"非真非善非美"的现实存在，这些儿童的精神特质和儿童形象必然迥异于成人构筑的"理想的儿童"天使的模样。因此，儿童诗的弊端之一就是部分儿童诗所呈现的只有美好又充满秩序性的成人可控的儿童空间，"理想的儿童"

[①] [德]汉斯-格奥尔格·伽达默尔：《真理与方法Ⅰ》，洪汉鼎译，台湾时报出版社1993年版，第398页。

一再成为儿童诗中的诗意表达。这种欠缺全面性和真实性的诗写，导致了当代大陆儿童诗的诗歌精神可信度受到质疑。实际上，儿童诗诗人创作认为适合孩童看的诗，就透露出这些诗人对孩子的态度，他们认为孩子能够接纳多少新经验，孩子喜欢哪些主题，孩子能了解哪些东西，而这些选择也透露出成人对儿童诗的理解。虽然当代大陆儿童诗发展至今题材范围已经比较宽泛，但仍缺少对性、暴力、丑恶、神秘和鬼怪等议题内容的揭示，乌托邦的世界一片祥和美好，其中又以性受到的约束和禁制最为严峻，这会导致儿童早熟等问题出现。这些有自欺欺人之嫌的想法和做法恰恰表现出了部分成人作者对于儿童读者的生命和精神成长空间的限制和拘囿，以及诗思诗艺的捉襟见肘。事实上，随着当代娱乐影视业的发展，特别是网络媒介时代的到来，在儿童诗中被禁忌和三缄其口的与性相关的主题内容却已经在电视、电影和网络媒体上随处可见。儿童可以通过儿童诗等各种儿童文学体裁中的优秀作品获取对于性的相关认识和正确理念的，关键是儿童诗诗人突破自设的思想观念藩篱，寻找到恰当的表现方式。最先就应该突破性别固化的诗写方式，例如，"太阳小时候是个男孩""月亮妹妹"等类似的意象运用，女孩性格天生文静爱穿裙子，男孩调皮爱玩球和打仗游戏等刻板、单一性别印象，呈现出更多样化和丰富性的女孩和男孩性别特征，而不是固型化的性别特征。儿童接触的诗歌中爱情和婚姻的发生也只存在于异性之间的性取向的片面导向或遮蔽，而使人类本应平等的生命意识、爱的意识受到扭曲和亵渎，很多有朦胧的同性取向的少年儿童因主流文学文化中绝对化的性取向呈现，而内心备受折磨和自我否认，甚至自残；或者受到排挤和歧视，导致心理严重畸形，甚至人性堕落，仇视社会和伤害他人。儿童诗的美质性、美情性、美育性是儿童诗学审美营构的美学方向，虽然它不见得一定离现实问题很近，但它一定是离人类中少年儿童群体精神高地最近的文学样式，它是涵养和守护这一群体精神生态的主要力量。因此，居高临下的"操控"意识和自我想象的"简单化"意识对于儿童诗的创作都存在着致命的危险。

二 "成人化":对儿童诗性精神的"殖民"

中国当代大陆儿童诗的另一发展障碍就是诗歌作品中的儿童"成人化"问题,而这一被广为诟病的背后氤氲着浓厚的历史文化烟云,潜藏着深重的政治意识形态对儿童诗诗人的影响。这也使得儿童诗中中外儿童形象、言行有着"遵循秩序"与"破坏规则"的迥然不同二元行为趋向特征。外国儿童诗中的儿童更加活泼,中国的儿童形象更多具有自我约束力和反省意识。儿童"反秩序"冲动的审美本质与文化价值在当代大陆儿童诗中鲜有体现,而更多的是"心中总有星星指引方向,/前面总有火炬照亮航程"的小主人翁;是"啊,我们是种子、嫩芽、鲜花,/党就是雨露、春风、阳光。/……党的孩子跟着党啊,/金色的星星闪耀在我们的队旗上"的少先队员;是"我们的礼物就是我们自己,……把一切献给您啊,让生命在中华的愿景中闪烁"的社会主义接班人等新中国的具有极高思想政治觉悟和爱国情怀的新儿童。

如何造就历史中的"新人",一直是中国现代性话语中的核心命题之一,而"儿童"可以说是其中的根本。这个命题由晚清启蒙开始,五四逐渐清晰多元,但"儿童"的发现更多的是指"中产阶级家庭的儿童";到了20世纪30—40年代则进入一个比较成熟的"一元"形态关键时期,"农村儿童"或者"无产阶级"的儿童开始越来越引起人们的注意。到了中华人民共和国成立后的"十七年"时期,其内质实际上延续了单一形态的教化"新人"路径,这种"新人"的造就,到"文化大革命"时期走向了极致和畸形。20世纪80年代后的"一元"路径被多元路向取缔,90年代至今的多元路向特征愈加鲜明。由于中华民族是一个善于并一直实践着共同体想象的民族的缘故，当代大陆儿童诗中一直若隐若现着"国族"意识，基于"国族"意识而形塑的童年集体记忆，"民族性"的诗情借以生存和传承。特别是在20世纪80年代曹文轩提出"儿童文学重塑民族性格"论后，儿童诗也被加以民族化的文化想象，小我的儿童与大我的儿童联结在一起，使其化合成为"理想"的"国族儿童"形象和精神。例如一首母爱主题的儿童诗《妈妈的爱》，在前四节诗行中诗人用抒情的笔调尽现了母爱的四个温情故事，妈妈的爱是清凉的风，是遮雨的伞，是滴落的泪，是责备的目光，读来令人动容，但最后一节却陡然一转："有一次，老师让用'最'字造句，/我说：'我最爱妈妈'。/妈妈告诉我：/'最爱的应该是祖国'，/祖国是我们所有人的妈妈。"不分情境地在儿童诗结尾加入国族意识的教育内容，使得整首儿童诗变得生硬和突兀，儿童诗成人化的痕迹十分明显，这影响了整首儿童诗的审美走向。这正如人类学学者安·阿纳格诺斯特在《中国儿童与国家超越性》中指出，在中国当前的人口政策下，儿童成为逐渐被"充分迷信化/偶像化的物件"，不仅是父母也是社会的各种缺失欲望的转移地，从而也成为抵抗快速社会发展所带来的种种不确定性的价值保存场所。[①] 在当代大陆儿童诗发展的七十年间，这种对未来国族的承继者和建设者——儿童的各种意识形态和价值观的灌输还一直存在于部分儿童诗中。儿童诗作者总是把一种责任担在自己肩上，努力塑造"标准化"的儿童读者样态。而这样做的实际目的是把某些特定价值永恒化，或用来抵抗某些非主流的价值观。我们看到一种权力的行使，这是一种浸淫着政治性、教育性、文化性等的成人妄图独揽儿童话语权的霸权行为和对儿童精神的一种驯化途径。

不要低估儿童读者的直觉和感受力，儿童读者阅读儿童诗时是会

---

① 徐兰君：《儿童与战争——国族、教育及大众文化》，北京大学出版社2015年版，第7页。

一面思考诗歌所引发的感受,并通过思考那种感受能否道出自己的生命体会,抑或是让他们洞悉别人的生命或看尽生命的本质。那些充满政治意味或者说教意味的儿童诗必然无法引起儿童读者的生命体会,当他们无法感觉到儿童诗给他们带来生命的乐趣和性灵的自由舒展时,却发现其中充满着规训和桎梏,他们必然逃离儿童诗,甚至再也不会对诗歌产生好感和信任。因此,当代大陆儿童诗创作去"成人化"是势在必行的。中国大陆儿童诗未来的发展趋势将是儿童诗人和成人儿童诗诗人比肩而立,儿童诗人创作的本真境界的儿童诗是儿童诗诗人无法超越的,也必然占领将来儿童诗这一宽泛的诗歌范畴中的"半壁江山",只有特别优秀和经典的成人为儿童创作的儿童诗作品才可能在这一领域占有一席之地。

三 "碎片化"的理论建设缘由

就当代大陆儿童诗而言,不可否认,社会的急剧变革和文化的快速转向,使它曾经迷茫和困惑,在特殊历史时期,儿童诗成为被利用的教育和宣传工具,毫无诗意和儿童情趣可言。这使众多读者和部分文学研究者对儿童诗丧失了信心和失去了兴趣,甚至出现了对儿童诗"一刀切"的消极情绪,久而久之,也遮蔽了那些有价值的优秀的儿童诗作品,扼杀了一直秉持儿童诗写作原则的诗人们的努力,消弭了儿童诗在诗歌史和文学史的踪影。

在诗歌受众与审美形态上,儿童诗具有的相对独立性与差异性被片面性地推衍成诗歌价值层面上与成人诗的对立关系,这是儿童诗研究被学界部分研究者所轻视而少人问津的原因之一。在一些人看来,儿童诗的受众是儿童,成人诗的读者是成人,从诗歌受众的角度就形成了壁垒分明的"儿童诗"与"成人诗",进而在其存在价值上呈现出一种不可僭越的"层级关系",按照此种逻辑,儿童诗乃是诗歌中的低级形态"小儿歌",成人诗才是诗歌园地里的"高级"形态。因此，童稚的儿童诗语言特点被矮化为幼稚，情趣化的童诗意蕴成为浅薄的代名词，奇幻超脱的想象被认为是胡思乱想，儿童诗被武断地定性为未达成熟的诗歌样态，而成熟的理想型诗歌形态只能是"成人诗"。因此，与百年儿童诗歌创作的蓬勃发展相比，儿童诗被轻视为"小儿科"和"小儿歌"，在成人诗歌研究面前长期处于被矮化、被轻视、被边缘化的境遇中，久而久之还形成了成人诗和儿童诗的两个阵营，这导致读者群也发生分化和固化。

不可否认，诗歌是具有难读难解的精神气质的，本身就是一种充满性灵的文学体裁，自带一种"阳春白雪"和"高处不胜寒"的即视感，被大多数读者和研究者望而却步是常态。儿童诗是新诗的一支，情况更加复杂。儿童诗是一种在拘囿中开掘的文学体裁，这种拘囿表现在它所书写的对象的无限可能的精神气质上。儿童是正处于起点的勃发生命体，儿童诗诗人们面对的是没有或较少生活经验、艺术经验和知识储备的生命群体，而正是这种人性原始的完整性挑战着儿童诗诗人在拘囿中开拓出无限的艺术空间。儿童诗理论研究是一个困惑兼具困难的研究领域，这种困难来自于它面对的是一片复杂的生命丛林。诗人笔下的儿童性难以摆脱自我经验的偏见和理性的傲慢，而本我的童年经验已经被时间之流磨损、过滤、扭曲或诗化；更为吊诡的是，当儿童们能用文字或言语表达之时，这种能力的获得本身已经彰显了成年世界对这片原始丛林"传承性"干预的初见成效。因此，儿童诗创作和研究的自身难度也是导致儿童诗研究缺失的原因所在。

不无遗憾的是，作为儿童文学领域主要体裁之一的儿童诗，即使在儿童文学界，也游移在中心与边缘之间。当下小说和童话、绘本大行其道，出版销售异常火爆，而儿童诗的刊发园地却急剧萎缩，出版发行日趋艰难。这也导致了儿童诗人创作队伍的创作热情消退和信心不足，很多三四代的儿童诗人也已经不再创作儿童诗，童诗创作队伍存在严重的接续力量缺失状况，同时，连锁反应致使当下新创作的儿童诗数量骤减，质量也不尽如人意，新诗集甚至一年难觅一本，因而，研究者也逐渐望而却步，甚至另寻研究方向。老一辈优秀的儿童诗人由于年事已高，随感式的诗评和诗论也日益鲜见。当下"象牙塔"中的多数年轻研究者也对儿童诗存在着某种居高自傲的轻视或者置若罔闻的忽视态度。这种理论研究的乏人问津，对儿童诗的创作和发展更是形成了致命的打击。可想而知，丧失了儿童诗理论研究与创作的积极互动，也就丧失了儿童诗未来蓬勃发展的可能，与此同时，中国当代儿童文学也失去了促进其全面繁荣发展的中坚力量，新诗的自我突围和超越也将因缺失儿童诗这一重要的诗歌"命脉"而更加举步维艰。

可以说，传播路径的"阻滞"也是当代大陆儿童诗研究不足的一个原因。由于功利化的教育导向，诗歌这种文体被排除在了各种语文考试的作文范畴之外后，曾经一度导致了诗歌教学的偏废，新诗乃至儿童诗在教材中的比例微不足道。由于趋利化的市场风向使然，儿童诗歌的弱经济效益，也使得儿童小说、童话、绘本大行其道之时，儿童诗的出版曾十分困窘，面世者寥寥，这也直接致使经典儿童诗的推介力度的弱质化，以及优秀儿童诗在当代传播的失效。因此，无论是诗歌爱好者还是诗歌研究者，甚至是儿童和家长、教师，当被问及当代大陆儿童诗时，大多数人都难以回忆出一首儿童诗或举出一位优秀的儿童诗诗人。

毋庸置疑，当代大陆儿童诗歌理论研究阶段性成果，还远不丰硕，儿童诗歌研究包含的儿童诗歌基础理论、儿童诗歌史、儿童诗歌评论三个板块，据当前的学术现状分析这三个研究板块均都还是短板，时至今日，系统研究当代大陆儿童诗的专门著作仍未出现，从此也可看出儿童诗研究的匮乏和儿童诗理论体系建设的迫切，当代大陆儿童诗研究激活自身的话语权还需要更高阔的学术视点、更丰富的学术资源、更具责任心的研究觉悟、更强大的研究队伍来提升研究水平和能力。

百年儿童诗有着喜怒哀乐的丰富情绪，新时期的儿童诗与五四时期的儿童诗有着情绪和精神向度上的联系，而20世纪30—40年代又与"文化大革命"时期的儿童诗存在内部的情绪绵延，"十七年"的诗歌情绪又上下勾连着两个时期，21世纪的儿童诗情绪则潜藏着淡淡的哀愁。从清末民初的爱国情绪于儿童诗中的氤氲，到五四时期的启蒙情绪在儿童诗中的蔓延，再到抗战时期的民族情绪对于儿童诗的统摄，"十七年"时期复杂的国民情绪在儿童诗中的投影，"文化大革命"时期激烈的阶级情绪导致的儿童诗的狂躁，新时期阶段儿童诗中的儿童本真情趣的复归，以及21世纪以来儿童诗中儿童情趣的进一步张扬，整个的百年儿童诗歌史可以说是一部诗歌情绪波澜壮阔的历史，当它体现着各类集体意识，生发着各种国族情怀之时，诗歌情绪的声势最为浩荡，但审美趋向性也最背离儿童群体的本真性和真纯童趣，而当儿童诗歌的审美趋向贴合了儿童情趣，以儿童的人性观照现实人生，折射灵魂之光时，必然失势于情绪宣泄的中心舞台，而寂然返归童苑一隅。诗歌是文学之母、文化之母，儿童诗是成人为守护儿童及其自身性灵而建立的精神高地，百年的儿童诗情绪波澜，荡涤出了儿童诗应有的纯净本质和发展路径，虽踽踽独行中，但筚路蓝缕弦歌不辍，意义深重，前程远大。

结　　语

　　迄今为止，新诗百年流变，儿童诗始终都是"在场"的亲历者，而它存在的真正意义和价值却一直被忽视甚至忽略。它在时代情绪影响下诞生和发展，在张扬主流意识形态中虚妄地站在了文学舞台的中央，又在经济洪流和网络大潮的冲击下，从舞台中央渐次退场到舞台边缘甚至幕后。但也正是在边缘化的过程中，儿童诗真正的面目得以在韬光养晦后呈现，儿童诗美好的诗学理想建构才成为可能。

　　在以成人诗作者为主体的儿童诗诗学宇宙时空中，儿童诗诗人肩负着异常艰难的创作使命，他们如坚毅的西西弗斯般持之以恒，"儿童性"和"诗性"始终是他们寻求追逐但又无法触手可及的表现目标，社会生活的错综复杂和儿童生命个体的千姿百态永远构筑着变动不居的诗写风景，当代大陆儿童观与儿童文学观的交错互生，以及由此产生的儿童诗观的更迭，也常使得儿童诗诗人踯躅迷茫。而浸淫在中国文化中历久弥新的代际传承的责任感和使命意识，也促使部分儿童诗诗人居高临下地握紧诗笔，纵情家国、族群和人生大义等而远离了儿童的需求却不自知。更有甚者妄想建构虚无的"理想儿童"的乌托邦诗园和对儿童进行精神的诗性"殖民"，也因此导致了当代大陆儿童诗品质的良莠不齐和诗学繁荣的任重道远。儿童诗中的儿童群体是永在的，他们既是儿童诗的受益人，亦是儿童诗创作的潜在参与者，儿童诗中儿童的"元初性"诗性童真与成人的"经验性"诗性哲思相叠加，使童年散发着恒久的生命魅力，而儿童诗诗人也把自我儿时的生命体验努力复归于充满智性的成人诗写当中。此时的儿童诗是跨接儿童与成人世界的七彩虹桥，使我们得以在成人和儿童心灵与现实的世界自由地往返。在无数次的超越过后，终于可以用灵性之思，建构起真正的儿童与成熟"儿童"共享的缪斯诗园，儿童诗诗人得以寻觅到童心的归处，儿童读者的童心得到润泽和守护。

儿童诗是有多重价值的，这是因为"儿童"与"童年"是复杂的存在，它在人类历史文化乃至文学中有着被想象和建构的命运，真正的儿童诗是去伪存真的呈现儿童本真的生命情态和生活样态，拨云见日的给儿童以审美性的生命启迪。儿童诗的诗性根源勃发自人类生命源头的儿童生命原力，诗学宇宙的葳蕤不息及赓续不绝之动力都来自于表达和呵护"元初之人"的儿童诗性生命的儿童诗。当代大陆儿童诗的总体诗歌精神发展轨迹是从借助构筑纯真童年世界的乌托邦歌咏儿童的立场，而发展取向为既注重孩童美好人性精神的共性又张扬复杂多样的儿童个性精神的抒发儿童心声的立场。儿童诗是儿童生命体精神性的养料，它的元价值所在就深蕴于每个儿童生命之中，儿童"生命本位"的元价值取向凸显了当代大陆儿童诗对于既往儿童诉求和表达的诗性超越与人性尊重，以"生命本位"为元价值的儿童诗歌精神立场更是突破了以往成人为自我和儿童群体构筑"一元"的童话乌托邦书写，呈现出更为多元的充满生命感知性和可信度的"生命主体性"的诗歌精神立场和向度，儿童诗也表现出更为真诚的诗学态度，以及更为成熟和有深度的诗歌样态。理想的儿童诗样态永远先在的是"本真的美"和充满希望的"向光"属性，当代大陆儿童诗的审美主导性在历经七十年的诗歌发展中终于得到确立和共识。在爱、自然和游戏的儿童诗三大母题下，通过活泼泼的生命灵性去感受和表达世界；摹写出众多迥异的儿童诗性生命，他们吟咏出不可抑制的生命自由生长的快乐抑或悲伤之歌；摒弃了成人用理性逻辑去分析阉割世界的悖谬，以容纳万物的生命活气贯通内外宇宙、审视现实人生，彰显出儿童诗那令人陌生又动容的力量和气度。驰骋的想象力，具有特异性的意象类型及特点，充满综合感官功能"统觉"化的诗歌语言艺术习性使其因循着新诗的"三美"主张。独标一格又具有极强辨识度的当代大陆儿童诗情趣诗学技艺正在日臻成熟。

当代大陆儿童诗博采众长、吐故纳新，在续接优秀古典诗学的文化命脉，批判的承继现代儿童诗学的价值立场，借鉴外国儿童诗学的多元表现方式以及吸收成人新诗百年的发展成果前提下，它正在改变既往的二元对立式或替代式、教育式、给予式等的儿童诗诗写方式，逐渐建构起以尊重"生命本位"为中心，以审美化育为主导，以成人和儿童"互促性"的平等心灵交流方式为途径的儿童诗诗学体系。在中国现代儿童诗、当代大陆成人新诗以及外国儿童诗的比较视域下审视当代大陆儿童诗的新突破，能更容易辨析出其向丰富多元与融通性的诗学领地拓展的"进行式"脚步，儿童鲜活张扬的诗思情感给予深沉抑制情绪表达的成人诗思空间的"向光性"投射，以及"古典"意蕴与现代童趣浸淫的童诗文本中民族文学精粹的诗情传承。当代大陆儿童诗正在有意识的摆脱成人集体"想象"或深受成人意识形态影响的"理想的儿童"审美诗学建构，进一步扩大儿童诗诗学"审美"内涵的完整性、融通性和变动性，在互补互促的诗学创作与接受主体间达成最大的和谐，进而形成更为丰沛与鲜明的当代大陆儿童诗诗学特色。"诗美"和"诗用"这两种儿童诗必不可少的诗歌属性的融合，是儿童诗创作的艺术追求。"诗用"的教育性只要不被意识形态所掌控，不再成为规训、拘囿儿童天性的工具，而是自然流露于诗歌作品这一审美整体之中，成为审美情感生发过程的有机组成部分，就能与"诗美"一起创造出儿童诗的新境界，并在儿童诗的园地里获得生存的权利和自身的价值。当代大陆儿童诗有着与教育和解并共生的趋势，中国的诗教传统也以新质素在当代，特别是21世纪以后得以传承和发展。儿童诗在传播过程中的"守门人"成为儿童诗的守护者和推广人，特别是儿童诗接受的初期阶段，中小学语文教师的儿童诗教学对于儿童喜爱诗歌的影响意义深远。儿童诗在教师、家庭和社会组织的三股力量推动下加速发展，儿童诗作为新诗被接受和喜爱的"源头活水"作用将日益明显。儿童诗人越来越多的诞生并成长于当代诗教的化育下，儿童诗人自我本真生命的歌唱和天马行空的想象力令成人惊叹并汗颜，未来的儿童诗园将是儿童诗诗人和儿童诗人各领风骚，诗歌作品也将各占半壁江山。

未来的中国当代大陆儿童诗的蓬勃发展是值得期待的，它的被广为接受和喜爱也是可以预见的。因为儿童诗是新诗的组成部分，它是发源于人类诗性精神根部的诗歌，是海德格尔意义上的"此在"的文学样式，它能使儿童成为"此在"之人，进而"诗意地栖居于大地之上"，从而使得儿童精神生命中孕育出一种内在的、自发的成长的力量，这将成为伴随和支撑儿童整个生命成熟过程的强大动力。它将成为儿童文学中最善于和最有利于儿童与成人"共生"的儿童文学类型，在互促互惠中人类得以获得生命性的纯化和圆满。与此同时，它也将是儿童文学被整个人类社会进一步接纳和喜爱的"先行者"，儿童散文等其他呵护儿童性灵的儿童文学形式也会逐渐获得更多的关注。当代大陆儿童诗的良性发展将成为中国儿童文学和中国新诗健康发展的有益组成部分，它的诗学价值、美学价值、文化学价值以及人类学意义等都将进一步彰显。

参考文献

一 中国著作

（一）儿童文学类

班马：《前艺术思维——中国当代少年文学艺术论》，福建少年儿童出版社1996年版。

班马：《中国儿童文学理论批评与构想》，湖北少年儿童出版社1990年版。

陈伯吹：《儿童文学简论》，长江文艺出版社1959年版。

陈伯吹：《作家和儿童文学》，天津人民出版社1957年版。

陈鹤琴：《陈鹤琴全集》（第1卷），江苏教育出版社1987年版。

陈子典：《新编儿童文学教程》，广东高等教育出版社2003年版。

陈子君主编：《中国当代儿童文学史》，明天出版社1991年版。

崔昕平：《出版传播视域中的儿童文学》，中国社会科学出版社2014年版。

樊发稼：《儿童文学的春天》，河南少年儿童出版社1986年版。

樊发稼：《樊发稼儿童文学评论选》，贵州人民出版社1996年版。

樊发稼：《追求儿童文学的永恒》，河北教育出版社2000年版。

方卫平：《儿童文学的当代思考》，明天出版社1995年版。

方卫平：《中国儿童文化》，浙江少年儿童出版社2004年版。

方卫平：《中国儿童文学理论批评史》，江苏少年儿童出版社1993年版。

高洪波：《鹅背驮着的童话：中外儿童文学管窥》，安徽少年儿童出版社1987年版。

贺宜：《散论儿童文学》，百花文艺出版社1960年版。

侯颖：《论儿童文学的教育性》，中国社会科学出版社2012年版。

胡从经：《晚清儿童文学钩沉》，少年儿童出版社1982年版。

胡丽娜：《大众传媒视域下中国当代儿童文学转型研究》，中国社会科学出版社2012年版。

黄云生：《儿童文学教程》，杭州大学出版社1995年版。

蒋风、韩进：《中国儿童文学史》，安徽教育出版社1998年版。

蒋风：《中国当代儿童文学史》，河北少年儿童出版社1991年版。

蒋风：《中国现代儿童文学史》，河北少年儿童出版社1987年版。

蒋风主编：《新编儿童文学教程》，浙江大学出版社2013年版。

李标晶：《儿童文学原理》，希望出版社1991年版。

李利芳：《中国发生期儿童文学理论本土化进程研究》，中国社会科学出版社2007年版。

李利芳：《儿童文学理论与批评实践》，长沙儿童出版社2018年版。

刘晓东：《儿童精神哲学》，南京师范大学出版社1999年版。

刘绪源：《儿童文学的三大母题》，少年儿童出版社1997年版。

刘绪源：《文心雕虎》，少年儿童出版社2004年版。

梅子涵：《梅子涵儿童文学论集》，二十一世纪出版社2001年版。

梅子涵等：《中国儿童文学5人谈》，新蕾出版社2001年版。

彭斯远：《儿童文学散论》，重庆出版社1985年版。

浦漫汀主编：《儿童文学教程》，山东文艺出版社1991年版。

孙建江：《二十世纪中国儿童文学导论》，江苏少年儿童出版社 1995 年版。

谈凤霞：《边缘的诗性追寻——中国现代童年书写现象研究》，人民出版社 2013 年版。

谭旭东：《重绘中国儿童文学地图》，西北大学出版社 2006 年版。

谭旭东：《儿童文学的多维思考》，未来出版社 2013 年版。

谭元亨：《中国儿童文学：天赋身份的背离》，广东高等教育出版社 2017 年版。

汤锐：《比较儿童文学初探》，湖北少年儿童出版社 1990 年版。

汤锐：《现代儿童文学本体论》，江苏少年儿童出版社 1995 年版。

王黎君：《儿童的发现与中国现代文学》，中国社会科学出版社 2009 年版。

王泉根：《百年中国儿童文学编年史（1900—2016）》，湖南少年儿童出版社 2017 年版。

王泉根：《现代中国儿童文学主潮》，重庆出版社 2004 年版。

王泉根：《人学尺度和美学判断：王泉根儿童文学文论》，甘肃少年儿童出版社 1994 年版。

王泉根：《中国儿童文学现象研究》，湖南少年儿童出版社 1992 年版。

王泉根：《儿童文学的审美指令》，湖北少年儿童出版社 1991 年版。

王泉根：《周作人与儿童文学》，浙江少年儿童出版社 1987 年版。

王泉根主编：《中国新时期儿童文学研究》，河北少年儿童出版社 2004 年版。

王瑞祥：《儿童文学创作论》，浙江大学出版社 2006 年版。

吴其南：《转型期少儿文学思潮》，少年儿童出版社 1997 年版。

徐兰君：《儿童与战争——国族、教育及大众文化》，北京大学出版社 2015 年版。

周晓波：《当代儿童文学面面观》，湖南少年儿童出版社1999年版。

周忠和主编：《俄苏作家论儿童文学》，河南少年儿童出版社1983年版。

周作人：《儿童文学小论——中国新文学的源流》，河北教育出版社2002年版。

周作人著，刘绪源辑笺：《周作人论儿童文学》，海豚出版社2012年版。

朱自强、罗贻荣主编：《中美儿童文学的儿童观——首届中美儿童文学高端论坛论文集》，中国社会科学出版社2015年版。

朱自强：《朱自强学术文集》（十卷），二十一世纪出版集团2015年版。

朱自强：《中国儿童文学与现代化进程》，浙江少年儿童出版社2000年版。

朱自强主编：《儿童文学新视野》，中国海洋大学出版社2004年版。

朱自强主编：《中国儿童文学的走向》，少年儿童出版社2006年版。

（二）儿童诗歌理论类

樊发稼：《樊发稼论童诗》，海豚出版社2013年版。

蒋风主编：《中国儿童文学大系·理论卷》，希望出版社2009年版。

金波：《能歌善舞的文字——金波儿童诗评论集》，河北教育出版社2006年版。

金波著，汤锐笺：《金波论儿童诗》，海豚出版社2014年版。

刘崇善：《儿童诗初步》，希望出版社1985年版。

圣野：《圣野诗论》，重庆出版社2009年版。

圣野：《诗的美学自由谈》，华东师范大学出版社1991年版。

圣野：《诗的散步》，吉林人民出版社1983年版。

王亨良：《圣野儿童诗创作理念与实践研究》，浙江大学出版社2014

年版。

（三）新诗研究类

罗振亚：《1990年代新潮诗研究》，河北大学出版社2014年版。

罗振亚：《20世纪中国先锋诗潮》，人民出版社2008年版。

罗振亚：《朦胧诗后先锋诗歌研究》，中国社会科学出版社2005年版。

罗振亚：《中国现代主义诗歌史论》，社会科学文献出版社2002年版。

朱光潜：《诗论》，安徽教育出版社2003年版。

（四）文学理论类

鲁枢元：《生态文艺学》，山东人民教育出版社2002年版。

孟昭兰主编：《情绪心理学》，北京大学出版社2005年版。

乔建中：《情绪研究：理论与方法》，南京师范大学出版社2003年版。

童庆炳：《从审美诗学到文化诗学》，首都师范大学出版社2014年版。

朱寿桐：《情绪：创造社的诗学宇宙》，上海文艺出版社1991年版。

朱智贤：《儿童心理学》，人民教育出版社1981年版。

宗白华：《美学散步》，上海人民出版社1997年版。

（五）诗集类

《为孩子们写的诗》，天津人民出版社1958年版。

《我们是革命新一代儿童诗歌选》，人民文学出版社1973年版。

安武林：《月光下的蝈蝈》，天天出版社2011年版。

陈模主编：《中国新文艺大系（1949—1966）儿童文学集》，中国文联出版公司 1987 年版。

慈琪：《三千个月亮》，浙江少年儿童出版社 2016 年版。

董恒波：《蚂蚁搬家》，中国少年儿童出版社 2011 年版。

樊发稼、少军主编：《中国儿童文学新经典》（诗歌卷），山东教育出版社 2016 年版。

高洪波、白冰选编：《八十年代诗选、中国少年诗人诗选》，二十一世纪出版集团 2016 年版。

高逸、王一萍选编：《儿童诗选》，少年儿童出版社 1993 年版。

蒋风主编：《中国儿童文学大系·诗歌卷》，希望出版社 2009 年版。

金本、徐德霞主编：《儿童文学 50 年魅力诗汇》（上、下册），中国少年儿童出版社 2013 年版。

金波主编：《诗意童年》，江苏凤凰少年儿童出版社 2015 年版。

金近主编：《中国新文艺大系（1976—1982）儿童文学集》，中国文联出版公司 1986 年版。

金波：《让太阳长上翅膀》，江苏凤凰少年儿童出版社 2016 年版。

金波：《我们去看海》，江苏人民出版社 2016 年版。

柯岩：《帽子的秘密》，长江少年儿童出版社 2016 年版。

李俄轩主编：《写给孩子们的好童诗》，电子工业出版社 2013 年版。

李少白：《黑夜的旅行》，湖南少年儿童出版社 2014 年版。

李少白：《童心的歌唱》《会跑调的音符》《蒲公英嫁女儿》，湖南少年儿童出版社 2016 年版。

李雪、高海涛选编：《冰心儿童文学全集》，中国少年儿童出版社 2000 年版。

陆章健：《春天是满地的花开》，金盾出版社 2014 年版。

罗英主编：《中国当代儿童诗世纪诗丛》，海天出版社 2000 年版。

罗英：《树叶的心事》，重庆出版社 2005 年版。

钱理群、洪子诚主编：《诗歌读本》（学前卷）（小学卷）（初中卷），广西师范大学出版社2010年版。
任溶溶：《我牙，牙，牙疼》，重庆出版社2012年版。
少年报社主编：《中国现代儿童文学选（诗歌、戏剧）》，江苏人民出版社1982年版。
圣野：《芝麻开花》，国际文化出版公司1996年版。
圣野选评：《台湾儿童诗精品》，上海辞书出版社1997年版。
谭五昌、谯达摩、谭旭东选编：《百年中国儿童诗选》，北岳文艺出版社2004年版。
谭旭东：《夏天的水果梦》，重庆出版社2010年版。
唐池子：《昨晚的梦》，重庆出版社2013年版。
佟希仁：《我心中有片红枫林》，山东教育出版社2009年版。
王亨良：《雨娃娃》，重庆出版社2013年版。
王立春：《梦的门》，江苏凤凰少年儿童出版社2016年版。
王立春：《贪吃的月光》，湖南少年儿童出版社2014年版。
王泉根主编：《云上的绿叶》（诗歌卷），外语教学与研究出版社2012年版。
王宜振：《21世纪少年先锋诗》，湖北少年儿童出版社2009年版。
王宜振：《现代诗歌教育普及读本》，西安电子科技大学出版社2016年版。
韦苇：《一个胡桃落下来》，湖南少年儿童出版社2014年版。
吴珹：《中国当代幼儿诗精选》，农村读物出版社2002年版。
吴林抒、苏辑黎编：《中国儿童诗人作品选》，百花洲文艺出版社1990年版。
萧萍：《狂欢节，女王一岁了》，湖南少年儿童出版社2014年版。
小舟选编：《中外儿童诗精选》，浙江文艺出版社1990年版。
肖显志、盖尚铎：《校园诗朗诵》，春风文艺出版社2010年版。
徐鲁：《世界很小又很大》，安徽少年儿童出版社2016年版。

张美妮、金燕玉主编：《中国儿童文学精品文丛》（儿童诗卷），新世纪出版社 2001 年版。

张秋生：《爱读诗的鱼儿》，长江文艺出版社 2013 年版。

张贤明编：《天上的街市——最美的现代童诗》，现代出版社 2015 年版。

张中军：《小小少年》，现代出版社 2015 年版。

朱自强编选：《外国儿童诗精选》，山东文艺出版社 2008 年版。

二 外国著作

［德］恩斯特·卡希尔：《人论》，甘阳译，上海译文出版社 2004 年版。

［德］格罗塞：《艺术的起源》，蔡慕晖译，商务印书馆 1984 年版。

［德］黑格尔：《美学》，朱光潜译，商务印书馆 1979 年版。

［德］席勒：《审美教育书简》，冯至、范大灿译，上海人民出版社 2003 年版。

［俄］尼古拉·别尔嘉耶夫：《人的奴役与自由》，徐黎明译，贵州人民出版社 2007 年版。

［法］阿尔贝特·史怀泽：《敬畏生命》，陈泽环译，上海人民出版社 2017 年版。

［法］保罗·阿扎尔：《书·儿童·成人》，梅思繁译，湖南少儿出版社 2014 年版。

［古希腊］亚里士多德、贺拉斯：《诗学·诗艺》，罗念生译，人民文学出版社 1962 年版。

［加］居伊·勒弗朗索瓦：《孩子们：儿童心理发展》，王全志译，北京大学出版社 2004 年版。

［加］李利安·H. 史密斯：《欢欣岁月》，梅思繁译，湖南少年儿童

出版社 2014 年版。

[加] 佩里·诺德曼：《隐藏的成人：定义儿童文学》，徐文丽译，中国社会科学出版社 2014 年版。

[捷克] 夸美纽斯：《大教学论》，傅任敢译，教育科学出版社 1999 年版。

[美] K. T. 斯托曼：《情绪心理学》，张燕云译，辽宁人民出版社 1986 年版。

[美] 保罗·麦吉：《幽默的起源与发展》，阎广林、王小伦、张增武译，南京大学出版社 1992 年版。

[美] 加雷斯·B. 马修斯：《童年哲学》，刘晓东译，生活·读书·新知三联书店 2015 年版。

[美] 加雷斯·B. 马修斯：《与儿童对话》，陈鸿铭译，生活·读书·新知三联书店 2015 年版。

[美] 加雷斯·B. 马修斯：《哲学与幼童》（修订版），陈国容译，生活·读书·新知三联书店 2015 年版。

[美] 勒内·韦勒克、[美] 奥斯汀·沃伦：《文学理论》，刘象愚等译，江苏教育出版社 2005 年版。

[美] 玛哈特·L. 阿伯特：《幽默与笑——一种人类学的探讨》，金鑫荣译，南京大学出版社 1992 年版。

[美] 尼尔·波兹曼：《童年的消逝》，吴燕莛译，中信出版社 2016 年版。

[美] 尼尔·波兹曼：《娱乐至死》，章艳译，中信出版社 2016 年版。

[美] 乔纳森·H. 特纳：《人类情感——社会学的理论》，孙俊才、文军译，东方出版社 2009 年版。

[美] 苏珊·朗格：《情感与形式》，刘大基译，中国社会科学出版社 1986 年版。

[日] 上笙一郎：《儿童文学引》，徐效民译，四川少年儿童出版社

1983年版。

［瑞士］皮亚杰、英海尔德：《儿童心理学》，吴福元译，商务印书馆1980年版。

［瑞士］皮亚杰：《发生认识论原理》，王宪钿译，商务印书馆1981年版。

［意大利］玛丽亚·蒙台梭利：《童年的秘密——揭开儿童成长奥秘的革命性观念》，单中惠译，中国长安出版社2010年版。

［英］梅兰妮·克莱茵：《儿童精神分析》，林玉华译，世界图书出版公司2016年版。

徐兰君、［美］安德鲁·琼斯主编：《儿童的发现——现代中国文学及文化中的儿童问题》，北京大学出版社2011年版。

后　记

在这本小书即将出版之际，首先要感谢我的博士研究生导师罗振亚先生百忙之中为我的第一本专著辛苦作序。常忆南开园的美好校园时光，恩师的教诲和师母的关爱之恩如再生父母，我将永生铭记。感谢所有倾心创作儿童诗的诗人们和儿童诗人们，你们弥足珍贵；特别感谢本书中引用的儿童诗的创作者们，我与大多数诗人虽素昧平生，却又仿佛相知已久。感谢教育部以及各位匿名评审专家信任，使我有了学术研究依托和经费资助。感谢我的单位贵州财经大学和文学院领导同仁以及科研处的相关工作人员对我在项目研究过程中的积极帮助。感谢中国社会科学出版社以及王衡编辑为我的专著出版费尽心力。感谢我的家人和友人大力支持。

因个人能力水平有限，书中浅薄和错漏之处在所难免，恳请读者海涵和批评指正。谢谢！

我要把这本小书特别送给我十岁的女儿和所有的中国儿童，祝福她们都能拥有烂漫诗性的童年，度过诗意丰盈的人生。

刘慧

2021.6.1